ROBERT BLOCH

LORI

Traduit de l'américain
par François Truchaud

PRESSES POCKET

Titre original :

LORI

ISBN : 2-258-02599-0

A
Frank M. Robinson
qui m'a donné l'idée de ce livre,
et pour l'amitié précieuse de toute une vie

1

Lorsque vous atteignez un certain âge, vous pouvez apercevoir le tunnel au bout de la lumière.

Ed Holmes regarda fixement la phrase un moment, puis il retira la feuille de sa machine à écrire et la jeta dans la corbeille à papier. Celle-ci était quasiment remplie de feuilles identiques, froissées et ressemblant à des boules de pop-corn. Des phrases creuses et insipides, de la bouillie pour les chats et autres minets débiles amateurs de fast-foods. Et lorsque la corbeille à papier était presque remplie cela voulait dire qu'il commençait à avoir la tête vide. A présent il citait le président Bush.

Il était temps d'arrêter pour aujourd'hui. Peut-être n'aurait-il dû jamais commencer — mieux valait vivre l'autobiographie de quelqu'un que l'écrire.

Une activité thérapeutique, voilà ce que c'était. Quelque chose pour passer le temps jusqu'à ce qu'on atteigne le tunnel.

Ed repoussa son fauteuil et se leva. Ses genoux étaient ankylosés, sa nuque était endolorie, il avait mal dans le dos, mais ce n'était pas une nouveauté. Pas à son âge.

Qu'est-ce qui lui avait fait croire qu'écrire pourrait résoudre les problèmes de la retraite? S'il avait voulu être écrivain il aurait dû commencer quarante ans plus tôt, quitte à mourir de faim pour dire les choses comme elles sont. Au lieu de cela il avait opté pour l'immobilier et une chance de devenir riche en vendant du vent — être le propriétaire de sa maison, le Grand Rêve Américain.

Et cela avait payé, parce qu'il s'était dépensé sans compter. Il avait fait sa pelote, épousé la plus jolie fille de la ville, gobé son propre boniment en achetant sa maison bien à lui. La retraite était une récompense, l'apothéose grandiose. L'ennui, c'est que l'apothéose ne semblait plus si grandiose à présent.

Ed secoua la tête et traversa la pièce jusqu'au bar. Un verre ne lui éclaircirait sans doute pas les idées mais au moins cela pourrait atténuer la douleur dans ses jambes.

Ouvrant le bar, il examina sa réserve de scotch. Johnnie Walker pour les relations, Chivas pour les amis intimes, Glenlivet pour les jours de fête.

Et c'était un jour de fête, se rappela-t-il. Ce n'est pas tous les jours que votre enfant unique reçoit son diplôme de fin d'études. Il était temps d'arroser ça.

Ed prit dans le bar deux grands verres en cristal, les remplit généreusement au-delà de la marque d'une once, puis les emporta, remontant le couloir et entrant dans la salle de séjour.

Le morne ciel de février au-delà de la baie vitrée dispensait peu de lumière, et seulement une petite partie du salon était éclairée par le feu dans l'âtre. Les flammes dansaient mais les ombres étaient immobiles. Toutes les ombres, y compris l'ombre du fauteuil roulant et de la personne qui l'occupait.

Un instant, Ed retint son souffle. Quelque chose était-il arrivé pendant qu'il travaillait ? L'ombre dans le fauteuil roulant avait-elle encore un souffle de vie ?

— Est-ce que tu vas bien ? dit-il.

L'ombre se tourna.

— Bien sûr. J'ai dû m'assoupir un moment.

Frances Holmes fit avancer son fauteuil vers la lumière du feu. Ed leva le verre qu'il tenait dans sa main gauche, en souriant.

— Tiens, je t'ai apporté quelque chose.

— A cette heure de la journée ?

— Bientôt le coucher du soleil. Enfin, s'il y avait un soleil digne de ce nom.

Il lui tendit le verre et elle le prit à deux mains pour ne pas renverser d'alcool. *Fran Holmes, la plus jolie fille de la ville. Qu'était-elle devenue? Et qui était cette vieille femme arthritique dans le fauteuil roulant?*

Le verre dans sa main droite était froid, mais son contenu offrait une chaleur bienvenue. Et il avait besoin de cette chaleur à présent.

— Bois, cela ne te fera aucun mal. (Il approcha le bord en cristal de ses lèvres comme il parlait.) Il est normal que nous fêtions ça, non?

— Est-ce que nous ne devrions pas attendre que Lori soit ici?

Ed haussa les épaules.

— La cérémonie de la remise des diplômes devrait se terminer à peu près en ce moment. Et même si elle s'en va tout de suite, elle aura encore deux bonnes heures de route. Nous prendrons un autre verre lorsqu'elle arrivera. En attendant... santé !

Il but une gorgée de scotch mais Fran ne l'imita pas. Les doigts enflés berçaient le verre sur ses genoux tandis qu'elle contemplait la lueur du feu.

— Qu'est-ce qu'il y a? demanda-t-il.

— J'ai réfléchi. Nous devrions parler.

— Nous *parlons*. Ou alors j'entends des voix.

— Ed...

Bon, bon. De quoi s'agit-il?

— Lori. (Ses lèvres formèrent le nom, puis un sourire.) Ai-je besoin d'en dire plus?

Ed sentit quelque chose remuer au creux de son estomac.

— Allons, nous en avons déjà discuté une centaine de fois...

— Ce sera la dernière, je te le promets. Nous devons le lui dire.

— Donne-moi une bonne raison.

— Je vais mourir.

— Ne dis pas ça!

Elle hocha la tête.

— Rappelle-toi ce que le Dr Bernstein a dit pour mon cœur. Cela peut arriver n'importe quand, d'un instant à l'autre.

— Il n'a pas parlé d'aujourd'hui. (Ed parvint à esquisser un autre sourire.) Allons, réfléchis un peu. Nous avons des années devant nous, des années de bonheur.

— Toi et Lori, peut-être. Pas moi, clouée dans ce fauteuil. J'espère seulement que cela arrivera bientôt.

— Pour l'amour de Dieu...

— Pour moi, Ed, dit-elle doucement. Je peux supporter la douleur, mais je ne supporte pas de lui mentir.

Il secoua la tête.

— Pour la dernière fois, je refuse de faire ça.

— Alors, moi je le ferai.

— Fran...

Maintenant elle porta le verre à ses lèvres et but. Il n'y avait aucun signe de fête dans le geste, seulement du défi. Ou était-ce du désespoir?

Ed tendit le bras pour prendre le verre vide dans la main de sa femme, puis il soupira.

— Très bien. Nous le ferons ensemble.

Les yeux de Fran brillèrent.

— Tu le promets?

— Naturellement. Seulement... est-ce bien nécessaire de lui en parler ce soir? Elle est heureuse, c'est un grand jour pour elle. Pourquoi lui gâcher sa joie?

— Nous ne gâcherons rien du tout. Lori comprendra. Je t'en prie, Ed.

Ses épaules s'affaissèrent comme il cédait.

— Puisque tu insistes.

Tournant les talons, il se dirigea vers la porte et elle le rappela.

— Où vas-tu?

— Je ferais aussi bien de taper une page ou deux avant l'arrivée de Lori. (Faisant halte à l'entrée de la pièce, il la regarda par-dessus son épaule.) Si tu as besoin de quelque chose, appelle-moi.

Fran acquiesça.

— Ne t'inquiète pas pour moi, tout ira bien.

Ed s'éloigna dans le couloir, hâtant le pas comme la brûlure augmentait en lui. Le feu était dans son estomac et l'alcool était dans le bar. Combattre le feu par le feu.

Entrant dans le bureau, il alla de nouveau vers le bar. La seconde tournée gicla dans son verre, descendit dans sa gorge en glougloutant. Puis il emporta la bouteille jusqu'à sa table de travail et s'assit.

Il lui restait de l'ouvrage à faire, mais pour le moment il ne pourrait en venir à bout. Il avait déjà fait face à trop de choses — les longues années tandis qu'il observait Fran décliner lentement, la décision de prendre sa retraite afin de pouvoir s'occuper d'elle, et puis la constatation amère que cela ne servait à rien. Il n'y avait aucune issue pour l'un ou pour l'autre à présent. Fran était clouée dans son fauteuil et il était pris au piège d'une existence sédentaire tout aussi douloureuse, tout aussi invalidante.

Ed s'octroya un autre verre. Juste une dose normale cette fois, mais lorsque vous combattez le feu il faut employer les grands moyens.

Comme il portait le verre à ses lèvres il remarqua que quelques gouttes étaient tombées du goulot de la bouteille, éclaboussant le côté droit du bureau. Inutile de s'en faire, cela n'abîmerait pas le vernis, et la femme de ménage devait venir après-demain. Dommage qu'il ne puisse pas avoir quelqu'un à plein temps, mais deux fois par semaine c'était mieux que rien.

Etrange, il s'était mis à boire depuis que Lori était au collège. Mais cela n'avait peut-être rien d'étrange. L'aide à temps partiel s'occupait du ménage et faisait mijoter des trucs dans des cocottes que l'on pouvait faire réchauffer pour d'autres repas ; Fran était assise dans son fauteuil et surveillait les opérations, et il faisait semblant d'écrire. Mais de plus en plus il s'en était remis au contenu du bar pour lui permettre de tenir durant les heures d'inactivité, pour empêcher le feu de le dévorer entièrement.

Ed but, puis remplit son verre de nouveau, mais il savait que ses efforts d'amateur pour combattre le feu étaient insuffisants. L'incendie avait été alimenté par la décision de Fran et par sa propre soumission. Dans quelques heures, lorsque Lori arriverait, le feu échapperait à tout contrôle, le consumant, consumant ce qui subsistait de leur vie commune.

Pendant un moment il souhaita presque qu'il y eût un

véritable incendie, mettant fin aux jours sans fin et aux nuits d'insomnie. Dormir, c'était la solution. Ne réveillez pas le chat qui dort...

Se carrant dans son fauteuil, Ed s'aperçut qu'il s'assoupissait, mais il ne résista pas. Juste un petit somme, un petit voleur de temps. *Celui qui me vole mon temps ne vole pas grand-chose.*

Ses paupières clignèrent et se fermèrent sur le crépuscule, et lorsqu'elles se rouvrirent, la nuit était tombée de l'autre côté de la fenêtre, avait envahi la pièce. L'obscurité, le silence et l'odeur âcre.

Il tendit la main vers la lampe de bureau et l'obscurité fut chassée, mais le silence persista. Le silence et la mauvaise odeur.

Un regard à sa montre lui apprit qu'il était presque sept heures et demie. Il avait dû perdre connaissance. Une chose stupide à faire. Ne réveillez pas le chat qui dort, mais un chat ne peut pas dormir éternellement.

Ed tituba comme il se levait, sa main droite agrippant le coin du bureau pour trouver un point d'appui. Il prit une profonde inspiration, espérant s'éclaircir les idées, mais cela eut pour seul résultat de le rendre encore plus conscient de l'odeur irritante.

Qu'est-ce que c'était? Fran avait-elle renversé quelque chose pendant qu'il dormait?

Ed scruta le couloir sombre et appela.

— Fran?

Pas de réponse... seulement le silence, l'obscurité et cette odeur désagréable.

Il traversa la pièce rapidement, franchissant le seuil et s'avançant dans le couloir sans s'arrêter pour actionner l'interrupteur. L'odeur devint plus forte. Elle avait quelque chose de familier que Ed reconnaîtrait, il le savait, à la condition de prendre le temps de réfléchir. Mais, justement, il n'avait pas le temps de réfléchir.

— Fran!

A nouveau pas de réponse. Et — c'était bizarre — plus de brûlure à présent. Le creux de son estomac était froid comme la glace.

Ce fut seulement lorsqu'il atteignit l'entrée du salon

qu'il sentit de l'air chaud lui caresser le visage. Les lampes n'avaient pas été allumées, pourtant il y avait de la chaleur dans la pièce au-delà, de la chaleur et une odeur âcre, et un scintillement qui emplissait le seuil d'un éclat rougeâtre.

Le scotch et le sommeil lui avaient troublé la vue ; il fit halte un moment jusqu'à ce qu'il puisse voir distinctement. Voir la rougeur provenant de l'âtre dans le coin de la pièce, se reflétant dans les taches du tapis, du rouge sur du rouge. Voir le fauteuil roulant renversé, le fauteuil roulant *vide*...

— Fran !

Elle était étendue sur le côté, elle gisait sur le tapis taché de rouge dans la lumière rouge. Et comme Ed s'avançait vers elle, la lumière devint plus vive.

Ce fut alors, en cet instant ultime, qu'il vit son œil... l'œil qui le regardait fixement sans le voir, depuis ce qui restait de son visage.

2

Lori Holmes baissa les yeux vers l'humidité rouge.

Le rouge était seulement le reflet lumineux du signal *stop* au-delà de la vitre côté passager, mais l'humidité était réelle. Une fine pellicule suintait du plancher sous ses pieds.

— Tu as besoin de nouveaux tapis, dit-elle.

Russ Carter acquiesça.

— Désolé. J'avais l'intention d'en acheter avant de venir te chercher mais je n'ai pas eu une minute à moi.

— Sans importance. Fais-le demain, lorsque la pluie aura cessé, lui dit Lori. Et pendant que tu y es, tu peux également t'acheter une voiture neuve.

Russ sourit, puis regarda devant lui comme le feu passait au vert. Les essuie-glaces luttèrent contre le voile des gouttes de pluie tandis qu'il rétrogradait pour déjouer la ruse de la route glissante et luisante.

— Il y a une couverture à l'arrière, dit-il. Inutile d'abîmer tes chaussures.

Lori se retourna, faisant l'inventaire du fouillis sur le siège arrière. Des calepins, un attaché-case, une torche électrique, un rasoir sans fil, une seule Reebok éraflée, un poncho à demi roulé, des lunettes de soleil dont le verre gauche était craquelé, et une boîte ouverte de gaufrettes à la vanille. Elle soupira et Russ lui fit un large sourire.

— Je sais ce que tu penses. Mais un bon journaliste doit être paré à toute éventualité.

La couverture était froissée dans le coin opposé et elle

la tira doucement, essayant de ne pas déloger le désordre au-dessous.

— Des problèmes? demanda Russ en jetant un regard par-dessus son épaule.

— Ça ira. Regarde plutôt devant toi.

Elle tira plus fort, dégageant la couverture et la faisant passer au-dessus du dossier de son siège, puis elle l'étendit sur le plancher sous ses pieds.

La voiture fit une embardée comme Russ braquait pour contrôler un dérapage. Des feux rouges brillèrent à l'arrière du camion qui roulait devant eux et freinait brusquement pour avancer à une allure d'escargot, pare-chocs contre pare-chocs.

— D'accord, nous avons décroché la timbale, dit Russ. La pluie et l'heure de pointe. Un minutage parfait.

Sa passagère s'installa confortablement sur son siège et sourit en regardant ses chaussures à présent à l'abri.

— Bon, nous serons un peu en retard. Admire la vue, et bienvenue à Los Angeles.

Russ sourit.

— Je reconnais bien là ma Lori.

Les mots se confondirent avec le crépitement de la pluie et le chuintement régulier des essuie-glaces, mais elle entendit son prénom et réprima consciemment le froncement de sourcils qui s'ensuivit.

Lori avait toujours détesté son prénom, même avant de s'intéresser à l'étymologie. Le patronyme « Holmes » était du moyen anglais, signifiant *originaire des îles du milieu,* et si cela convenait à Sherlock cela lui convenait également. Mais « Lori » sonnait mal. Le diminutif de « Laura », la forme féminine de « Lawrence », qui en latin voulait dire *couronné de lauriers.*

Cela l'ennuyait, et elle ne parvenait pas à comprendre pourquoi. Allons, elle n'était pas une version féminine de Lawrence, elle n'avait jamais été couronnée de lauriers, pas plus qu'elle n'était originaire des îles du milieu, où qu'*elles* puissent se trouver. Mais quelle différence cela faisait-il? Tout simplement ce prénom semblait impropre, et elle aurait voulu en connaître la raison.

Russ, c'était « Russell », bien entendu ; du vieux français pour *roux*. Et « Carter » venait du terme anglais *cart driver*, conducteur de charrette. Russ n'était pas français, il n'avait pas les cheveux roux, et il conduisait une Toyota. Autant pour les noms !

Elle songea à ses parents. « Edward » voulait dire *riche gardien* et c'était tout à fait approprié ; ses affaires avaient toujours été prospères et il avait veillé sur elle aussi bien qu'un père pouvait veiller sur sa fille dans le monde troublé d'aujourd'hui. « Frances » dans sa forme masculine voulait dire *Français*. Autant que Lori le sache, sa mère n'était pas plus française que Russ, mais cela ne l'avait jamais tracassée. Elle avait bien d'autres sujets de préoccupation mais elle ne se plaignait jamais.

Ni sa mère ni son père n'étaient du genre à se plaindre ; ils encaissaient les coups durs sans broncher. Comme de ne pas pouvoir assister à la cérémonie de la remise des diplômes. Lori réalisait l'importance de ce jour pour eux. Papa l'avait inlassablement questionnée sur ses notes au cours du dernier semestre chaque fois qu'ils se parlaient au téléphone, et parfois elle avait eu l'impression que Maman s'accrochait juste assez longtemps pour la voir terminer ses études.

Lori exhala un soupir silencieux. Quelle était votre vie lorsque vous étiez clouée dans un fauteuil roulant, à avaler des comprimés, avec rien d'autre à attendre que le néant ? Et Papa, se retirant des affaires qu'il adorait, uniquement pour être auprès d'elle et la réconforter. Mais qu'est-ce qui le réconfortait, *lui* ? Ecrire ses Mémoires était seulement un travail destiné à l'occuper ; il jouait avec le passé parce qu'il n'y avait pas d'avenir.

Et elle était là, tranquille comme Baptiste, se mettant dans tous ses états parce qu'elle n'aimait pas son prénom. Dieu sait quand cela avait commencé, ou pourquoi ; cela n'avait pas la moindre importance.

L'important c'est qu'elle était licenciée ; le diplôme posé sur le siège à côté d'elle en fournissait l'orgueilleuse preuve.

Et encore plus important, elle avait Russ. Et cette preuve entourait son doigt, son éclat visible même dans la lumière ténue du tableau de bord.

Elle était impatiente d'arriver à la maison et de voir l'expression sur leurs visages lorsqu'elle leur montrerait la bague, leur dirait comment Russ avait glissé la petite boîte marron dans sa main à la minute même où elle était descendue de l'estrade à la fin de la cérémonie. Il ne prévenait jamais, mais c'était Russ tout craché, plein de surprises. Rectification : c'était *son* Russ. Maintenant et pour toujours.

Lori regarda son profil dans l'ombre et sourit. Pas le plus beau garçon du monde ; ni le plus riche, bien qu'il semblât réussir dans son travail. L'ennui avec les reportages et les articles à écrire c'est que cela perturbait le train-train quotidien ; elle ne pouvait pas espérer une vie normale parfaitement réglée, avec petit déjeuner à huit heures et dîner à six heures sonnantes. Mais ce qu'elle pouvait espérer n'avait rien à voir avec le temps...

— Sept heures cinquante-sept, annonça la voix anonyme. Et maintenant nous allons écouter la musique de...

Un crépitement de parasites recouvrit le reste du message de l'annonceur comme Russ jouait avec les boutons de réglage de la radio.

— Baisse la radio, dit-elle.

Russ diminua le volume et les parasites firent place à une douce mélodie. Lori s'adossa à son siège, les yeux clos.

Lui coulant un regard, Russ mit le chauffage.

— C'est mieux ?

La chaleur envahit la voiture et Lori acquiesça. Et dodelina de la tête. Et dodelina de la tête. La musique en sourdine ressemblait à une berceuse lointaine. *Dors, bébé, dors...*

Et puis cela changea, vibrant d'un martèlement sauvage, et les paroles étaient différentes, également. « Toute à moi, bébé, toute la nuit. » Juste l'ordre, répété sans fin et sans rémission. *Toute à moi, bébé, toute la nuit...*

La connotation sexuelle était évidente, mais il y avait autre chose, quelque chose *de sous-jacent*, qui amena Lori à s'agiter nerveusement sur son siège. Une image surgit spontanément... l'image d'un vrai bébé, menacé et solitaire dans les ténèbres pendant toute une nuit.

Qui appelait ? Que désirait la voix ? Et pourquoi est-ce que cela devait la troubler à un moment pareil ?

Lori voulait que la voix s'en aille, ou elle voulait s'éloigner de la voix. A présent elle pouvait dormir, sa main droite lovée autour du diplôme à côté d'elle et sa main gauche posée sur la cuisse de Russ pour plus d'assurance. Ne pas s'inquiéter pour cette histoire de toute une nuit ; dans un petit moment elle serait à la maison, plus un bébé mais une adulte dans un monde adulte, prête à réconforter ceux dont elle avait besoin et qui avaient besoin d'elle à présent. *Repose-toi. Repose en paix.*

Lori eut l'impression que la voiture tournait à un carrefour, laissant le gros de la circulation derrière elle. Ils entraient dans Sunnydale, mais il n'y avait pas de soleil. Pas de pluie non plus, car la chaussée était sèche ; l'orage n'était pas arrivé jusqu'ici, même dans son rêve.

Accroche-toi à cette pensée. Accroche-toi au diplôme. Accroche-toi à Russ. Tu rentres chez toi.

Puis le rêve se modifia.

Lori eut l'impression que le tonnerre grondait, mais sa source n'était pas l'orage, et la lueur sur la route devant eux n'était pas celle d'un éclair. Maintenant ils approchaient de la maison... mais il n'y avait pas de maison. Seulement le tonnerre comme la voiture de pompiers s'engageait dans l'allée, depuis le côté opposé de la rue, et rejoignait une autre voiture de pompiers se trouvant déjà là. La lueur provenait de ses phares et des projecteurs de l'ambulance et de la voiture de police ; une lueur blanche qui se confondait avec les flammes rouges s'élevant de la nappe de fumée.

Lori eut l'impression que des formes frénétiques gesticulaient sur la pelouse, dirigeant des lances d'incendie sur le toit qui s'effondrait, sur les murs latéraux qui s'écroulaient vers l'intérieur comme ils étaient la proie des flammes. Des démons dansaient dans son rêve, dansaient autour des feux de l'enfer.

Lori eut l'impression que la voiture s'arrêtait brusquement au bord de l'allée, faisant s'éparpiller les silhouettes sombres de spectateurs. Il lui sembla que sa main gauche retombait sur le siège comme Russ ouvrait la portière et sortait d'un bond, et qu'une ombre bleue surgissait pour lui barrer la route. Des mots se firent entendre au-dessus du rugissement. « Dégagez, mon vieux ! Vous ne pouvez pas vous garer ici ! »

« Mais, lieutenant... ma fiancée, c'est sa maison... »

Sa maison ?

Lori eut l'impression que sa main droite froissait le diplôme, mais cela n'avait aucune importance parce qu'il ne restait plus personne pour le voir à présent. Maman, Papa, ils n'étaient plus là.

La seule façon de les sauver était de se réveiller. Elle pourrait éteindre les flammes, chasser les démons, bannir la peur... simplement en ouvrant les yeux.

Mais ses yeux étaient ouverts. Ils avaient été ouverts depuis le commencement.

3

Ce fut un magnifique enterrement.

Tout le monde le dit, et le répéta maintes et maintes fois. Ils dirent à Lori à quel point la chapelle était magnifique, et les fleurs, et le service religieux célébré par le Révérend Peabody fut magnifique également.

Ensuite il y eut un magnifique trajet à bord d'une magnifique limousine, pour se rendre au cimetière par cette magnifique après-midi ensoleillée. Ce fut magnifique de voir quelques-uns des amis de Maman et Papa — des personnes âgées faisant partie de la paroisse de Maman et les anciens représentants de l'agence immobilière de Papa —, mais à part l'aide-ménagère, elle n'avait jamais rencontré aucun d'entre eux.

Naturellement, Russ resta toujours à ses côtés, et ce fut lui qui la présenta à l'avocat de Papa, Ben Rupert, lequel s'était occupé des arrangements pour les obsèques. Et le Dr Justin était venu également ; c'était lui qui avait donné à Lori ces charmants tranquillisants.

Ils étaient tous réunis autour de l'emplacement de la sépulture à présent, écoutant les oiseaux chanter leur chant magnifique tandis que l'on plaçait les deux cercueils sur le plateau au-dessus de la fosse où Maman et Papa trouveraient leur magnifique repos éternel.

Ce fut à ce moment que cela cessa d'être magnifique.

Voir les cercueils était suffisamment éprouvant ; ils avaient été scellés, bien sûr, et pour une bonne raison, mais Lori savait ce qu'ils contenaient. Russ avait essayé de lui épargner ça, mais l'un des chefs du service d'incendie avait laissé échapper un commentaire qu'elle avait entendu. « Ça va être un sacré boulot pour le coroner. Il ne reste rien, à part des os et des cendres. »

Alors pourquoi les mettre dans des cercueils ? Les gens du cimetière avaient peut-être insisté, mais une urne était tout aussi appropriée pour conserver leurs restes.

Le Révérend Peabody avait dit que la mort est une illusion de l'homme et que l'âme est la réalité de Dieu. Mais illusion ou pas, maintenant on descendait Maman et Papa dans la fosse. Et si leurs âmes les accompagnaient et si elles *savaient* ce qui se passait ? Qu'éprouvait-on lorsque l'on était pris au piège là-bas, dans les ténèbres de ce trou béant, enterré pour l'éternité et pourtant éternellement conscient ?

— Lori !

La voix de Russ était pressante mais elle ne pouvait lui répondre parce qu'elle était avec Maman et Papa, descendant... descendant vers l'obscurité profonde et humide où les vers attendaient.

Ce n'était pas la mort. Elle allait très bien, inutile de s'inquiéter... du moins c'est ce que le Dr Justin dit lorsqu'elle reprit connaissance et qu'il lui fit une autre piqûre. Les gens s'évanouissent durant des enterrements, et tout cela avait été une telle épreuve.

Maintenant elle était revenue dans l'appartement meublé que Ben Rupert avait loué à son intention. le lendemain de l'incendie. Russ était avec elle, approchant un verre de ses lèvres, lui disant de se détendre, de prendre un peu de repos. *Repose en paix...*

Lori dormit d'un trait jusqu'au lendemain matin et, lorsqu'elle se réveilla, elle était seule. Les effets du sédatif n'avaient pas complètement disparu, et tout semblait d'une difficulté insurmontable — sortir du lit, mettre sa robe, aller dans la cuisine et préparer le café. Cela parut prendre une éternité et le café n'arrêtait pas de tomber de la cuillère.

Elle y parvint néanmoins, et le café lui fut d'un grand secours. Lori en but trois tasses, savourant la chaleur, la teneur en caféine. La caféine c'est mauvais pour vous, elle le savait, mais à vrai dire qu'est-ce qui n'était pas mauvais pour vous aujourd'hui? Ne mets pas de sel, évite le sucre, fuis l'alcool, méfie-toi des boissons non alcoolisées, ne prends jamais d'aspirine, le pain blanc est exclu, les œufs contiennent du cholestérol, la viande rouge est tout à fait déconseillée, le porc est risqué, la viande de volaille peut héberger des stéroïdes, les fruits et les légumes ont peut-être été aspergés de dangereux pesticides, le poisson peut être contaminé par des résidus toxiques provenant d'eaux polluées, l'eau du robinet elle-même peut être dangereuse pour ta santé, l'eau en bouteille a parfois une teneur élevée en substances minérales et ce d'une façon inquiétante, fumer donne le cancer, respirer de la fumée de cigarette pourrait être encore pire, et le simple fait d'inhaler de l'air ordinaire emplit tes poumons d'un smog mortel.

Un grand merci pour la science moderne et ses merveilleuses découvertes, à savoir que à peu près n'importe quoi peut vous tuer. La vie est seulement une histoire qu'on se raconte le soir avant un long, très long sommeil.

Mais est-ce que tu *dors*?

A nouveau Lori se souvint de l'enterrement et de ses peurs que la mort ne soit que le commencement des tourments, et non la fin.

Bon, *ça suffit*! Se forçant à se lever, elle alla dans la salle de bains pour contre-attaquer avec les armes dont elle disposait — un arsenal de fards à paupières, de rouges à lèvres, de poudre de riz, de mascara. Peu à peu les traits tirés disparurent, le reflet hagard dans le miroir fut remplacé par une image plus satisfaisante. Ensuite, lentement, soigneusement, elle s'habilla, choisissant parmi sa garde-robe le dernier ensemble qu'elle avait acheté. Satisfaite, elle affronta la glace encastrée dans la porte de la penderie.

Tandis qu'elle inspectait le résultat de ses efforts, la satisfaction disparut. Un examen minutieux révélait encore des rides perfides aux coins de ses yeux et une bouffissure au-dessous. Sous leur enduit cramoisi ses lèvres étaient crispées. Et son ensemble ne lui allait pas ; elle devait avoir perdu du poids, parce que la veste était trop ample.

On sonna à la porte.

Lorsque Lori alla ouvrir et vit Russ se tenant sur le seuil, un flot de soulagement la fit se jeter dans ses bras, et pendant un moment elle se sentit saine et sauve à nouveau. Russ avait ce qui lui manquait — la force, la confiance en soi. Dans ses bras elle était en sûreté, détendue, et elle n'avait plus peur. Mais toute étreinte a une fin, et, comme elle faisait un pas en arrière, la sensation de sécurité reflua.

— Du café ?

Elle l'emmena dans la cuisine, prit une tasse dans le buffet, la remplit ainsi que la sienne. Et pendant tout ce temps elle fit de son mieux pour se concentrer sur ce qu'il disait.

— J'ai parlé à Ben Rupert, lui dit-il. Apparemment il a pris toutes les dispositions nécessaires.

Lori acquiesça.

— C'est ce que Papa disait toujours. Il l'avait mandaté pour garder un œil sur l'agence après qu'il eut pris sa retraite.

— Eh bien, il semble connaître son affaire. Il m'a dit qu'il ne pensait pas que l'homologation du testament poserait le moindre problème. Dès que tu te sentiras assez bien pour t'en occuper, il te fera signer les papiers et se mettra en rapport avec l'assurance pour le règlement. Il est tout à fait sûr que tu peux bénéficier des indemnités prévues en cas de mort accidentelle. Et il pense qu'il y a un moyen de contourner le problème des impôts.

Lori posa sa tasse de café avant que son contenu se renverse. Pourquoi Russ devait-il prononcer ces mots, lui imposer cette confrontation avec les tristes réalités ? *Rien n'est certain à part la mort et les impôts...*

Il l'observait.

— Qu'est-ce qu'il y a ?

Elle haussa les épaules.

— Je songeais simplement que c'était parfaitement stupide de ma part d'avoir passé la moitié de la matinée à me faire belle. La vie ne se résume pas à une griffe Gucci.

— Je te trouve en pleine forme. (Mais Russ la regardait toujours attentivement.) L'ennui, c'est que tu sembles penser le contraire.

— Ce n'est rien. Je suis encore fatiguée, c'est tout.

— Est-ce que tu ne devais pas voir le Dr Justin aujourd'hui ?

— Si, il m'a demandé de venir. Mais il n'y a vraiment aucune raison...

— Mieux vaut prévenir que guérir. A quelle heure est ton rendez-vous ?

— A treize heures.

Russ jeta un coup d'œil à sa montre.

— Je vais te conduire là-bas.

— Tu n'es pas sur un reportage ?

— J'ai bouclé mon article ce matin. Je suis libre toute la journée.

Lori acquiesça.

— Ecoute, tu vas d'abord me conduire à la station-service, celle sur Westmead. Papa avait laissé la voiture pour des réparations la semaine dernière et je pourrais la récupérer maintenant.

— Tu as une idée du montant de la facture ?

— J'utiliserai une carte de crédit. Ben Rupert a payé le premier mois et la caution pour cet appartement, aussi je pense qu'il peut m'avancer de l'argent pour les dépenses courantes jusqu'à ce que la succession soit réglée. Je compte là-dessus, en tout cas.

— Entendu. Mais une fois que tu auras récupéré la voiture, nous la ramènerons ici. Je tiens absolument à te conduire jusqu'au cabinet du Dr Justin, d'accord ?

Et les choses se passèrent ainsi ; pas de problème pour récupérer la voiture, pas de problème pour revenir et la garer devant l'appartement. Excepté ce moment de tension et de malaise lorsque Lori se glissa derrière le volant et tourna la clé de contact. Les mains de Papa avaient tenu ce volant, avaient tourné cette clé.

Et le moment se prolongea après qu'elle se fut installée sur le siège du passager dans la voiture de Russ ; durant la plus grande partie du trajet elle demeura silencieuse, reconnaissante que le boucan de la radio servît d'excuse pour ne pas parler.

L'air était vif et la journée magnifique ; au moins Lori reconnaissait cela. Et le fait d'être avec Russ contribuait à lui certifier qu'elle était vivante, et non là-bas dans la tombe avec Maman et Papa.

— Lori ?

Comme il parlait elle s'aperçut qu'ils entraient déjà dans le parking situé sous le complexe médical où Justin avait son cabinet.

— Je suis là, dit-elle.

Russ fronça les sourcils.

— Tu es à des millions de kilomètres d'ici. Quelque chose te tracasse ?

— Tout va bien.

Les mensonges sont les mensonges, et vous les dites lorsque vous le devez. Le silence lui-même pouvait être un mensonge, mais en ce moment cela valait mieux que de parler de vers et d'asticots.

C'est pourquoi Lori garda le silence tandis qu'ils étaient assis dans la salle d'attente du Dr Justin, regardant fixement les visages — les visages tristes et anxieux d'autres patients et les visages heureux et rayonnants de Sly Stallone et de Madonna qui souriaient sur les couvertures déchirées de vieilles revues.

Les gens dans *People* semblaient être des créatures d'une autre planète où la vie était seulement une longue plaisanterie. Même les politiciens qui passaient en jugement et étaient déclarés coupables continuaient néanmoins de sourire à la caméra.

Mais les gens qui lisaient *People* — ces personnes pitoyables qui souffraient, assises là et attendant le verdict du médecin — ne souriaient jamais. Ils savaient qu'une fois accusés d'artériosclérose, inculpés de cancer et reconnus coupables, la sentence était la mort, et il n'y aurait pas de recours en cassation.

Lorsque finalement son nom fut prononcé d'une voix rauque dans l'interphone de la réceptionniste et que l'infirmière l'emmena vers le fond du couloir, Lori fut confrontée au médecin pimpant dans son cabinet particulier. Ici pas d'exemplaires de revues ; seulement des ouvrages médicaux sur des étagères immaculées, soigneusement époussetées, et des photographies de famille dans des cadres en argent sur un bureau immaculé, soigneusement épousseté. Elle reconnut la photographie de l'épouse du médecin, qui était également immaculée et époussetée ; manifestement sortant tout droit de l'institut de beauté mais accusant nettement son âge et un brin mal fagotée. Lori jeta un regard sur les visages immaculés, époussetés, des deux enfants de rigueur, le garçon qui était trop maigre et la fille qui était trop grosse. Juste une grande et heureuse famille montant dans l'échelle sociale.

Et le Dr Justin, avec ses lunettes mode à la monture design et aux verres épais, sa coupe de cheveux à quatre-vingts dollars et son costume à neuf cents dollars-plus-les-taxes, était l'incarnation même du monde des yuppies.

Mais il n'était pas stupide. *Elle* était stupide — se posant en juge de la famille du Dr Justin, qu'elle n'avait jamais rencontrée, et le condamnant pour de soi-disant défauts dans son apparence.

Lorsqu'il l'accueillit elle prit conscience de manière aiguë que derrière les verres fantaisie des yeux pénétrants évaluaient tout ce qu'elle avait essayé de cacher. Assise en face de lui, de l'autre côté du bureau, elle s'arma de courage en prévision de l'inévitable routine des questions et des réponses.

Comment allez-vous ?

Très bien, docteur. Juste un peu fatiguée.

Est-ce que vous prenez les somnifères que je vous ai donnés ?

Oui, et je vous remercie, ils m'ont permis de bien dormir.

Des maux de tête ?

Non, docteur, je vous assure, tout va bien...

Mais tout le temps il l'observait avec attention, notant sa posture rigide dans le fauteuil à dossier bas, ses mains serrées avec force, la façon dont sa lèvre tremblait. C'était presque comme s'il avait prévu ce qui allait se passer... et qui se passait, à présent, tandis qu'elle commençait à pleurer.

Lori pouvait contrôler les bruits, mais ses larmes coulaient en silence, même lorsque le chagrin fut remplacé par un flot de colère devant sa propre faiblesse.

— Désolée, murmura-t-elle. C'est vraiment ridicule, n'est-ce pas ?

Mais elle ne pouvait pas s'arrêter. Qui se sent morveux..., songea-t-elle, et c'est ce qu'elle fit finalement.

Ce fut seulement lorsqu'elle remit le mouchoir dans son sac que Lori s'aperçut que le Dr Justin hochait la tête d'un air approbateur.

— C'est mieux, dit-il. Pendant un moment vous m'avez donné quelque inquiétude.

— Parce que j'ai craqué ?

— Parce que vous ne le faisiez pas. Au lieu de pleurer durant les obsèques, vous vous êtes évanouie.

— Vous avez dit que c'était normal...

— Vu les circonstances, oui. Mais exprimer une émotion est aussi une chose normale. La garder refoulée en vous ne règle pas le problème. Vous êtes en état de stress en ce moment, aussi lorsque vous avez envie de pleurer, allez-y. (Il se leva.) Croyez-moi, Lori, le pire est passé. C'est une simple question de temps. De temps et de patience.

— Merci.

Le Dr Justin griffonna quelque chose sur une feuille d'ordonnance et la lui tendit comme elle se levait.

— Vous pouvez faire exécuter cette ordonnance à la pharmacie au rez-de-chaussée.

Lori jeta un coup d'œil aux gribouillis mais fut incapable de les déchiffrer.

— D'autres médicaments ?

— Juste un renouvellement pour les sédatifs. J'aimerais que vous continuiez d'en prendre. (Il sourit.) Et il y a autre chose que je désire que vous achetiez mais vous n'avez pas besoin d'une ordonnance.

— Qu'est-ce que c'est ?

— Une boîte de Kleenex.

Lori poussa un soupir lugubre comme elle se dirigeait vers la porte.

— Je ferais peut-être mieux d'acheter un carton.

— Ce ne sera pas nécessaire, croyez-moi. Et rappelez-vous, n'ayez pas honte de pleurer. (Le Dr Justin baissa les yeux vers le calendrier sur son bureau.) Je veux vous revoir dans deux semaines.

— Entendu.

Lori lui sourit en le quittant mais, tandis qu'elle s'éloignait dans le couloir, ses lèvres se serrèrent.

Le Dr Justin avait raison, bien sûr. Se débarrasser du chagrin n'avait rien de honteux, et pleurer pouvait l'aider.

Mais cela ne l'aiderait pas à se débarrasser de la peur.

Elle s'arrêta devant la porte donnant sur la salle d'attente et le souvenir des paroles du docteur vint à son secours. *Vous êtes en état de stress.* C'était la réponse ; cette épreuve avait été traumatisante et il n'était guère étonnant qu'elle ait peur. Mais si le chagrin disparaissait avec le temps, le traumatisme disparaîtrait également, et la peur s'en irait avec lui.

En attendant, elle avait les comprimés pour tenir le coup. Les comprimés, et Russ. Tant qu'il serait là, elle pourrait faire face au problème. Et il était là, pour elle, en ce moment même.

Prenant une profonde inspiration, Lori ouvrit la porte, se réjouissant de la présence rassurante des autres patients assis là avec Russ.

Puis ses poumons se vidèrent comme elle apercevait la chaise vide.

Russ était parti.

4

Pendant un moment Lori paniqua.

Puis la porte de la salle d'attente donnant sur le corridor s'ouvrit et Russ entra, venant rapidement vers elle.

— Où étais-tu? murmura-t-elle.

— Je te raconterai plus tard.

La prenant par le bras, il l'entraîna vers la porte puis dans le corridor au-delà.

L'ascenseur était bondé et il n'y avait guère plus d'intimité dans la pharmacie au rez-de-chaussée tandis qu'ils attendaient le renouvellement de l'ordonnance. Et lorsque Lori répéta sa question dans la voiture Russ secoua la tête, toute son attention concentrée sur la logistique qui leur permettrait de s'échapper du parking souterrain.

Quand ils émergèrent du parking et rejoignirent le flot de voitures, il se tourna vers elle avec un sourire tardif.

— Arrêtons-nous quelque part et mangeons un morceau, dit-il. Alors nous pourrons parler.

Ce qu'ils firent, mais seulement après que Russ eut insisté pour commander des apéritifs dans le petit restaurant français sur Sunset. A la réflexion, quelque chose comme un *grand* restaurant français ne semblait pas exister.

— Deux Bloody Mary, dit-il à la serveuse, comme Lori hésitait.

— En fait, je ne devrais pas boire d'alcool.

— Ça te fera du bien. (Russ fit signe à la serveuse

d'apporter les consommations.) Ton entretien avec le Dr Justin a dû être éprouvant. Qu'a-t-il dit?

— Rien d'important. Seulement de me reposer et de revenir dans deux semaines. (Lori se pencha en avant.) Cesse de tourner autour du pot, Russ. Où étais-tu lorsque je suis sortie?

— Il y a une cabine téléphonique au rez-de-chaussée. Je pensais que je serais revenu avant que tu aies fini avec le Dr Justin. (Russ prit sa main.) Désolé de t'avoir bouleversée.

— Je suis encore bouleversée. (Lori dégagea ses doigts.) Qui as-tu appelé?

— Le journal.

— Je croyais que tu avais dit que tu étais libre jusqu'à la semaine prochaine.

Russ soupira.

— Promets-moi de ne pas me passer un savon pour avoir fait ça, mais j'avais ce pressentiment.

— Un pressentiment?

Il hocha la tête comme leurs consommations arrivaient, puis il leva son verre.

— Allez, vide ton verre!

— Pas avant de savoir de quoi il retourne.

— L'incendie, répondit Russ. Je me demandais continuellement ce qui l'avait provoqué.

— Mais nous le savons déjà. Le chef du service incendie a dit que des étincelles provenant de l'âtre avaient pu enflammer le pétrole que Papa utilisait lorsque le bois était trop vert. Tu m'as bien dit qu'ils avaient retrouvé le bidon dans les cendres, non? (La voix de Lori trembla.) Il a certainement oublié de remettre le bouchon...

— Peut-être ne l'avait-il pas ôté.

— Que veux-tu dire?

— Le chef du service incendie a parlé à certains de tes voisins. Ils lui ont dit qu'il y avait eu de la fumée sortant de la cheminée toute l'après-midi. Ce qui signifie qu'il n'y avait absolument pas besoin de pétrole puisque le feu brûlait déjà depuis des heures.

Les yeux de Lori s'agrandirent.

— Pourquoi ne m'en as-tu pas parlé plus tôt?

— Tu avais suffisamment de problèmes comme ça. Et nous ne saurons rien de précis tant que l'enquête ne sera pas terminée.

— L'enquête?

Russ soupira à nouveau.

— Bon, d'accord, je n'ai pas appelé le journal. J'ai téléphoné au chef de service incendie pour savoir où ils en étaient. Il a dit que la brigade des incendies criminels prenait l'affaire en main.

— Alors ce n'était pas un accident!

Russ se pencha en avant.

— C'est une simple enquête de routine. Ils envisagent toutes les possibilités, ni plus ni moins. Ton père a très bien pu utiliser le pétrole lorsqu'il a mis de nouvelles bûches dans l'âtre. Ne t'inquiète donc pas, ces types sont des spécialistes. Ils trouveront l'explication.

A nouveau il prit sa main, et à nouveau elle dégagea ses doigts.

— Je n'aurais pas dû t'en parler, dit Russ.

— Y a-t-il autre chose dont tu ne m'as pas parlé?

— Non, c'est tout.

— Tu es sûr?

— Sûr et certain. Pourquoi te cacherais-je quelque chose?

— Je ne sais pas.

Et c'était bien le problème. Elle ne savait pas.

Alors elle but son Bloody Mary, passa sa commande et parla de choses et d'autres, notamment de son emménagement dans le nouvel appartement, le genre de conversation banale que l'on a avec un étranger.

L'étranger se montra très attentionné, très compréhensif; ensuite, il lui proposa même de la suivre en voiture comme elle rentrait chez elle.

— C'est inutile, dit Lori. Tout ira bien. Ce qu'il me faut pour le moment c'est du repos.

Ce fut sur cette remarque qu'ils se quittèrent, après qu'elle eut promis de l'appeler s'il y avait le moindre problème.

Lori n'eut aucune difficulté pour regagner l'appartement, et une fois qu'elle eut fermé et verrouillé la porte, il n'y avait aucune raison d'appeler un étranger qu'elle ne connaissait pas.

Jusqu'à ces derniers jours elle connaissait tout, ou croyait tout connaître. La vie avait été simple — l'emploi du temps au collège, le réconfort de savoir que Maman et Papa l'attendaient à la maison, que Russ était auprès d'elle pour partager son avenir.

Mais à présent le collège et la remise des diplômes faisaient partie du passé, Maman et Papa et la maison n'étaient plus là. Russ était tout ce qu'il lui restait.

Peut-être avait-il raison en disant que c'était une enquête de routine, quelque chose dont il ne lui avait pas parlé pour ne pas l'importuner en un moment pareil. Mais supposons que ce ne soit pas une simple formalité? Supposons qu'ils aient des motifs de suspecter autre chose?

Le téléphone sonna.

Lori se raidit, surprise par la sonnerie stridente.

Très probablement c'était Russ qui appelait pour vérifier qu'elle était bien rentrée.

Elle se leva, alla jusqu'au téléphone, décrocha le combiné.

La communication fut coupée. La ligne était morte.

Morte. Maman et Papa sont morts. Tout est mort maintenant, même le téléphone. Tu es coupée du monde.

Elle se retournait pour regagner son fauteuil lorsque le téléphone sonna à nouveau.

Cette fois elle décrocha le combiné à la seconde sonnerie et la voix dit:

— Non, Lori, vous vous trompez.

— Quoi?

— Vous n'êtes pas coupée du monde.

La voix était basse, rauque, et sans aucun doute celle d'une femme. Lori fronça les sourcils.

— Qui êtes-vous?

— Nadia Hope.

— Je ne vous connais pas.

— C'est exact. Mais je vous connais, Lori. Et j'avais raison, n'est-ce pas, à propos de ce que vous pensiez?

— O-oui. (Le froncement de sourcils de Lori s'accentua.) Mais comment… ?

— Je suis voyante. Ce que certains appellent un médium, bien que ce soit un terme impropre. (La voix marqua une pause.) Veuillez me pardonner de vous déranger de la sorte, mais je reçois des impressions depuis l'incendie et elles deviennent de plus en plus fortes. Ce soir, j'ai capté quelque chose qui semble important et il fallait que je vous téléphone.

— Je viens d'emménager ici. Comment avez-vous eu mon nouveau numéro ?

— Cela ne vient pas du monde des esprits, Lori. Tout simplement j'ai appelé les Renseignements et j'ai demandé.

Lori prit une profonde inspiration.

— Vous avez dit que c'était quelque chose d'important ?

— J'ai dit que cela *semblait* important. Nous saurons ce qu'il en est exactement lorsque nous serons là-bas.

— Où ?

— 210 Sunnydale Avenue, dit la voix. Je vous retrouve là-bas dans une demi-heure.

Le combiné cliqueta. De même que les chiffres cliquetant dans la tête de Lori, comme les gorges de la serrure d'un coffre-fort se mettant en place lorsqu'elles ont trouvé la combinaison.

Et 210 Sunnydale Avenue était incontestablement l'endroit… l'endroit où Lori et ses parents avaient vécu avant l'incendie.

5

Lori conduisait prudemment.

Elle avait vérifié l'indicateur du niveau d'essence avant de partir, attaché sa ceinture, contrôlé les phares. Elle maintenait sa vitesse à quarante-cinq, veillait à mettre son clignotant longtemps à l'avance, observait tous les feux de signalisation.

Mais il n'y avait aucun moyen de contrôler ou d'attacher ses pensées, et bien qu'elle conduisît lentement, son esprit filait à toute allure sur des routes obscures et inconnues.

Qu'est-ce qui l'attendait? Pourquoi était-elle sortie en pleine nuit pour aller retrouver quelqu'un qu'elle ne connaissait pas? Et qui donc était Nadia Hope?

Une « voyante », elle s'était présentée ainsi, pas un médium. Mais peu importait le terme; étiquette ou éthique en toc, elle avait une sorte de pouvoir. Le pouvoir de recevoir des impressions, de façonner des images à partir du vide.

Lori essaya de se rappeler le peu de choses qu'elle avait entendues ou lues sur la parapsychologie. Il y avait des gens qui affirmaient posséder des dons exceptionnels, d'autres qui croyaient en eux, et un groupe beaucoup plus important qui rejetait catégoriquement cette croyance. Le résultat engendrait une certaine confusion, mais Lori n'avait pas eu besoin de considérer ce problème jusqu'à maintenant.

Jusqu'à maintenant, alors qu'elle roulait dans la nuit vers l'endroit où ses parents étaient morts, l'endroit où Nadia Hope attendait.

Nadia Hope. Lori réfléchit à ce nom. « Nadia » du russe, voulant dire *nouveau*. Et « Hope » était du bon vieil anglais signifiant seulement cela : espoir.

Nouvel espoir. Etait-ce un genre de présage destiné à la rassurer? Quelques jours plus tôt Lori se serait moquée de cette idée, mais à présent elle ne savait plus très bien, surtout après avoir entendu la voix au téléphone. *Non, Lori, vous vous trompez. Vous n'êtes pas coupée du monde*.

La voix savait ce qu'elle pensait. Et s'il y avait un monde où un tel pouvoir existait, Lori ne pouvait pas en être coupée.

Elle entrait dans ce monde à présent, tournant dans Sunnydale Avenue — une petite rue où quelques lumières brillaient aux fenêtres des maisons, une voie sans issue où les voitures s'y engageant se retrouvaient très vite devant le cul-de-sac tout au bout. C'était une oasis bourgeoise située à la périphérie de la ville ; les maisons sur leurs lotissements spacieux dataient des années vingt et ne présentaient aucun attrait pour la classe montante d'aujourd'hui. Les propriétaires du 208 étaient des résidents de longue date, ainsi que ceux du 212. Mais le couple qui avait habité au 210 avait disparu, ainsi que leur maison.

Comme elle remontait la rue, Lori s'attendait presque à la voir se dresser, ainsi qu'elle l'avait toujours fait depuis aussi loin que remontaient ses souvenirs, mais il ne restait rien à part des ténèbres rendues plus denses par les arbres qui recouvraient des fondations écroulées et des lattes calcinées. Cela et l'odeur de l'incendie, aussi tenace que l'odeur de la mort.

La vue de la station-wagon compacte garée près du trottoir lui offrit un réconfort partiel. Lori se rangea derrière, éteignant les phares et coupant le moteur, puis elle descendit et s'avança vers le trottoir.

La portière de la station-wagon s'ouvrit et la femme apparut, se tournant vers elle avec un sourire.

— Bonsoir, dit-elle. Je suis Nadia Hope.

Le signe de tête de Lori dissimula sa surprise. Nadia Hope n'était pas du tout ce qu'elle avait imaginé qu'elle serait. D'une certaine façon le nom évoquait l'image d'une silhouette grande et imposante, avec un visage d'un certain âge, gardant encore des signes d'une beauté de naguère. Elle serait vêtue de noir, ses vêtements sombres accentués par des bijoux — des pendants d'oreilles encadrant des pommettes décharnées, un grand collier de perles pendillant sur une poitrine plate, des bagues scintillant sur des doigts longs et fins...

Le sourire de la femme s'élargit.

— Désolée de vous décevoir.

Lori ne savait pas si elle était déçue ou seulement déconcertée. Cette inconnue en survêtement orange avait une trentaine d'années, et elle était loin d'être décharnée. Elle ne portait pas de bijoux, elle avait des doigts courts et boudinés, et son corps distendait le survêtement. Etait-ce vraiment Nadia Hope?

— Pas vraiment. (La femme eut un petit rire.) Mais qui viendrait consulter une voyante du nom de Molly Bloom?

— Molly...?

— Bloom. Comme dans *Ulysse*. (Nadia Hope gloussa à nouveau.) Mais la ressemblance s'arrête là, malheureusement. Mes gentils parents orthodoxes voulaient une princesse juive. A la place, ils ont eu une petite futée. Chaque fois que le téléphone sonnait je leur disais qui appelait avant qu'ils décrochent le combiné. Lorsque mon père a projeté de faire un voyage d'affaires par la compagnie ferroviaire Amtrak, j'ai piqué une telle crise qu'il a dû annuler. Le lendemain, le train est entré en collision avec un train de marchandises dans la banlieue de Denver, et cette fois c'est mon père qui a piqué une crise. Il m'a demandé comment je savais ce qui allait arriver, et je lui ai dit que j'avais vu la collision dans un rêve. C'est à cette époque qu'il m'a traînée chez un psy.

— Et qu'a dit le psy? demanda Lori.

— Les propos nègre blanc habituels. Juste assez pour me faire comprendre que dorénavant je ferais mieux de la fermer sur de tels sujets. Je ne suis jamais devenue une princesse, mais j'ai fait la joie de mes parents jusqu'au jour où ils sont morts. (Nadia Hope s'interrompit brusquement et son sourire s'estompa.) Désolée, je ne devrais pas vous ennuyer avec tout ça.

— Pas du tout, lui dit Lori. (Mais ce n'était pas vrai : elle n'était pas venue ici pour écouter l'autobiographie de Nadia Hope.) Au sujet de ce que vous m'avez dit au téléphone...

— Ne vous inquiétez pas, nous allons y venir. (La femme regarda vers les ruines à l'odeur âcre et les maisons plongées dans l'obscurité de part et d'autre.) Inutile de rester debout ici. Allons dans ma voiture, nous serons mieux.

Sans attendre une réponse, elle tourna les talons et se dirigea vers la station-wagon. Tandis que Lori marchait à ses côtés, elle perçut la puanteur du bois carbonisé et des cendres humides se mélangeant à l'odeur piquante du parfum de Nadia Hope. L'odeur était étrangement familière, mais elle était incapable de l'identifier.

La petite voyante ouvrit la portière et Lori se glissa sur le siège avant. Nadia Hope s'installa derrière le volant.

— Maintenant nous pouvons parler. Des questions?

Lori choisit ses mots avec soin.

— Je déduis de ce que vous avez dit que vous êtes née avec ce pouvoir?

— Je vais vous confier un secret. Nous naissons tous avec des dons paranormaux. Cela fait partie de notre héritage, mais notre héritage c'est aussi le monde dans lequel nous vivons aujourd'hui et qui n'est pas très hospitalier envers les pouvoirs psy. Les bébés sont comme des animaux ; ils sentent intuitivement les émotions des gens autour d'eux, à un niveau non verbal. L'ennui, c'est que les parents ne considèrent pas leurs enfants comme des animaux. Lorsque les jeunes enfants apprennent à parler et à exprimer leurs sentiments concernant les grandes personnes, on les ignore ou on leur dit de se taire. Lorsqu'ils essaient de décrire leurs rêves, les parents leur disent de ne pas avoir peur, qu'il s'agit seulement d'un cauchemar. A l'âge scolaire, la plupart des gosses sont soumis à un lavage de cerveau et on les persuade que les impressions et les rêves n'ont pas de véritable signification, que la prémonition est une simple coïncidence ou un heureux hasard. Une fois qu'un gosse a gobé ça, le pouvoir s'atrophie, exactement comme les muscles que vous n'utilisez pas. Et que vous n'utiliserez jamais, parce que vous ne vous souvenez plus qu'ils existent.

Lori acquiesça.

— Vous êtes une exception, alors ?

— C'est peut-être génétique. Je suis peut-être née avec des muscles mentaux plus développés, pour commencer. Et comme je le disais, même si j'ai fermé ma grande gueule j'ai gardé un esprit ouvert. Lorsque j'ai mené ma barque toute seule, je me suis mise à étudier la question. Beaucoup de choses que j'ai lues étaient des conneries — un terme que mes chers parents n'auraient pas approuvé — mais certaines étaient sensées. Le grand truc que j'ai appris c'est que je n'étais pas seule. Il y en avait d'autres de par le monde : médiums, voyants, diseurs de bonne aventure, se servant de tout, depuis les tarots jusqu'aux feuilles de thé. Bien sûr, la plupart sont des charlatans, mais le pouvoir est réel si vous êtes disposé à le faire travailler et à le développer.

« Il y a cinq ans environ, j'ai décidé que la vie offrait d'autres centres d'intérêt que celui d'être l'assistante d'un crack en orthodontie qui n'avait pas du tout l'intention de m'épouser. En fait, il m'a annoncé qu'il allait épouser une petite *shiksa* affligée de mauvaises prémolaires. Alors j'ai laissé tomber mon boulot et j'ai ouvert un cabinet de consultation métapsychique.

Lori sourit.

— C'est à ce moment que vous avez changé votre nom pour celui de Nadia Hope ?

— J'ai changé un tas de choses en plus de mon nom. Ou peut-être un tas de choses m'ont changée. A dire vrai, ce n'est pas seulement mon satané dentiste qui m'a amenée à franchir le pas. Pendant un moment j'ai cru que je perdais la boule. Sentir à l'avance qu'il allait me plaquer m'a fait l'effet d'un choc. Pis encore, je connaissais le nom de la fille pour qui il allait me plaquer, des semaines avant qu'elle se présente comme patiente. Et les rêves devenaient toujours plus forts —

des rêves comme celui que j'avais fait étant gosse, lorsque mon père avait prévu de faire ce voyage en train.

« Maintenant l'ennui, c'est que ces rêves pouvaient concerner de parfaits inconnus. Lire les pensées de quelqu'un ce n'est pas comme de lire un livre, et c'est la même chose avec les rêves. Vous ne les recherchez pas — ils viennent vers vous. Surtout après quelques verres.

Nadia Hope marqua un temps.

— Je ne sais pas pour vous, mais je prendrais bien un petit remontant à présent. Ça vous dit?

Sans attendre une réponse elle tendit la main et ouvrit la boîte à gants pour en sortir une bouteille d'un demi-litre. A nouveau Lori sentit l'odeur familière et cette fois elle la reconnut. Nadia Hope ne portait pas de parfum... son haleine empestait l'alcool.

Voilà pourquoi elle m'a fait tout un discours sur la télépathie et m'a raconté en détail l'histoire de sa vie. Cette femme est une alcoolique.

Nadia Hope secoua la tête.

— Je ne suis pas une poivrote, dit-elle. En fait, je ne buvais presque jamais avant cette histoire avec mon petit ami. Ensuite j'ai commencé à prendre quelques verres, juste pour calmer la douleur. Ça a marché, mais ce que je n'avais pas prévu c'est la façon dont l'alcool a également accru ma réceptivité. (Débouchant la bouteille, elle la lui tendit.) Les dames d'abord.

— Je préfère m'abstenir, dit Lori. Je n'aime pas le bourbon.

— C'est une façon polie d'énoncer les choses. (Le léger gloussement de Nadia Hope se fit entendre comme elle portait la bouteille à ses lèvres.) Ce que vous pensez en réalité, c'est que la bouteille est à moitié vide et que je suis à moitié pleine. (Le gloussement se changea en un glouglou comme elle buvait.) Ne vous inquiétez pas, je sais ce que je fais. Je garde juste les lignes ouvertes.

— Les lignes?

Nadia Hope reboucha la bouteille et la remit dans la boîte à gants.

— Les lignes de communication, dit-elle. Je n'ai jamais essayé le truc de la transe parce qu'une fois que vous êtes dans les vapes vous ne savez pas ce qui peut se passer, et c'est la même chose avec l'écriture automatique ou les planchettes oui-ja. Les cartes et les boules de cristal sont de simples gadgets, comme le I Ching ou les feuilles de thé — ils servent à focaliser votre concentration. Mais ce que vous voyez ce sont des symboles qu'il faut interpréter, et c'est facile de commettre des erreurs. Un voyant digne de ce nom ne devrait pas prendre ce risque... vous jouez avec la vie d'autres personnes et vous ne pouvez pas vous permettre de faire une bourde.

« Je trouve que ce qui fonctionne le mieux pour moi c'est l'impression directe. Et lorsque je suis bloquée, d'habitude quelques verres me détendent. L'astuce, c'est de contrôler la situation ; cela ne servirait à rien d'échanger une gueule enfarinée contre une gueule de bois.

— Vos rêves, dit Lori. D'où viennent-ils ?

— Une bonne question, et j'aimerais bien connaître la réponse. (Nadia soupira.) Je vous l'ai dit, je suis une pro. Voyante extra-lucide, c'est ce qui est dit dans les pages jaunes. Les clients lisent mon annonce, je lis leurs pensées, et tout le monde est content. Ce sont uniquement des gens comme vous qui me posent des problèmes.

— Mais je ne vous connais même pas. Et vous ne me connaissez pas...

— C'est là où interviennent les rêves. (Nadia se rembrunit.) Ils ne cessent pas de venir, de plus en plus forts. Et presque toujours ce sont de graves ennuis, même des tragédies. Tout traumatisme semble produire des vibrations que je capte.

— Vous avez dit quelque chose au téléphone... au sujet de l'incendie.

— Je l'ai vu, Lori. Je voyais les flammes, je voyais la maison brûler. L'impression était si forte que j'ai cru que je brûlais également, et lorsque je me suis réveillée j'étais trempée de sueur. Alors je me suis dit : « Bon sang, si seulement cette fois tout ça n'avait été qu'un cauchemar. » Puis, le lendemain matin, j'ai mis les informations. Et pendant que j'écoutais le communiqué sur l'incendie j'ai entendu une autre voix — seulement cette voix provenait de ma tête — disant : « Tu vois, c'était entièrement vrai. » Entièrement vrai, c'est ce qu'il a dit.

— Il ?

— Une voix d'homme, Lori. Mais qui, je l'ignore.

Il faisait chaud dans la station-wagon, pourtant Lori sentit un grand froid l'envahir.

— Vous avez entendu la voix de mon père ?

— Difficile de vous répondre. (Nadia Hope secoua la tête.) Cela ne semble pas être le cas, bien que j'aie l'impression très nette, chaque fois que j'entends un message, qu'il s'agit de quelqu'un proche de vous.

Lori s'apprêtait à parler mais la main potelée de Nadia lui fit signe de se taire.

— C'est exact, je continue de l'entendre, toutes les fois que je baisse ma garde, lorsque j'essaie de me détendre, de me reposer un peu.

« Je vous ai dit que j'avais déjà, auparavant, fait des rêves concernant des inconnus. Ils m'empoisonnaient la vie, mais tôt ou tard je reprenais le dessus et ils finissaient par disparaître. Cette fois, c'est différent, à cause de la voix.

« C'est cette satanée voix qui m'a dit de vous téléphoner, qui m'a dit de vous donner rendez-vous ici parce que c'était important.

— Pourquoi ?

A nouveau Nadia agita la main.

— Ecoutez, ce n'est pas une arnaque. Je ne cherche pas à vous entuber. D'accord, je suis une pro, mais je ne fais pas du démarchage par téléphone. Jusqu'à présent j'ai été capable de dominer ces rêves ; le problème, c'est que je n'avais encore jamais été confrontée à ce phénomène de la voix.

« Croyez-moi, je veux vous aider, mais le point crucial c'est que je veux m'aider moi-même à me débarrasser de cette voix avant que cette soi-disant bénédiction qui m'est accordée ne devienne une malédiction.

— Vous ne m'avez toujours pas dit ce que nous sommes censées faire ici.

— La voix non plus. Elle n'a pas été très explicite à ce sujet. Mais j'ai l'impression que nous sommes censées chercher quelque chose.

Lori demeura silencieuse un moment. Ses propres impressions étaient quelque peu différentes.

Malgré ce que Nadia avait dit, il pouvait toujours s'agir d'une arnaque, et tout ce galimatias sur les pouvoirs psy était sa façon de l'embobiner. Quant à l'incendie, elle admettait avoir appris la nouvelle en écoutant les informations. Prétendre avoir vu l'événement dans un rêve prémonitoire pouvait très bien faire partie de la supercherie.

Le scénario prenait forme rapidement. Nadia disait qu'elles étaient ici pour chercher quelque chose. Les pompiers et les hommes de la brigade des incendies criminels avaient dû inspecter les ruines minutieusement et, à sa connaissance, ils n'avaient rien trouvé de conséquent. Et il n'y avait rien à trouver... à moins que Nadia ne soit venue ici un peu plus tôt dans la soirée pour planquer quelque chose qu'elles étaient censées découvrir.

Ce serait un autre argument irréfutable, la preuve du pouvoir psychique de Nadia. Alors qu'elle n'aurait pas besoin de demander des honoraires parce qu'elle aurait une convertie, une croyante convaincue, un pigeon prêt à se faire plumer, une fois la succession réglée. A ce moment elle se présenterait avec un nouveau charabia et la valse des chèques commencerait. Consultations, conseils, enseignement spirituel, le grand jeu.

Pas question. Je laisse tomber. Personne ne lit dans les pensées. Et même si elle se laissait baratiner, Lori était certaine d'une chose: elle n'allait pas se mettre à farfouiller dans ces décombres alors qu'elle portait des talons hauts.

— Une idée judicieuse, dit Nadia Hope. Et si vous alliez jusqu'à votre voiture, ma chère, pour mettre cette paire de chaussures bleues à talons plats que vous avez fourrée sous le siège arrière, du côté gauche?

6

Lori glissa ses pieds dans les chaussures à talons plats, remua ses doïgts de pied, et descendit de la voiture.

— C'est mieux, non ? dit Nadia Hope. Inutile d'abîmer de belles chaussures ou des vêtements coûteux. C'est pourquoi j'ai mis ce survêtement. (Elle nota le regard circonspect de Lori vers les fenêtres obscures de la maison sur le lotissement voisin, puis secoua la tête vivement.) Ne vous inquiétez pas, ils ne sont pas là. De plus, vous habitez ici.

Plus maintenant, se dit Lori. Personne n'habitait dans ces décombres, personne ne s'y aventurerait plus jamais, sauf une poire comme elle, venue ici pour des prunes.

— Je vous en prie, murmura Nadia Hope. Pas de pensées négatives. (Cherchant dans la poche de son survêtement, elle en tira une torche électrique et l'alluma.) Allons-y.

Se retournant, elle franchit le trottoir et s'avança sur la pelouse jonchée de débris. Lori la suivit, reconnaissante que le faisceau de la torche éclairât leur chemin. Ensemble elles traversèrent l'étendue d'herbe roussie, évitant les fragments de bois, de métal et les morceaux de verre.

A présent elles entraient par la brèche à l'angle des murs de soubassement noircis par la fumée et Nadia ralentit le pas comme leurs pieds s'enfonçaient dans une épaisse couche de cendres.

— Faites attention aux lattes en dessous, la prévint-elle. Certaines ont des clous.

Les vestiges éboulés de l'âtre en pierre apparurent indistinctement devant elles, et Nadia les désigna d'un mouvement de la tête.

— C'était la salle de séjour, exact?

Lori acquiesça. Pendant un moment ses yeux se fermèrent et derrière eux surgirent des visions de décors familiers... les décors qu'elle avait connus se modifiant au fil des ans. Une pièce immense aux hauts murs avec des meubles massifs s'élevant au-dessus de sa tête, son vaste plancher recouvert d'un tapis moelleux sur lequel elle rampait à la recherche de sa poupée Barbie. Puis apparut l'image d'une chambre un peu plus petite où elle était assise devant l'âtre par un soir d'hiver tandis que Maman apportait des bols de pop-corn pour elle et Papa. Tous trois étaient plus jeunes: la petite fille avec son nouvel appareil dentaire, l'homme robuste dont les cheveux étaient gris seulement aux tempes, et la femme gaie et affairée, exsudant une vitalité infatigable à tel point qu'il semblait impossible qu'elle prenne un siège et se tienne tranquille un moment.

A présent la pièce changeait, ses meubles regarnis ou remplacés, de nouveaux rideaux aux fenêtres, une moquette neuve recouvrant le sol. Elle s'imagina elle-même ici, lors de ses dernières vacances, revenant dans une maison qu'elle ne reconnaissait plus. Ou bien était-ce simplement que ses occupants avaient changé?

Papa s'avançait au sein des ombres, traînant les pieds, le dos voûté ; Maman était assise, silencieuse, dans son fauteuil roulant, regardant fixement la lumière du feu qui ne parvenait pas à égayer le voile lugubre du crépuscule éternel. Deux vieilles personnes dans une vieille maison.

Et puis ils étaient partis, la maison avait disparu, il ne restait plus qu'elle. Elle et Nadia Hope...

— Par ici.

Nadia l'appela de la main, et Lori aperçut le geste comme elle ouvrait les yeux.

Lori s'avança vers elle.

— Non... arrêtez-vous!

L'ordre brutal de la petite voyante amena Lori à s'immobiliser brusquement.

— Faites le tour par la gauche, dit Nadia. Lentement, maintenant.

La rejoignant, Lori jeta un regard furtif vers la maison située sur le lotissement d'à-côté, soulagée qu'aucune lumière ne soit apparue derrière les rideaux des fenêtres.

— Nous ferions mieux de parler à voix basse, murmura-t-elle. Et si les voisins vous avaient entendues ?

Nadia Hope haussa les épaules.

— Cela aurait pu être pire. Il y a un trou dans le plancher sous ces cendres où vous alliez poser le pied. Vous auriez pu tomber dedans et vous rompre le cou.

— Prémonition ?

— Jamais de la vie, simple question de bon sens. (Nadia se pencha pour examiner l'amas de pierres qui avait été une cheminée.) On dirait que l'âtre a explosé.

— La brigade des incendies criminels est venue ici. Ils n'ont pas parlé d'une explosion.

— La chaleur a pu faire ça. La chaleur et la pression. (Nadia hocha la tête.) Mais une chose est sûre... cet endroit a été incendié volontairement.

A nouveau Lori sentit le froid l'envahir.

— Comment le savez-vous ?

— Une impression. Très forte.

Nadia fit courir le faisceau de sa torche sur l'assise noircie de l'âtre, puis se baissa pour appuyer le côté de sa tête contre le bord opposé.

— Qu'est-ce que vous... ?

— Taisez-vous !

Les yeux fermés, plissant le front, la compagne de Lori déplaça doucement sa joue sur le rebord de pierre de la cheminée. Lorsqu'elle redressa la tête, le côté gauche de son visage était maculé de suie.

— Je l'ai entendue, murmura-t-elle. La même voix... la voix d'un homme. Il est content que vous soyez venue parce qu'il a quelque chose à vous montrer. (Nadia Hope se releva, tapotant son survêtement pour faire tomber la suie.) Mais une chose n'est pas très claire. La maison comportait-elle une pièce avec des rayonnages ?

— Oui, la pièce où Papa travaillait. Je suppose qu'on pourrait appeler cela un bureau, mais il disait toujours que c'était son antre. Son lieu de débauche.

— Débauche. (Nadia acquiesça.) C'est le mot qui m'avait déconcertée. (Elle tendit la torche électrique à Lori.) Conduisez-moi, mais prenez garde de tomber.

Lori s'éloigna de l'âtre vers un couloir qui n'était plus là. Cette fois elle fit montre de prudence, suivant un chemin tortueux entre les monceaux de débris provenant du toit effondré. Elle compta vingt pas, des pas lents sur des cendres et des lambeaux de plâtre qui semblaient avoir été examinés minutieusement par les pompiers, une fois l'incendie maîtrisé. Puis elles arrivèrent dans un espace plus important, entouré de moellons et de lattes brisées.

Là, Lori fit halte, regardant le bois éclaté des rayonnages qui avaient abrité des livres. Mais il n'y avait plus de livres à présent, seulement des tortillons de cuir brûlé ou de reliure synthétique fondue. La plus grande partie de leur contenu avait disparu, à l'exception de quelques pages calcinées qui semblaient avoir survécu par hasard. Certaines gisaient éparpillées çà et là, mais d'autres avaient été rassemblées en de petits tas au cours de précédentes recherches.

Des recherches pour trouver quoi? Je ne sais même pas ce que nous cherchons.

— Et moi non plus, dit Nadia. Mais c'est ici, dans cette pièce. Ou dans ce qui était une pièce.

Ce qui restait c'était un monceau de cendres et Lori l'examina, le faisceau de la torche balayant le cadre d'une photographie sur lequel quelques grains dorés brillaient encore, la carcasse métallique d'un casier de rangement, la masse à peine reconnaissable d'une machine à écrire, et, à côté, le squelette argenté d'un fauteuil de bureau.

Le fauteuil roulant de Maman n'était pas dans la salle de séjour... est-ce que la brigade des incendies criminels l'a emporté?

— Oui, répondit aussitôt la voix de Nadia.

Les lames du plancher qui n'avaient pas brûlé craquèrent tandis qu'elle s'avançait pour faire halte devant ce qui subsistait d'un bureau. Se penchant, elle éparpilla le monceau de cendres.

— J'aurais dû penser à mettre des gants, murmura-t-elle.

Ses doigts ne trouvèrent pas grand-chose de tangible ; seulement quelques fragments subsistaient du plateau, des pieds et des côtés du bureau lui-même. Les tiroirs avaient brûlé également, à l'exception des poignées en cuivre, mais des débris de leur contenu étaient éparpillés dans la cendre : des trombones à moitié fondus, les blocs informes de plastique qui avaient été des stylos à bille, le socle en pierre roussi d'un rouleau de ruban adhésif.

— Pas de papiers, murmura Nadia. Si quelque chose a réchappé à l'incendie, les enquêteurs l'ont pris.

Lori acquiesça.

— A la recherche d'indices, je suppose.

— Ils n'en ont pas trouvé, dit Nadia. Et nous ne faisons pas mieux.

Elle se retourna et alla jusqu'au casier métallique qui gisait renversé sur le côté. Grognant sous l'effort, elle le redressa et regarda fixement le trou où il y avait eu les tiroirs.

— Le feu n'a pas fait ça, murmura-t-elle. Vous voyez ces marques ? Ils ont certainement arraché les battants pour voir ce qui restait à l'intérieur.

— Vous croyez qu'ils ont trouvé quelque chose ? demanda Lori.

— S'ils l'ont fait ce n'était pas important, ou bien vous en auriez été informée. (Nadia leva les yeux.) Il y avait peut-être un coffre-fort ?

— Non. Papa avait un coffre mural à l'agence, mais il n'y en avait pas ici.

Nadia acquiesça d'un air distrait, la tête penchée de côté comme si elle écoutait un message différent. Puis elle fronça les sourcils.

— Zut... je l'ai perdue !

— Quoi ?

— La voix. Elle essayait de se frayer un passage, mais il y a trop d'autres vibrations ici. On dirait que nous allons devoir nous débrouiller toutes seules, mais ne vous inquiétez pas... nous localiserons ce que nous cherchons.

Elle tourna les talons et alla jusqu'aux décombres de ce qui avait été le mur extérieur. Certaines des lattes subsistaient, en partie calcinées ou brisées ; elles avaient été soigneusement entassées et les cendres avaient été déblayées tout autour. De toute évidence les enquêteurs avaient fait leur travail, mais ce fut seulement lorsque Nadia scruta ce qui gisait derrière le tas qu'elle vit ce qu'ils avaient découvert enfoui dessous.

— Venez ici avec la torche, dit-elle. Je crois que j'ai trouvé quelque chose.

Lori s'avança, les cendres crissant sous ses pas. Une fois auprès de Nadia, elle dirigea le faisceau lumineux vers le renfoncement derrière le tas de lattes. Le rayon de la torche produisit des scintillements et des reflets lumineux sur des morceaux de verre enfouis sous des éclats de bois.

— Le bar à alcools de Papa, murmura Lori. Ou ce qu'il en reste.

Nadia se baissa, ses yeux faisant l'inventaire des fragments d'où montait encore une odeur forte qui se mélangeait avec l'odeur âcre des cendres et de la suie.

— Donnez-la-moi un instant.

Nadia tendit la main pour prendre la torche électrique. Elle s'en servit pour ratisser les débris, écartant des tessons de bouteilles et des fragments de lattes pour explorer le rayonnage au-dessous.

— Tout cet alcool, quel gâchis !

Elle avança la main pour tirer sur une poignée en cuivre encastrée dans le battant partiellement intact à la base du meuble. Le battant s'ouvrit et s'affaissa de côté, et le faisceau lumineux éclaira en plein le contenu du petit placard — d'autres bouteilles brisées, un fouet à champagne en argent, une carafe en verre taillé dont le col avait été sectionné.

— Rien. (Nadia secoua la tête.) C'est bien ma veine… j'aurais volontiers bu quelque chose maintenant.

Maintenant. Regardant sa montre, Lori fut surprise de voir que les aiguilles indiquaient minuit.

Minuit, l'heure des sorcières. Et elle était ici avec une sorcière, ou la version moderne d'une sorcière ; une soi-disant voyante qui ne voyait rien du tout. Qu'étaient devenues ces promesses de trouver quelque chose, que ce serait facile comme tout? Et la voix que Nadia prétendait entendre, la voix qui se volatilisait si opportunément dans le crissement des cendres?

Hallucination, tout ça n'était qu'une hallucination, et le seul esprit avec lequel Nadia communiquait c'était l'esprit-de-vin. Les véritables sorcières vont à des sabbats, mais ce qu'il fallait à celle-ci c'était une carte d'adhérent aux Alcooliques anonymes.

— Il faut que vous compreniez, dit Nadia. Je ne contrôle pas le pouvoir. Il vient et il s'en va.

— Nous ferions mieux de partir nous aussi, murmura Lori. Il n'y a rien d'autre ici.

— Je vous en prie. Laissez-moi un peu de temps pour me concentrer.

Lori secoua la tête.

— Il se fait tard. Et je suis trop fatiguée.

— Très bien.

Nadia soupira, puis se déplaça pour suivre Lori comme celle-ci se retournait, faisant courir le faisceau de sa torche parmi les décombres pour les guider vers la pelouse. Ce fut seulement lorsqu'elles eurent atteint les voitures garées le long du trottoir que Nadia parla à nouveau.

— Je suis désolée. Vraiment désolée.

— Ne le soyez pas. Nous commettons tous des erreurs.

— Mais ce n'est pas une erreur. Il y a quelque chose ici, je vous assure. Et la prochaine fois...

— La prochaine fois?

Nadia acquiesça.

— Il faut que nous fassions un nouvel essai. Demain soir, ça vous irait?

— Demain je ne pourrai pas me libérer, j'en ai peur.

— Ne m'envoyez pas promener, Lori. Il faut que nous revenions. (Nadia glissa la main dans la poche de son survêtement et en tira une carte.) Voici mon numéro. Appelez-moi dès que vous serez libre.

— Merci. (Lori se força à sourire.) Je vous ferai signe.

C'était un mensonge, bien sûr. Pas un pieux mensonge, blanc comme neige ; celui-ci était gris, de la couleur des cendres, de la suie maculée par les flammes.

Et d'abord, comment avait-elle pu se laisser convaincre de venir ici ? Quelle qu'en fût la raison, elle ne reviendrait jamais. Tout ce qu'elle voulait à présent, c'était s'en aller.

Si Nadia perçut sa réaction, elle n'en laissa rien paraître. Lori l'observa tandis qu'elle déverrouillait la portière de la station-wagon, s'installait sur le siège avant, puis ouvrait la boîte à gants et prenait la bouteille.

— Bonne nuit, dit-elle. Conduisez prudemment.

Tournant les talons, Lori s'éloigna rapidement. Elle avait hâte de se glisser derrière le volant, de tourner la clé de contact. Le moteur rugit en réponse et la voiture démarra et fila dans la rue ; ce fut seulement lorsqu'elle eut parcouru la moitié du bloc que Lori se souvint d'allumer les phares et d'attacher sa ceinture.

Et ce fut seulement après avoir tourné le coin que Lori réalisa que s'enfuir ainsi ne servirait à rien. Fuir cet endroit était un acte dénué de sens parce qu'elle ne pourrait pas se défaire de la sensation. Qu'est-ce que Nadia avait dit ? *Nous naissons tous avec des dons paranormaux. Cela fait partie de notre héritage.*

Mais Nadia était un charlatan ; elle l'avait prouvé cette nuit en ne trouvant rien. Alors pourquoi la prendre au sérieux ? Pourquoi confondre cette impression, ce mélange de malaise et d'urgence, avec une sorte de prémonition psychique ? Elle-même n'avait rien trouvé, alors pourquoi paniquer ?

Et puis la réponse lui apparut. Qu'elle ait trouvé quelque chose ou non n'avait aucune importance.

L'important c'est que quelque chose l'avait trouvée.

7

Nadia Hope regarda Lori partir, sachant qu'elle n'entendrait plus jamais parler d'elle.

Sa première impulsion fut de klaxonner, mais elle réalisa que c'était inutile, et suivre la voiture de Lori ne serait guère plus utile. A quoi bon courir après cette fille si elle ne pouvait pas lui offrir autre chose qu'une discussion stérile? Lori ne la croyait pas, et en ce moment Nadia n'était même pas sûre de se croire elle-même.

Elle soupira, baissant les yeux vers la bouteille de bourbon posée sur ses genoux. *Une poivrote, voilà ce que tu es, un biberon. Ou bien Lori était-elle le véritable bébé?*

Nadia changea de position sur son siège. D'où était venue *cette* pensée, et qu'est-ce que cela était censé vouloir dire? Elle ne le savait pas... et elle ne savait pas davantage pourquoi elle était certaine qu'elle n'aurait plus jamais de nouvelles de Lori.

Les gens qui venaient la trouver pour lui demander de les aider disaient toujours la même chose: combien c'était merveilleux d'être une voyante et de connaître toutes les réponses. Mais la vérité c'est qu'elle n'avait aucune réponse, parce que tout ce que le pouvoir faisait c'était de présenter des questions. Deux grandes questions... d'où viennent les messages, et que signifient-ils?

Parler franchement à Lori de la source des impressions n'avait pas marché ; cela n'avait pas marché parce que Nadia elle-même ne connaissait pas leur origine.

Quant à leur signification, cela dépendait de l'interprétation. Pressentir qu'elle avait vu Lori pour la dernière fois ne voulait pas nécessairement dire que la jeune fille allait mourir. Elle pouvait tout simplement refuser de répondre à ses appels téléphoniques ou de convenir d'un autre rendez-vous ; peut-être la panique la pousserait-elle à s'enfuir. Nadia avait décelé la panique et elle en connaissait la cause — la peur de la mort entourait Lori d'une sombre aura d'épouvante. Mais ce pouvait être une réaction excessive au destin de ses parents plutôt que la peur de son propre décès.

Réaction excessive. Décès. Nadia secoua la tête et soupira. *Doux Jésus, ça suffit comme ça, ma petite! Laisse tomber ces belles phrases et va au fond des choses.* Employer des mots à la gomme était juste une façon de dissimuler la vérité. Au fait, qu'est-ce qu'une princesse juive ratée avait à faire avec Jésus? Et pourquoi disait-elle « ma petite » en parlant d'elle-même? Elle était adulte et elle était venue ici pour trouver la vérité, non pour la fuir.

Mais comment?

La réponse se trouvait sur ses genoux, puis décrivit un arc de cercle vers le haut jusqu'à ses lèvres comme elle dévissait la capsule de la bouteille et buvait. Une rasade pour calmer les nerfs d'une dame qui était incapable de comprendre ou de contrôler les forces qui la possédaient... puis une seconde rasade pour surmonter la fatigue.

Nadia revissa la capsule et remit la bouteille dans la boîte à gants. Il était temps de ficher le camp d'ici, de rentrer à la maison, de dormir un peu. Autant l'admettre, elle avait fait chou blanc cette nuit, mais on ne peut pas gagner à tous les coups. Elle ne pouvait pas résoudre les problèmes de Lori et on ne pouvait plus rien faire pour ses parents. Que les morts enterrent les morts.

Elle tendit la main vers les clés de la voiture, mais l'écho domina leur cliquetis. *Les morts enterrent les morts.*

Illumination ou illusion, force ou farce, l'appel silencieux s'éleva, plus fort et plus pressant qu'auparavant.

Ou bien était-ce seulement l'effet de deux rasades d'alcool sur un estomac vide ?

La réponse n'avait aucune importance. Ce qui importait c'était le message... le message contenu dans la voix silencieuse d'un homme qu'elle ne pouvait identifier.

C'est ici. Il faut que tu le trouves. Maintenant.

Avant de réaliser vraiment ce qu'elle faisait, Nadia ouvrit la portière de la voiture et descendit. Le trottoir était dur, la pelouse était douce, les cendres au-delà crissaient sous ses pas.

Elle ne savait pas où elle allait mais la voix savait, et elle la guidait. A nouveau elle était dans les ruines de la salle de séjour, se tenant devant ce qui restait de la cheminée.

Immédiatement les impressions jaillirent derrière ses yeux. Un foyer explosant dans un jet de flammes soudaines... un fauteuil roulant renversé derrière un voile de fumée. Rien ne lui parvenait nettement ; les images étaient déformées par la rage, fragmentées par la peur.

La rage de qui ? La peur de qui ? Nadia essaya de se concentrer sur leur source, mais à présent une autre silhouette se formait dans le brouillard aveuglant... une silhouette pétrifiée d'horreur à la vue d'un petit objet posé devant elle. Comment une chose aussi petite pouvait-elle avoir le pouvoir de briser un esprit humain ?

Ou bien était-elle brisée physiquement plutôt que mentalement ? La silhouette tomba en avant vers la fumée tourbillonnante. Que s'était-il passé ici ?

Puis elle réalisa que la réponse n'était pas importante. C'était ce qui s'était passé là-bas qui était important. Là-bas, dans le cabinet de travail, le lieu de débauche, où le bureau avait été détruit et le bar à alcools partiellement consumé.

Nadia se tenait devant ce qui subsistait du coffrage du bar, tandis que l'odeur du bois brûlé montait dans l'obscurité. Elle n'avait pas pensé à se servir de la torche électrique ; comment avait-elle fait pour arriver jusqu'ici sans se rompre le cou ?

Tirant la torche de sa poche et pressant le bouton, Nadia promena le faisceau lumineux sur les éclats de verre brillant faiblement et sur les rayonnages disloqués derrière eux. Comme elle faisait ce geste quelque chose d'autre scintilla, mais le reflet surgit dans son esprit. Il y eut la soudaine illumination d'un objet long, presque plat, sa surface métallique mouchetée et rayée, se trouvant à l'intérieur du bar.

Puis l'image s'estompa, et le bar était vide.

Un vent froid dispersa les cendres, lui soupirant à l'oreille. Mais les voix se confondant avec sa plainte provenaient de quelque part en elle. Puis sa propre voix, la voix de la raison, les dominant. *Ivre. Tu es pleine comme une vache, ma petite.*

Pas du tout. C'était l'autre voix, la voix de l'homme, contredisant la sienne. *Tu n'es pas ivre. Ce que tu as vu est réel. Trouve-le.*

Fronçant les sourcils, Nadia s'agenouilla devant le bar, sa main droite cherchant à tâtons dans la niche, appuyant sur le dessus et les côtés, et émergeant pour se refermer sur le vide. La voix lui parvint aussitôt, impérieuse et insistante. *C'est ici! Pour l'amour de Dieu, trouve-le!*

Une nouvelle fois sa paume sonda le renfoncement, s'avançant vers la tablette du bas, atteignant la surface solide au fond. Un léger déclic retentit et brusquement le bois sous sa main coulissa, révélant une ouverture peu profonde.

Les mots de l'homme montèrent en un cri silencieux. *Oui. Retire-le!*

Non!

Sa propre voix intérieure criait à présent.

N'y touche pas, tu entends? Va-t'en, va-t'en maintenant, n'y touche pas, ne fais pas ça, non, non...

Mais Nadia y touchait déjà, retirant le petit coffre-fort en métal de sa cachette. C'était presque comme de sortir un coffre d'un casier dans une chambre forte, mais les banques sont des endroits silencieux où les clients montrent leur respect pour l'argent en parlant à voix basse. Personne ne crie dans une banque.

Et quelqu'un criait à présent, criait ici, dans la tête de Nadia. *Non... ne fais pas ça... remets-le à sa place...*

Nadia lâcha le coffret. Au même instant, un halo lumineux inonda son visage et elle s'accroupit, se plaquant frénétiquement contre la base cendreuse du mur extérieur, derrière le bar renversé sur le côté.

Dans la rue au-delà, une voiture avançait lentement, son projecteur balayant les ruines. Etait-ce un véhicule de la police ou bien une voiture du service de sécurité effectuant sa ronde dans le quartier ? Quelqu'un l'avait-il vue avant qu'elle baisse la tête ?

Et si quelqu'un l'avait vue, et venait ? Quelle explication pourrait-elle donner à sa présence ici, à minuit, un coffre-fort volé à ses pieds ? Parler de ces cris incessants, ces cris que personne d'autre ne pouvait entendre ?

Nadia retint son souffle jusqu'à ce que ses poumons soient sur le point d'éclater, le retint jusqu'à ce que son front soit couvert d'une sueur glacée, le retint jusqu'à ce que la lumière passe comme un éclair. Alors elle redressa la tête, risquant un regard par-dessus le rebord inégal du mur latéral, tandis que la voiture atteignait et tournait le coin de la rue au-delà.

Se remettant debout, elle rejeta l'air de ses poumons en un soupir de soulagement... un soupir submergé par la clameur éperdue de sa voix intérieure.

Remets le coffret à sa place ! Remets-le à sa place et fiche le camp d'ici !

Oui, il était temps de filer, cela elle le savait. Mais le coffret c'était une autre affaire. L'avoir trouvé était important, pas seulement pour elle mais pour cette pauvre fille qui était entourée d'une aura de danger et de mort.

Le coffret est le danger. Il contient la mort. Remets-le à sa place !

La voix hurlait à présent, exigeant, ordonnant. Nadia hésita, sa mâchoire se durcissant, puis elle secoua la tête.

Au diable les voix intérieures. Prends tes propres décisions. Fais ce que le bon sens te dit de faire.

Nadia se pencha et ramassa le coffret de métal, puis elle se faufila par une brèche dans le mur de soubassement, traversant la pelouse vers le trottoir au-delà.

Non... remets-le à sa place... je t'avertis...

Le cri la poursuivit jusqu'à la station-wagon, et le fait de claquer la portière après qu'elle fut montée ne le chassa pas. Pas plus que le grondement du moteur s'emballant comme la voiture démarrait.

Retourne là-bas... retourne... retourne...

Nadia voulait presser ses mains contre ses oreilles mais cela ne servirait à rien parce que la voix était dans sa tête. La seule façon de la faire taire était de lui obéir, de faire demi-tour, de remettre ce foutu coffret à sa place. Alors la voix s'en irait et elle serait délivrée. Tout cela était si simple, si facile.

Et complètement faux.

Pour la plupart des gens, entendre des voix voulait dire que vous étiez fou. Mais elle n'était pas folle ; elle était voyante. Elle le savait et c'était ce qui lui avait permis de tenir durant ces derniers jours, ce qui lui avait donné la force nécessaire pour courir les risques qu'elle avait pris cette nuit. Si elle ne croyait pas en elle-même, alors elle *était* folle.

Et même si elle croyait, ce n'était pas suffisant. Ce qu'il lui fallait c'était une preuve. Le genre de preuve qu'elle avait à présent... la preuve à l'intérieur du coffret.

C'était ridicule. Mais l'était-ce vraiment ? Parfois seul le ridicule est sensé.

Du moins c'était plus sensé que d'écouter des voix intérieures hurlant des ordres. Remettre le coffret dans sa cachette voulait dire enterrer la preuve pour toujours. Alors personne ne connaîtrait la vérité.

Quelle vérité ?

Nadia l'ignorait, mais elle avait bien l'intention de l'apprendre. Apporter le coffret à Lori, la laisser l'ouvrir. Peut-être avait-elle une clé ; sinon, elles briseraient la serrure, forceraient le couvercle, découvriraient le secret à l'intérieur.

Le secret est la mort.

Plus de hurlements à présent, plus de cris. Les mots n'étaient guère plus qu'un chuchotement, mais ils renfermaient une conviction terrifiante.

La mort. Le coffret contient la mort.

Nadia jeta un coup d'œil au coffret posé sur le siège à côté d'elle. Un moment, elle se demanda si quelqu'un avait placé une bombe à l'intérieur, réglée de manière à exploser lorsqu'on levait le couvercle. Mais assurément il n'y avait aucune raison de garder une arme mortelle comme celle-là dans une maison de banlieue, et les parents de Lori n'étaient pas des terroristes. Il devait y avoir un autre motif, expliquant pourquoi le coffret avait été dissimulé dans le compartiment secret du bar à alcools. Contenait-il de la drogue ? De l'argent volé, peut-être ?

Elle se renfrogna à cette idée, mécontente d'elle-même. Dans des circonstances normales — ou paranormales, plus exactement — elle aurait capté des vibrations susceptibles de la renseigner sur le contenu du coffret. Mais rien de précis ne lui parvenait. La seule façon d'obtenir des réponses c'était d'aller à l'appartement de Lori ; juste un trajet de dix minutes et les rues étaient vides de voitures.

Si seulement elle avait pu faire le vide dans sa tête. La voix semblait s'être réduite à un murmure, mais d'une certaine façon son chuchotement était pire qu'un cri.

Fais demi-tour. Retourne là-bas avant qu'il soit trop tard...

Nadia grimaça, s'apercevant brusquement qu'elle avait une migraine atroce. Ou alors son esprit se dédoublait, parce que maintenant elle entendait une deuxième voix en même temps. La voix de l'homme, dont le message était tout autre.

Non, continue. Il faut que tu continues !

Les ordres contradictoires s'unirent dans une intensité subsonique, et elle agrippa le tableau de bord, mettant la radio pour noyer les deux voix dans le grondement d'une musique rock.

Des accords de guitare retentirent, des trompettes mugirent, et le chanteur commença à gémir, haut et fort.

Rapporte-le, bébé, rapporte-le !
N'attends pas, je t'avertis
N'hésite pas !
Rapporte-le avant qu'il soit trop tard !

Nadia arrêta la radio et la voix se tut. Mais y avait-il eu une voix? Maintenant il n'y avait que le silence. Elle distinguait mal la rue devant elle ; elle battit des paupières. La rue était sombre, plus sombre qu'auparavant ; même la luminosité des phares semblait avoir étrangement baissé.

Elle savait où elle était, ou pensait le savoir. Dans quelques minutes elle atteindrait la rue transversale conduisant à l'appartement de Lori. Tout ce qu'elle avait à faire maintenant c'était continuer, mais pourquoi les lumières avaient-elles baissé ? Elle avait l'impression de traverser un tunnel.

Même les réverbères s'étaient mués en des ombres. Des ombres apparaissant vaguement de chaque côté, ombres d'arbres, ombres d'immeubles. Mais les arbres et les immeubles ont des racines et des fondations ; ils ne bougent pas, ne se rapprochent pas au point que la rue ne soit guère plus qu'une ouverture étroite entre eux.

Rétrécissement du champ visuel.

Nadia appuya à fond sur la pédale de l'accélérateur, dépassant rapidement les ombres, se dirigeant vers la faible pointe d'épingle de lumière encore visible devant elle. Mais, penchée sur le volant, elle comprit qu'elle n'y arriverait jamais, la voix avait raison, il était trop tard...

Un grondement sonore lui fit brusquement redresser la tête. Puis il y eut un crissement de pneus, auquel la station-wagon fit écho comme elle freinait et s'arrêtait.

Sa vue redevenant normale, elle s'aperçut qu'elle se trouvait de nouveau dans une artère normalement éclairée, mais du mauvais côté de la rue.

A quelques mètres seulement devant elle, il y avait le camion-citerne qui avait fait une embardée vers le bord du trottoir. Son conducteur passa la tête par la vitre baissée de la cabine afin de poser une question de pure forme.

— Espèce d'enfant de putain, t'as envie de te faire tuer ?

Evitant son regard courroucé, Nadia fit une manœuvre pour regagner le bon côté de la rue, tandis que le camionneur poursuivait son interrogation.

— Bon Dieu de merde, et si tu regardais devant toi ? Pas possible, t'es ivre ou quoi ?

Nadia ne répondit pas. A présent elle voyait distinctement et elle savait où elle allait. Elle n'était pas ivre, non plus, quoi qu'en pense cet abruti.

Accélérant, Nadia repartit, revenue sur la route de la réalité. Elle arriva au croisement et tourna dans la rue latérale juste à trois blocs de l'appartement de Lori.

A ce moment, elle eut conscience d'un froid soudain et abaissa la main pour arrêter le système d'air conditionné. A sa grande surprise, elle s'aperçut qu'il n'était pas branché ; le froid devait entrer par sa vitre latérale.

Elle remonta la vitre mais le froid persista. Sa peau la picotant, Nadia tendit la main pour mettre le chauffage. Le curseur refusa de bouger ; comme elle essayait de le déplacer, elle réalisa que ses mains étaient glacées. Ses pieds également, parce que le froid gagnait tout son corps à présent ; même son cerveau était glacé et mort.

Surmenée ; c'était son problème. Elle était trop fatiguée pour conduire. Le froid l'engloutit et elle se laissa couler, voulant dormir. Elle était une princesse des neiges juive et il était temps de dormir parce qu'elle était si fatiguée, tellement fatiguée...

— N-non !

Tant bien que mal le mot se fraya un passage entre des lèvres engourdies, alimenté par une flamme minuscule qui vacillait quelque part au tréfonds de son être. Nadia se représenta la flamme grandissant, se nourrissant de fureur, et tandis que sa colère éclatait le froid recula.

Ce n'était pas vrai ; elle n'était pas une princesse des neiges. Fatiguée, oui, mais cela ne l'arrêterait pas. Maintenant il n'y avait plus que deux blocs à parcourir. Son pied appuya sur la pédale de l'accélérateur, sa détermination lui donnant l'énergie nécessaire.

Et le moteur cala.

Le moteur cala et la station-wagon s'arrêta, butant contre le rebord du trottoir. Nadia tourna la clé de contact frénétiquement mais il n'y eut aucun bruit. Les lumières du tableau de bord diminuèrent, la lueur des phares s'assombrit.

Des ennuis de batterie ? Quel que soit le problème, cela ne l'empêcherait pas de faire à pied le reste du trajet.

Elle sentait le froid revenir, et lorsque sa main se déplaça vers le coffret sur le siège à côté d'elle, ce fut comme si elle touchait un bloc de glace.

Pourquoi cette soudaine chute de température ? C'était le genre de chose que les chasseurs de revenants rapportaient lorsqu'ils avaient affaire à un fantôme dans une maison hantée. Mais elle ne traquait pas des fantômes et sa station-wagon n'était pas hantée.

Ou bien l'était-elle ?

Une batterie morte elle pouvait s'en accommoder, mais des esprits morts c'était une autre histoire. Elle n'avait jamais eu la moindre raison de croire aux fantômes ou en leurs pouvoirs, et ce n'était guère le moment de considérer de tels sujets. Si ce n'est qu'elle avait entendu des voix, avait failli être tuée dans un accident bizarre, que le moteur était tombé en panne, et que la surface métallique du coffret sous sa main était couverte d'une gelée blanche.

Se passant la langue sur ses lèvres gercées, Nadia se souvint du bourbon dans la boîte à gants. Il en restait encore un fond, et Dieu sait qu'elle en avait besoin en ce moment.

Nadia tendit la main, lui confiant une mission charitable. La bouteille était glaciale au toucher ; elle vit que le doigt de liquide ambré à l'intérieur avait pâli, prenant une teinte plus claire. Et lorsqu'elle inclina la bouteille, son contenu resta immobile.

Comment était-ce possible ? L'alcool ne gèle pas, pas du fait de n'importe quelle baisse de température normale. Mais rien n'était normal ici et il fallait qu'elle sorte de la voiture.

Fourrant de nouveau la bouteille dans la boîte à gants, Nadia se tourna et déverrouilla la portière à sa gauche. Ou essaya de le faire.

La serrure resta bloquée.

Appuyant maladroitement sur le poussoir avec des doigts à moitié gelés, elle comprit que cela ne servait à rien... ce qui provoquait le froid, quoi que ce fût, contrôlait la voiture elle-même. Les vitres des deux côtés étaient hermétiquement fermées, et ses poings serrés martelèrent les glaces de sécurité sans le moindre résultat. Le palais de glace était devenu une prison de glace.

Haletant par suite de ses efforts, Nadia sentit le froid envahir ses poumons. Sous le survêtement son corps était parcouru de spasmes et grelottait.

Sang froid. Jusqu'ici cela n'avait été qu'une phrase creuse, mais tandis que la température de son corps baissait rapidement, elle comprit toute sa signification. C'était de cette manière qu'elle risquait de mourir ici... de sang froid, prise au piège à l'intérieur de ce maudit congélateur.

La main de Nadia frappa avec colère le couvercle du petit coffre-fort, et elle eut une idée. Jusqu'à quel point était-il fort ?

La douleur transperça ses doigts comme elle agrippait les parois de métal couvertes de givre du coffret, le soulevant pour le projeter contre la vitre à sa gauche.

L'impact envoya un flot de sensations dans les muscles de son bras droit et de son épaule, mais le verre tint bon. Suffoquant, elle le cogna contre la vitre à nouveau, et une fois de plus le seul dommage commis fut envers elle-même.

Cela ne servait à rien de continuer d'essayer, même si elle en avait la force. Nadia se retourna et laissa retomber le coffret à sa droite ; il rebondit, puis glissa sur le siège pour se loger contre le poussoir de la portière côté passager.

Il y eut un déclic comme la poignée bougeait... et tandis qu'elle regardait avec stupeur, la portière côté passager s'ouvrit et pivota vers l'extérieur.

De réaliser cela lui apporta un tel soulagement qu'elle ne savait pas si elle devait rire ou pleurer. Pourtant, elle ne fit ni l'un ni l'autre ; se déplaçant sur le siège avant, Nadia récupéra le coffret au passage et descendit de la voiture, posant le pied sur le trottoir au-delà du rebord.

L'air nocturne était humide plutôt que frais. Seul le coffret était froid, mais elle le tint avec fermeté comme elle s'avançait. La rue était déserte et ses immeubles plongés dans l'obscurité, à part les lumières devant les entrées et les allées conduisant à un parking souterrain. Mais il fallait s'y attendre à cette heure de la nuit et l'absence de bruit ou de mouvement était plutôt rassurante.

Nadia hâta le pas. Maintenant qu'elle était libre elle pouvait à nouveau penser clairement. Il n'y avait plus de froid pour engourdir son corps, plus de voix pour engourdir son esprit. Si elle n'avait pas été aussi traumatisée elle aurait réalisé que la voiture n'était qu'une station-wagon ordinaire, et non un cercueil cryogénique. Quelque chose avait dû se dérégler dans l'ordinateur ou dans ce qui contrôlait les circuits de transmission ; ce qui expliquerait la panne de moteur, les portières et les vitres bloquées. Si les contrôles étaient détraqués, le système d'air conditionné avait très bien pu fonctionner à la puissance maximale, bien que le curseur fût sur « zéro ». C'était une explication suffisante pour le froid, et elle l'accepta avec plaisir.

La réceptivité psychique semblait transcender les frontières du temps et de l'espace, mais cela ne l'aiderait jamais à percer les mystères cachés sous le capot d'une voiture. Lorsqu'elle serait arrivée chez Lori, elle appellerait l'Auto Club et leur demanderait de s'en occuper.

Cela lui laisserait suffisamment de temps pour raconter à Lori comment elle avait trouvé le coffret ; plus que suffisant, parce qu'elle avait déjà décidé de ne pas mentionner cette histoire de voix et ce qui avait suivi.

La chose importante c'était le coffret lui-même et ce qu'il pouvait contenir. Faute de clé, elles pourraient forcer le couvercle et alors...

Alors que Nadia arrivait au premier croisement et montait sur le trottoir opposé, elle modifia sa prise sur le coffret pour le tenir plus commodément, et elle sentit quelque chose ballotter à l'intérieur. Cela ne produisit pas un bruit sec ou un tintement, ce qui excluait des bijoux sauf s'ils étaient enveloppés dans du tissu ou dans de la ouate. Très probablement le coffret contenait des papiers, mais quelle sorte de papiers — actes notariés, actes hypothécaires, actions et bons du Trésor ?

Elle avait vraiment été géniale, un peu plus tôt dans la soirée ; elle aurait très bien pu « ouvrir les lignes » et capter une impression ou même une image visuelle de ce que le coffret contenait. Mais à présent l'énergie avait disparu et elle devait faire appel à toutes ses forces simplement pour continuer d'avancer parce qu'elle était fatiguée, si fatiguée, et parce que le coffret était foutrement lourd.

Nadia ralentit le pas comme elle passait devant les immeubles bordant le second bloc. Les lumières extérieures se brouillèrent, se scindant en deux. Double vision, diplopie, ou un terme semblable. Difficile de penser lorsque vous êtes si fatiguée, lorsque vos bras et vos jambes vous font mal et que chaque pas est épuisant.

Elle battit des paupières et les lumières redevinrent normales, mais la fatigue demeura. Même battre des paupières était un effort. Battre des paupières et cligner les yeux et penser et boire. Seigneur, elle avait sacrément besoin d'un petit verre ! Trimbaler le coffret était une erreur, elle aurait dû le laisser dans la station-wagon. Elle pouvait encore le poser par terre et s'épargner cette peine ; tout simplement laisser ce truc dans les buissons pour que quelqu'un d'autre le trouve. Et pourquoi pas ? Après tout, ce coffret ne lui appartenait pas et son contenu ne la concernait pas.

Ce qui la préoccupait c'était cette sensation, cette sensation épouvantable d'être éreintée, lessivée, trop lasse pour faire un pas de plus. Poser le coffret par terre et l'oublier...

Nadia prit une profonde inspiration. Pourquoi pensait-elle une telle absurdité ? Ou bien est-ce que quelqu'un ou quelque chose d'autre pensait pour elle ? Fatiguée ou pas, elle savait ce qu'elle faisait et ce qu'elle devait faire. Remettre le coffret. Découvrir ce qu'il y avait à l'intérieur.

Mais il était si lourd, si difficile à porter ; le simple fait de s'y cramponner lui prenait toutes ses forces. Était-ce encore loin ?

Nadia scruta les numéros sur la façade des immeubles, puis s'aperçut que l'adresse qu'elle cherchait se trouvait juste devant. Plus qu'une dizaine de mètres à parcourir, mais à ce moment les lumières se brouillèrent à nouveau et la douleur dans ses membres s'intensifia. C'était comme de marcher sous l'eau en tenant une ancre dans ses bras. Marcher au fond de la mer, ses poumons privés d'air sur le point d'éclater, la pression augmentant pour écraser son corps, à la faim rôdant à proximité.

Elle percevait la faim ici dans les profondeurs où les grands requins étaient en quête de proie, les mangeurs d'hommes. Et ils percevaient sa présence également. Même si elle ne pouvait pas les voir dans ce brouillard, elle savait qu'ils décrivaient des cercles, qu'ils se rapprochaient.

C'était le coffret qu'ils voulaient, bien sûr. Le lourd coffret qui l'entraînait vers le bas, vers les profondeurs et les ténèbres. Qu'elle lâche ce fardeau et elle serait libre, remontant vers la surface, vers la sécurité. Pas de temps à perdre, elle devait le faire maintenant.

Maintenant. Nadia se raccrocha au mot, se raccrocha au coffret, se raccrocha à sa résolution. *Maintenant* était le seul lien avec la réalité qu'il lui restait ; *maintenant* était ici et elle était ici, dans la rue. Et bien que chaque pas fût un supplice elle continua de marcher jusqu'à ce qu'elle atteigne l'allée menant à l'entrée de l'immeuble.

Tant bien que mal elle ouvrit la porte, tant bien que mal elle s'avança dans le hall en titubant pour s'appuyer contre le mur, suffoquant d'épuisement et de soulagement. Pas d'eau ici, pas de pression, pas de requin imaginaire. Mais le coffret était toujours aussi lourd.

Elle parcourut du regard la liste des locataires sur le panneau à sa droite, cherchant le nom de Lori.

S'était-elle trompée d'immeuble ? Non, parce que l'adresse était exacte. Probablement, puisque Lori venait d'emménager, son nom n'avait-il pas encore été inscrit sur la liste. A présent Nadia se représenta visuellement le numéro de son appartement au premier étage ; il lui suffisait de monter l'escalier et de sonner à la porte.

Mais en serait-elle capable ?

Porter ce satané coffret c'était comme de trimbaler un frigo, et l'escalier au fond du hall était très raide. Cet immeuble était relativement ancien, seulement trois étages au lieu des tours habituelles, c'est pourquoi il n'y avait pas d'ascenseur. Maudissant l'architecte, le propriétaire de l'immeuble, et sa propre infortune, Nadia s'avança lentement vers l'escalier.

Pendant un moment elle se tint au bas des marches, faisant appel à toute son énergie, se forçant à se ressaisir, à se souvenir de la réalité.

Pour commencer, nom, grade et numéro matricule. Elle était Nadia Hope, voyante, douée de pouvoirs psychiques. Pouvoirs qui l'avaient conduite à Lori, qui l'avaient conduite à la découverte de ce coffret. Rien de surnaturel là-dedans ; il n'y a rien de surnaturel, point final. Tout ce qu'elle avait à faire maintenant c'était de monter au premier étage. Doucement ! une marche à la fois.

Elle se retourna et posa le pied sur la première marche. La douleur transperça son talon, mais elle continua de monter. La deuxième marche fut encore pire, comme de marcher nu-pieds sur des braises. Serrant les dents, elle entreprit de gravir les marches suivantes, tenant le coffret à deux mains.

Sa surface dégageait de la chaleur, dégageait de la chaleur si rapidement et si intensément que le métal commençait à lui roussir les doigts. Le coffret était rempli de braises, lui aussi, et si elle ne le lâchait pas, ses mains seraient brûlées.

Mais tout cela était imaginaire, et il fallait qu'elle se souvienne de la réalité. Elle était Nadia Hope, voyante, et il n'y a rien de surnaturel, point final.

Faux. Il n'y a pas de Nadia Hope. Les pouvoirs que tu crois posséder existent seulement dans l'imagination de Molly Bloom.

La voix était revenue, et elle lui disait de faire demi-tour. *Fais demi-tour, Molly, rapporte le coffret jusqu'à la voiture. Tu peux la faire démarrer cette fois, tu peux conduire, échapper à la chaleur, mettre fin aux brûlures. Va-t'en, Molly. Pars, maintenant !*

Molly écoutait, désirant obéir. Mais tout le temps elle continua de monter, continua, et à présent elle était en haut de l'escalier. Ici l'air était chaud également, parce que la chaleur monte et qu'elle était montée avec elle. Maintenant il était temps de faire demi-tour, de redescendre, de descendre et de sortir vers la fraîcheur.

Elle allait partir, il fallait qu'elle parte, mais pas tout de suite ; pas alors qu'elle se trouvait à quelques mètres seulement de la porte de l'appartement de Lori. Tout ce qu'elle avait à faire maintenant c'était de sonner...

Non... ne fais pas ça. Ne fais pas ça!

La voix crépitait comme une flamme, mais il n'y avait pas de flammes, seulement la fumée s'élevant de tous côtés, l'aveuglant tandis qu'elle se dirigeait en titubant vers la porte. Elle s'arrêta devant le battant, essayant de se dire qu'il n'y avait pas de fumée, pas de chaleur, pas de voix. Elle devait se concentrer sur la réalité, accommoder sur le petit bouton noir au centre de la porte.

Molly... écoute-moi...

Son index trouva le bouton mais il n'était pas noir ; il avait viré au rouge, un rouge ardent. Un souffle de chaleur jaillit comme toute la porte se changeait en flammes.

Un cri mourut, s'étranglant dans sa gorge, comme elle reculait en chancelant ; le coffret métallique tomba vers la fumée qui montait en volutes depuis le corridor moquetté. Tournant les talons, elle fit une embardée vers l'escalier.

Retourne là-bas... ramasse le coffret...

Elle prit l'escalier et l'escalier la prit et la voix s'éleva, les flammes s'élevèrent, s'enroulant autour de son corps brûlant. Pourtant elle réussit à atteindre le hall, la porte, la rue au-delà. Suffoquant, elle s'avança en titubant, puis elle fit halte.

Pas de fumée ici, pas de flammes, pas de voix. L'air nocturne était pur et frais, la rue silencieuse. Prudemment, elle passa sa main sur le côté droit de son visage carbonisé, tressaillant de douleur par avance, mais la peau était lisse.

Et elle était elle-même à nouveau. Elle était Nadia Hope. Nadia Hope, voyante extra-lucide... suffisamment extra, suffisamment lucide pour affronter le paranormal, et suffisamment normale pour y avoir survécu.

Nadia se dirigea vers le bas de la rue, pressant le pas comme la vigueur réapparaissait en elle. La station-wagon était garée là où elle l'avait laissée, portière non verrouillée, la clé de contact pendant toujours au tableau de bord. Et la température à l'intérieur était normale.

Se glissant derrière le volant, elle considéra ses options. Si le moteur refusait de démarrer, ce ne serait pas la fin du monde ; elle pouvait aller à pied jusqu'à Wright Street, quelques rues plus loin, et appeler l'Auto Club depuis la cabine téléphonique sur le parking au coin. Ensuite elle appellerait Lori, lui dirait ce qui avait été laissé devant sa porte. Inutile d'entrer dans les détails sanglants ; simplement l'informer qu'elle l'avait trouvé en fouillant de nouveau dans les cendres. Lui dire de ne pas essayer de forcer la serrure cette nuit, convenir d'un rendez-vous pour que toutes les deux ouvrent le coffret ensemble.

Cette fois, se promit Nadia, elle serait préparée. La voix avait un pouvoir de suggestion, mais quelle que soit sa source, elle était seulement capable de créer des illusions, elle n'exerçait pas une emprise totale sur son esprit. Sa récente expérience en était la preuve : c'est pourquoi, à présent, elle n'avait plus aucune raison d'avoir peur.

La confiance réapparut, et ce fut la confiance qui l'aida à ouvrir les lignes. Avant même de tourner la clé de contact, elle sut que la voiture allait démarrer, et ce fut le cas.

La voiture démarra et le reste fut facile. Facile de conduire, facile de décider d'emprunter la route touristique le long de l'autoroute côtière. Comme elle s'y engageait, une brise agréable souffla sur son visage.

Suivant les virages entre les falaises s'élevant à gauche et le bord escarpé des à-pics à droite, elle regarda la mer en contrebas qui miroitait au clair de lune, les vagues battant et recouvrant les rochers. Il n'y avait pas de circulation ici, rien pour la distraire et l'empêcher de contempler les remous de l'eau.

Facile, tellement facile. Facile de se détendre après l'épreuve de cette nuit. Et cela avait été une épreuve, sans aucun doute. La question était de savoir jusqu'à quel point elle avait été réelle et jusqu'à quel point elle avait été seulement imaginaire ? Lorsqu'elle avait cessé d'obéir aux ordres de sa voix intérieure, celle-ci avait employé d'autres moyens pour essayer de la contrôler.

Certains des phénomènes — le froid extrême, la chaleur intense, le gel et le feu — étaient manifestement de simples hallucinations. L'immeuble de Lori n'était pas en feu et la porte de son appartement ne s'était pas enflammée brusquement. Tout comme cette station-wagon n'avait pas pu se transformer en un réfrigérateur monté sur quatre roues. Ou bien était-ce possible ?

Afin de se rassurer, Nadia sortit la bouteille de la boîte à gants et l'approcha de la lumière du tableau de bord. La surface du verre n'était pas froide et le bourbon à l'intérieur n'était pas gelé. Ce qui voulait dire qu'il ne l'avait jamais été, parce qu'il n'aurait pas dégelé en un laps de temps aussi court, et ce sans avoir été exposé à une source de chaleur.

Par conséquent, cela aussi avait été une illusion. Mais... et la panne de moteur ? Le carburateur avait pu être noyé, mais il n'y avait aucune raison pour que cela se produise, alors qu'elle roulait à petite allure dans la rue. Et les portières *avaient été* bloquées.

Peut-être se trompait-elle à propos des limites de la voix. Peut-être avait-elle le pouvoir de changer certains aspects de la réalité... mais quelle était l'étendue de ce pouvoir ? Influencer des esprits au moyen de la suggestion hypnotique n'était pas un phénomène surnaturel ; des millions de personnes tout à fait normales sous d'autres rapports pouvaient faire la démonstration d'une telle faculté chaque fois qu'un volontaire montait sur la scène d'un théâtre ou sur l'estrade d'une classe de psycho. Mais exercer une influence sur des objets inanimés c'était tout autre chose, une chose tout à fait terrifiante lorsqu'on considérait vraiment les possibilités. Peut-être était-ce juste une forme extrême de télékinésie, bien que le terme fût seulement une étiquette, et non une explication.

La plus grande énigme, bien sûr, c'était la voix elle-même. Pas la première voix qu'elle avait entendue, celle qu'elle avait identifiée, pour Lori et pour elle-même, comme étant une voix d'homme ; celle-là elle pouvait s'en accommoder, bien qu'elle en ignorât la source, parce que conseils et révélations semblaient lui être communiqués au moyen de ces verbalisations silencieuses. Mais pourquoi sa propre voix intérieure essayait-elle de l'arrêter... pourquoi avait-elle peur?

La réponse, se remémora Nadia, se trouvait peut-être dans le coffret. Mais à présent qu'elle avait les idées claires, à présent que les lignes commençaient à s'ouvrir de nouveau, la réponse pouvait se trouver juste ici, dans sa main, tout aussi bien.

Le contenu de la bouteille clapota d'une manière tentante. Elle ôta la capsule d'une main tandis qu'elle ralentissait. Inutile de se presser maintenant ; juste continuer de prendre les choses en douceur. Un verre l'aiderait à se détendre, et la réponse viendrait.

Tenant le volant de la main gauche, Nadia porta le goulot à ses lèvres et but une petite gorgée. Satisfaite qu'il n'y ait rien d'anormal dans le goût ou la température de l'alcool, elle laissa le restant de bourbon descendre au fond de sa gorge en gargouillant, la réchauffant en cours de route.

Puis, soudainement, la chaleur se changea en feu. Une boule de flammes éclata en elle et elle hurla, portant vivement les mains à sa gorge. Elle ne vit jamais le virage apparaissant devant la voiture, ne comprit jamais lorsque la station-wagon défonça le rail de sécurité et plongea par-dessus le bord du sommet de la falaise pour tomber dans le vide.

Trop tard. J'ai essayé de te prévenir...

La voix s'éleva mais Nadia ne l'entendit pas, et elle ne sentit pas l'impact lorsque la station-wagon s'écrasa et rebondit sur les rochers, puis bascula vers les vagues qui attendaient.

Consumée par un feu intérieur, sa dernière pensée consciente fut une pensée de gratitude parce que l'eau était froide.

Froide comme la mort.

8

Lori était contente d'être chez elle.

Bien sûr, ce n'était pas chez elle, pas vraiment ; elle était dans l'appartement depuis quelques jours seulement. Néanmoins c'était un endroit où elle pouvait se déshabiller, se démaquiller et se détendre.

Par-dessus tout elle voulait oublier cette nuit. Alors qu'elle ôtait son corsage et sa jupe, l'odeur de fumée imprégnant ses vêtements lui rappela trop nettement où elle avait été, ce qu'elle avait fait.

Et qu'avait-elle *fait* au juste ? Aller en pure perte à un rendez-vous avec une inconnue, une femme ivre qui prétendait être voyante et entendait des voix... cela ne rimait à rien.

Lori s'efforça de chasser cette pensée de son esprit tandis qu'elle s'asseyait devant la coiffeuse, s'absorbant dans le cérémonial nocturne du démaquillage. Mais lorsque disques démaquillants et tampons de coton eurent fait disparaître les produits de beauté, la vue de son visage dans le miroir lui rappela que la logique est une illusion. Nous sommes logiques seulement en dissimulant la réalité au-dessous.

Sans le maquillage, ses pommettes saillantes encadraient des traits encore jeunes et non marqués de rides ; pourtant, sans les touches de couleur, l'accent de l'ombre à paupières, et le masque de mascara, son visage révélait une vulnérabilité que les produits de beauté avaient cachée.

Il était logique de vouloir paraître séduisante et

sophistiquée, mais cela avait pour but de tromper les autres. La vérité, se dit Lori, c'est que nous sommes tous vulnérables parce que nous avons peur d'un monde que nous ne comprenons pas. Pourquoi sommes-nous nés dans ce monde, pourquoi vivons-nous, pourquoi mourons-nous? Et puis l'ultime question, l'ultime peur — qu'arrive-t-il après la mort? La science, la religion ou la philosophie ne peuvent éclaircir les mystères, alors nous nous adressons à d'autres personnes pour obtenir des solutions: magiciens et sorcières dans le passé, médiums et voyantes aujourd'hui. Mais ils ne pouvaient donner de preuves, et nombre d'entre eux étaient des charlatans.

Nadia était-elle un charlatan?

Elle semblait sincère ; elle croyait vraiment que rêves et prémonitions l'avaient conduite vers Lori, que des voix la guidaient dans l'expédition de cette nuit. Mais les rues sont remplies de clochardes qui entendent des voix et croient aux rêves. Et au bout du compte, elle n'avait rien trouvé...

Un fracas et un choc sourd firent se lever Lori d'un bond.

Effrayée, sa première pensée fut que le bruit provenait de quelque part dans l'appartement. Elle s'avança sur la pointe des pieds jusqu'à la porte de la chambre à coucher et resta là un moment, tendant l'oreille, mais tout était silencieux à présent.

Lentement elle se glissa dans le couloir jusqu'à l'entrée de la cuisine et actionna l'interrupteur. Il n'y avait personne dans la pièce ; rien n'était tombé de l'évier ou du buffet, et la fenêtre était verrouillée.

Lori rebroussa chemin dans le couloir. La salle de bains était en ordre, et l'épais treillis métallique protégeant la fenêtre toujours en place.

Quelques pas l'amenèrent à la salle de séjour ; à nouveau elle fit halte, attentive au moindre bruit, plissant les yeux dans la lumière pour découvrir son origine. Tout ce qu'elle entendait était sa propre respiration, et il n'y avait aucun signe d'une présence se cachant dans les ombres. Jetant un regard vers la porte d'entrée, elle nota que la chaîne de sûreté était toujours mise comme elle l'avait laissée.

Le choc sourd avait dû provenir du corridor... un voisin, probablement, regagnant son appartement après une virée tardive dans un bar.

Lori fronça les sourcils. La chute d'un homme ivre pouvait expliquer le fracas, mais elle n'avait pas entendu de bruit de pas ensuite. Quelqu'un s'était peut-être évanoui dans le corridor. Et s'il ne s'agissait pas d'un homme ivre ? Quelqu'un pouvait très bien être malade, ou avoir une crise cardiaque.

Prenant une profonde inspiration, elle alla jusqu'à la porte et ôta la chaîne, puis tira le verrou. Prudemment elle entrouvrit la porte — quelques centimètres suffiraient.

Et cela suffit. Quelques centimètres amenèrent le bas de la porte au contact d'un objet posé sur le seuil.

Baissant les yeux, Lori vit un coffret de métal. Elle risqua un coup d'œil dans le corridor ; il était désert à présent. La personne qui avait livré le coffret, le déposant sur le pas de sa porte, était venue et repartie.

Livré ?

Le froncement de sourcils de Lori s'accentua. Quelle raison avait-elle de penser que ceci lui était destiné ? Et pourtant elle ne pouvait chasser la conviction que c'était vrai. A nouveau elle se souvint des paroles de Nadia Hope. « Nous naissons tous avec des dons paranormaux. Cela fait partie de notre héritage. »

Nadia Hope... était-ce elle qui avait apporté le coffret ? Et dans ce cas, pourquoi n'avait-elle pas sonné ou frappé ?

Aucune réponse ne vint ; il n'y avait rien ici à part le coffret lui-même. Lori se baissa et le ramassa, notant que son contenu paraissait léger et ne faisait aucun bruit.

Refermant la porte à clé et remettant la chaîne, elle emporta sa trouvaille dans la cuisine et la posa sur la table au-dessous du plafonnier.

Elle essaya de lever le couvercle, mais il ne bougea pas. La plaque de métal en dessous du couvercle était un visage argenté entourant l'œil vide du trou de la serrure.

L'œil la suivit tandis que Lori sortait de la cuisine. Revenue dans la chambre à coucher, elle ouvrit son sac et trouva la carte de Nadia. Après l'avoir emportée dans la salle de séjour, elle regarda le numéro de téléphone et le composa.

Personne ne vint répondre.

Elle attendit jusqu'à la dixième sonnerie, puis raccrocha. Elle essaierait de nouveau plus tard. Et pendant ce temps-là...

Pendant ce temps-là, de retour dans la cuisine, le coffret attendait. Et ce trou de serrure continuait de la regarder fixement. Peut-être pourrait-elle ouvrir le coffret sans l'aide d'une clé.

Lori prit un couteau de table dans le tiroir à côté de l'évier et essaya d'enfoncer la lame sous le bord du couvercle, mais le tranchant du couteau glissa. Et l'œil moqueur la regardait fixement.

Elle renouvela ses efforts sans succès ; le couvercle était trop bien ajusté. Tant pis ; mieux valait essayer à nouveau de joindre Nadia.

Une fois de plus, elle alla dans la salle de séjour et composa le numéro ; une fois de plus, elle entendit l'écho vide de la sonnerie.

Où était cette femme ? Même les bars étaient fermés à cette heure, et à peu près tout le monde était chez soi, dans son lit... c'est là où Nadia aurait dû être, et c'est là où Lori avait envie d'être. Mais elle ne pourrait pas dormir, pas avec ce coffret trônant là dans la cuisine, la lorgnant d'un mauvais œil.

Le mauvais œil. Des choses qui font des bruits étranges pendant la nuit et qui atterrissent sur le pas de votre porte...

Sur une impulsion elle composa à nouveau un numéro et cette fois quelqu'un répondit à son appel.

La voix de Russ était ensommeillée.

— Lori ? Où es-tu ?

— Chez moi. Il y a quelque chose ici que je dois absolument te montrer.

— A deux heures du matin ? Qu'est-ce que c'est ?

— Je ne peux pas t'expliquer, il faut que tu le voies. Russ, je t'en prie...

— Dans une demi-heure.

Lori raccrocha, soulagée. Elle refit le numéro de Nadia, mais il n'y eut pas de réponse. Inutile de se tourmenter pour ça maintenant, puisque Russ allait venir. Elle avait téléphoné sur une impulsion, juste pour entendre une voix familière, et cela l'aiderait de voir un visage familier.

Les questions demeuraient. Dans quelle mesure pouvait-elle lui faire confiance, dans quelle mesure pouvait-elle le mettre au courant ? Et s'il ne la croyait pas ?

Elle avait besoin de quelque chose pour s'éclaircir les idées ; du café ferait peut-être l'affaire.

Le temps que Russ arrive, elle en avait préparé un pot. Mais lorsqu'elle l'emmena dans la cuisine, il ne s'intéressa pas au café.

— Ce coffret... d'où vient-il ?

— Je ne sais pas.

— Tu ne sais pas ?

— Je t'en prie, assieds-toi. J'ai un tas de choses à te dire.

Russ écouta tandis qu'elle parlait, il écouta calmement, sans l'interrompre, sans manifester la moindre réaction. Ce fut seulement lorsqu'elle lui raconta comment elle avait trouvé le coffret qu'il se renfrogna et changea de position sur sa chaise, mal à l'aise. Elle ne voulait pas poser la question mais à présent elle comprit qu'elle devait le faire.

— Tu ne me crois pas ?

— Je te crois. (Il hocha la tête, fronçant toujours les sourcils.) L'ennui, c'est que cela n'a pas de sens. Pourquoi penses-tu que c'est Nadia Hope qui a apporté le coffret ?

Lori répondit d'une voix mal assurée.

— Je te l'ai dit... ce n'est pas quelque chose que je *pense*... j'ai simplement cette impression. Enfin, qui d'autre aurait pu l'apporter ?

— Alors pourquoi n'a-t-elle pas attendu pour t'en parler ?

— Je ne sais pas...

— Tu n'as aucune « impression » à ce sujet ?

— Ne te moque pas de moi. Je te dis la vérité.

— La vérité ne sert à rien si nous ignorons ce que tout cela veut dire. Il y a forcément une raison. (Russ alla jusqu'au téléphone.) Quel est le numéro de cette femme ?

Lori le lui lut tandis qu'il le composait, puis elle resta assise, écoutant les sonneries répétées. Comme il reposait le récepteur, elle secoua la tête.

— Maintenant je suis réellement inquiète. Tu crois que nous devrions appeler la police ?

— Et leur dire quoi ? (Russ tendit la main au-dessus de la table pour prendre la sienne.) Ecoute, Lori, je sais que tu m'as parlé franchement. Mais si tu racontes cette histoire aux flics...

— Alors que *pouvons*-nous faire ?

— Ouvrir le coffret.

— J'ai déjà essayé, avec un couteau. Ça n'a pas marché.

— Est-ce que tu as des outils ? Un marteau ou un burin ?

— Je ne pense pas. (Lori dégagea sa main de celle de Russ.) Hé, attends ! Il y a un carton sous l'évier — des rondelles de caoutchouc, des clous, des trucs que les précédents locataires ont laissés. Peut-être trouverons-nous quelque chose à utiliser.

Russ déversa le contenu du carton sur la table, cherchant parmi un fouillis de crochets de rideau, de piles usées, de fusibles et de fils électriques emmêlés. Les seuls outils étaient un petit tournevis et des pinces universelles.

— Essayons toujours, dit-il.

Introduisant la pointe du tournevis dans le trou de la serrure et tournant le manche, il tira vers le haut d'un coup sec. Il y eut un grincement métallique et la tige du tournevis se cassa net, laissant la pointe enfoncée dans le trou de la serrure.

— Merde !

Russ fit une grimace, puis s'empara des pinces. Une fois celles-ci en main, il referma les mâchoires sur le tronçon de la tige dépassant du trou de la serrure, tirant d'un côté puis de l'autre. Avec un bruit sec le couvercle du coffret métallique se releva brusquement, et la pointe du tournevis tomba et roula sur le plateau de la table.

Tous deux l'ignorèrent et regardèrent en silence le coffret ouvert. Puis Lori tendit la main et sortit son contenu.

Russ jeta un coup d'œil par-dessus son épaule.

— Un livre. C'est tout ?

— Je pense, oui.

Le mince volume était relié en similicuir brun gaufré de lettres dorées ternies, et elle lut le titre à voix haute :

— *Annuaire du Collège Bryant.*

— Jamais entendu parler de cet endroit, dit Russ.

— Moi non plus.

Lori s'installa à la table et ouvrit le livre, puis fronça les sourcils.

— Pas de page de titre.

Russ regarda par-dessus son épaule.

— Tu vois cette bande de papier ici dans la partie inférieure du dos ? Quelqu'un a arraché la page.

— Pourquoi ?

— Peut-être y avait-il une signature sur cette page, ou un ex-libris. Certains acquéreurs de livres d'occasion préfèrent se débarrasser du nom du propriétaire d'origine.

— Ainsi que de tout ce qui était peut-être indiqué sur cette page, comme l'adresse du collège, ajouta Lori. Plus un quelconque copyright ou la mention de l'imprimeur au verso.

— Je pense que nous pouvons supposer que le collège se trouve dans cette ville ou dans la région, dit Russ. Mais ne nous occupons pas de ça pour le moment. Voyons ce qu'on nous a laissé.

Lori commença à tourner les pages, ses doigts s'immobilisant comme ils arrivaient à un cahier qui s'était détaché de la reliure. Apparemment le livre avait été ouvert à cet endroit de nombreuses fois.

La page de gauche comportait une seule ligne en caractères gras — *Promotion 68*. Mais la page de droite était remplie de rangées de portraits photographiques, les photographies individuelles d'étudiantes cadrées à la hauteur des épaules, souriant à l'objectif et affublées de leurs toques universitaires et de leurs toges pour la remise des diplômes. Les noms au-dessous des photographies étaient inscrits par ordre alphabétique.

Un nom au milieu de la ligne du bas avait été entouré au crayon rouge.

Russ, se tenant debout à côté de Lori, avait également remarqué cela.

— Ça te dit quelque chose ?

Il marqua un temps, attendant une réponse.

La bouche de Lori se crispa nerveusement. Russ suivit son regard vers le nom entouré de rouge, puis il réalisa qu'elle regardait fixement le portrait au-dessus de celui-ci.

A première vue, l'étudiante sur la photo ne paraissait pas différente des autres membres de la promotion 68. Ce fut seulement lorsqu'il regarda une deuxième fois qu'il trouva la réponse à sa question.

Le nom au-dessous de la photographie indiquait « Priscilla Fairmount ».

Mais la jeune fille sur la photographie était Lori.

9

— Ce n'est pas moi. C'est impossible !

— Exact. (Russ pointa son index vers la photographie.) Regarde à nouveau et tu te rendras compte. Pour commencer, les sourcils de cette jeune fille sont beaucoup plus fins, sa coiffure est différente...

Lori se renfrogna.

— J'aurais pu épiler mes sourcils. Et les filles se coiffaient ainsi à l'époque.

— Mais tu ne l'as pas fait. A moins que tu ne m'aies menti sur ton âge.

— Je t'en prie. Ce n'est pas une plaisanterie.

— Bien sûr que non. C'est une coïncidence.

— Non. (Lori secoua la tête.) Il doit y avoir une meilleure explication que celle-là.

— Possible, mais tu ne la trouveras pas en continuant de fixer cette satanée photo. (Russ tendit la main et referma le livre.) Et tu ne trouveras rien du tout à cette heure de la nuit. Ce qu'il te faut en ce moment c'est du repos. Où sont ces somnifères que le Dr Justin t'a donnés ?

— Je ne veux pas prendre de somnifères. Pas tout de suite, en tout cas. Laisse-moi une chance de réfléchir.

— Tu réfléchiras mieux demain. (Russ remit le livre dans le coffret et referma le couvercle, puis il leva les yeux comme Lori quittait sa chaise.) Où vas-tu ?

— Téléphoner à Nadia. Peut-être a-t-elle une réponse.

— Comment le pourrait-elle ? Ce n'est pas parce qu'il y a une ressemblance...

— Elle a apporté ce livre pour une raison précise. Je veux savoir pourquoi.

— Lori... attends une minute. Ce n'est pas la bonne façon de procéder.

L'ignorant, elle s'éloigna dans le couloir et alla dans la salle de séjour. Elle ne pouvait pas attendre, pas après ce qui venait de se passer. Le livre était fermé mais elle voyait toujours le portrait. Regarder cette fille c'était comme de se regarder dans un miroir. Si seulement cela avait vraiment été un miroir... alors elle aurait pu le briser, faire voler en éclats l'image souriante. Qui était Priscilla Fairmount, et pour quelle raison souriait-elle ? Nadia allait le lui dire, devait le lui dire maintenant. Nadia, son dernier Espoir.

Lori composa le numéro, écoutant tandis que le téléphone sonnait à l'autre bout de la ligne. Et sonnait et sonnait encore en un glas funèbre. *Ne demande pas pour qui sonne le glas...*

Puis Russ fut à ses côtés.

— Raccroche, dit-il.

— Mais il faut que je lui parle !

— Tu pourras essayer de nouveau demain matin.

Lori soupira et capitula. Comme elle reposait le combiné sur son socle, il tendit la main.

— Je les ai trouvés dans l'armoire à pharmacie. Avale ça, exécution !

Inutile de lui résister ; elle n'en avait pas la force. Les doigts de Russ effleurèrent les siens tandis que les comprimés tombaient vers sa paume ouverte.

— Deux ? Le Dr Justin m'a dit d'en prendre un...

— Maintenant, le docteur c'est moi ! (Il lui présenta un verre d'eau.)

— Russ, tu es sûr ?

— Fais-moi confiance.

Elle acquiesça, parce qu'elle n'avait pas le choix. Au moins elle prenait des comprimés, et non des gélules, que l'on aurait pu trafiquer. Comment pouvait-elle penser une chose pareille ? C'était juste son imagination, c'était forcément ça.

L'amertume contre sa langue et la fraîcheur de l'eau

coulant dans sa gorge... Ça c'était la réalité. Ainsi que la chaude torpeur qui s'ensuivit. Elle n'avait pas réalisé que le sédatif agirait aussi vite, mais le temps que Russ l'emmène dans la chambre à coucher et ouvre le lit, c'est à peine si elle put ôter ses mules d'un mouvement brusque du pied et se glisser entre les draps. Elle posa sa tête sur l'oreiller, levant les yeux vers Russ dans la lumière.

Il souriait, mais son visage était flou. Et lorsqu'il parla, ses mots vinrent de très loin. Elle acquiesça, ses yeux se fermant tandis qu'elle s'endormait profondément.

Il s'écoula seulement un instant avant qu'elle se réveille. Du moins c'est ce qu'il lui sembla, jusqu'à ce qu'elle cligne des yeux dans la vive lumière du soleil pénétrant à flots par la fenêtre de la chambre à coucher.

Une ombre obstrua les rayons du soleil. Ses paupières s'ouvrirent plus largement et l'ombre s'éclaircit, devint Russ.

— Bonjour, dit-elle.

— Tu retardes.

— Quoi ? (Elle bougea, se redressa.) Quelle heure est-il ?

— Presque midi. Je ne voulais pas te déranger.

— Tu es resté ici tout le temps ? Où as-tu dormi ?

— Dans le séjour, sur le canapé. Exactement comme Clark Gable dans ces vieux films à la télé. (Il sourit.) C'est un vrai miracle qu'il n'attrape jamais de tours de reins.

— Pauvre trésor.

— Je vais très bien. (Il tenait un autre verre dans sa main.) Je t'ai apporté du jus d'orange.

— Merci. (Elle but rapidement.) Je ferais mieux de m'habiller.

— Bonne idée. Le petit déjeuner sera sur la table dans quinze minutes.

— Ne prends pas cette peine.

— Que veux-tu dire ? Clark Gable préparait toujours le petit déjeuner.

— Nous n'en avons pas le temps. Je dois voir Ben

Rupert cette après-midi... Le rendez-vous est fixé à deux heures et demie. (Lori fit glisser ses jambes par-dessus le bord du lit.) Est-ce que tu peux m'accompagner?

— Je ne pense pas. Il faut que je passe au journal. (Il récupéra le verre vide.) Tu en as pour longtemps?

— Tout dépend de ce qu'il a à me dire. Mais je serai sans doute rentrée à cinq heures si la circulation n'est pas trop dense.

— Parfait. Je viendrai te prendre et nous irons au restaurant. (Russ se dirigea vers la porte de la chambre, puis s'arrêta pour regarder par-dessus son épaule.) Tu es sûre que tu vas bien?

— Je me sens en pleine forme, merci. Et merci pour tout.

Après qu'il fut parti, Lori commença à s'habiller et se rendit compte qu'elle avait dit la vérité. Elle se sentait mieux, grâce à Russ et à un sommeil sans rêves. A présent, ce qui s'était passé avant qu'elle dorme ressemblait à un rêve.

Ce fut seulement lorsqu'elle jeta un coup d'œil dans la cuisine que la vue du coffret métallique sur la table lui rappela que les événements de la nuit dernière n'avaient été que trop réels. Sur une impulsion elle leva le couvercle, prit l'annuaire et l'ouvrit à la page détachée.

Priscilla Fairmount la regardait en souriant, mais Lori ne lui retourna pas son sourire. Au lieu de cela, elle referma le livre, le remit dans le coffret d'un mouvement brusque et rabattit le couvercle. Puis elle alla dans la salle de séjour et composa le numéro de Nadia Hope.

Personne ne vint répondre. Pas de réponse, seulement les questions. Où était Nadia? Quelle était la signification de cette photographie? Pourquoi Priscilla Fairmount souriait-elle?

Elle ne se sentait plus aussi en forme à présent, mais le moment était venu de partir. Le soleil donnait toujours de l'éclat aux rues de banlieue, et l'autoroute ne présenta aucun problème tandis qu'elle se rendait en ville. Tout était normal; tout excepté l'accélération de son pouls et la pression trop forte de son pied sur la pédale de l'accélérateur.

Lori ralentit. Elle devait absolument se maîtriser avant de voir Ben Rupert.

Chose curieuse, la seule fois où elle l'avait rencontré c'était à l'enterrement, et cela n'avait duré qu'un instant. Mais elle savait combien il avait été proche de Papa et familier de ses affaires, même s'ils n'avaient pas été des amis intimes. Si elle lui racontait ce qui était arrivé, peut-être serait-il à même de lui fournir quelque indice la mettant sur la voie. D'un autre côté, était-ce sage de se confier à quelqu'un qui était quasiment un inconnu?

La meilleure façon de procéder était d'y aller au pifomètre. Le jauger, jauger la situation et prendre une décision. Sans oublier de garder le contrôle d'elle-même.

La circulation dans le centre-ville offrait ses embouteillages habituels et le parking souterrain posa un certain nombre de problèmes, mais elle parvint à se détendre un peu le temps qu'elle sorte de l'ascenseur et pénètre dans le cabinet de Rupert.

La réceptionniste était une femme qui aurait pu sortir tout droit d'un tableau de Rubens — ou, eu égard à ses yeux noirs et à ses cheveux plats d'un noir d'ébène, d'une peinture murale de Diego Rivera.

— Mlle Holmes? Vous pouvez entrer... Mr Rupert vous attend.

En pénétrant dans le bureau, Lori ne savait pas à quoi s'attendre. Elle ne gardait aucune image mentale de Ben Rupert, et ce qu'elle voyait à présent la surprit.

L'homme de petite taille, au crâne dégarni et au nez camus, assis derrière le grand bureau ressemblait plus à un hibou qu'à un aigle du barreau. Il se leva, tendant la main.

— Je suis ravi de vous voir. Je vous en prie, asseyez-vous. (Il la scruta de derrière la monture en corne de ses lunettes, puis se percha sur son fauteuil.) Vous avez meilleure mine.

Lori acquiesça.

— Je vais mieux. Et je tiens à vous remercier de vous être occupé de tout comme vous l'avez fait.

— C'était la moindre des choses. Votre père et moi

nous nous connaissions depuis presque trente ans, et je sais combien il vous aimait. (Rupert consulta une liasse de papiers entassés sur le bureau devant lui.) Je me suis efforcé de rendre les choses aussi simples que possible, mais il y a quelques détails qui exigent toute votre attention.

Une quantité de détails, en fait. Lori lut et signa des factures pour les dépenses courantes, des formulaires bancaires, les frais pour l'enterrement qui seraient réglés sur la succession. La voiture de Papa était entrée au garage pour des réparations la veille de l'incendie ; elle devrait y rester jusqu'à ce que la validation du testament soit effectuée. Le comptable de l'agence immobilière n'avait pas encore soumis son bilan, mais il y aurait une vérification des comptes, aussi inutile de s'inquiéter.

Rupert procéda à la lecture du testament, et ses principales dispositions étaient tout à fait claires. Il n'y avait pas d'autres proches parents encore en vie des deux côtés de la famille ; Lori était donc la légataire universelle, Benjamin Weatherbee Rupert étant l'exécuteur testamentaire.

Ses yeux de hibou clignèrent vers Lori.

— Je sais que ce n'est pas très agréable, mais malheureusement c'est nécessaire.

Elle parvint à sourire.

— Je comprends. Russ a dit que vous connaissiez votre partie.

— Votre fiancé ? (Rupert hocha la tête.) D'après ce qu'il a dit au téléphone, j'en ai déduit qu'il travaillait dans le journalisme.

— Des articles pour des revues. Russ est journaliste, envoyé spécial.

— Voilà pourquoi il m'a posé tellement de questions. (L'avocat hocha la tête de nouveau.) Ce qui me fait penser... vous feriez mieux de signer cette demande d'indemnité auprès des assurances.

Lori prit les formulaires qu'il lui tendait et apposa sa signature aux endroits qu'il lui indiquait.

— Espérons que la compagnie acceptera le rapport de la brigade des incendies criminels, dit Rupert. Si jamais ils décident de mener leur propre enquête, cela pourrait traîner pendant des mois.

— Pourquoi le feraient-ils ? Tout le monde sait que l'incendie était un accident.

L'avocat de petite taille haussa les épaules.

— Presque tout le monde. Votre fiancé semble être l'exception.

— Est-ce sur cela qu'il a posé toutes ces questions ?

— Sur cela, et sur d'autres choses. (Rupert glissa les formulaires pour l'assurance dans une enveloppe en papier bulle et la posa sur le coin droit de son bureau.) Je me rends compte qu'il se soucie uniquement de votre bien-être dans toute cette affaire. Mais je suis convaincu que les enquêteurs de la brigade savent comment faire leur travail correctement.

Le sourire de Lori s'estompa.

— Vous avez dit qu'il vous avait posé des questions sur d'autres choses.

— Concernant l'assurance, principalement. Il sait très bien que les compagnies d'assurances ne lâchent pas leur argent aussi facilement, et il voulait savoir si les experts pouvaient avancer un quelconque motif pour différer le paiement.

— Russ a dit cela ?

L'avocat se hâta de secouer la tête.

— Tout ce qu'il m'a dit c'est que vous aviez subi un choc très grave, et il voulait être certain que les gens de l'assurance n'interpréteraient pas de manière tendancieuse votre chagrin en pareilles circonstances. Bref, il essayait de vous protéger.

— Je vois. (Lori soutint son regard.) Mais quel est votre verdict, Mr Rupert... non coupable pour cause de démence ?

— Ma chère demoiselle ! (Manifestement elle avait froissé le hibou, et celui-ci se hérissait.) J'ai vu nombre de clients qui avaient perdu des êtres chers dans des circonstances tragiques, et très peu d'entre eux surmontaient cette épreuve aussi bien que vous semblez le faire. Je serais prêt à me présenter devant la cour en ce moment même et à déclarer sous serment que vous êtes tout à fait compétente pour gérer vos affaires. Mais ce ne sera pas nécessaire. Il n'y a pas la moindre chance pour que quelqu'un soulève cette question.

Rupert quitta son perchoir.

— Il ne faut pas vous tourmenter, dit-il. Je suis désolé de vous avoir imposé tout ceci aujourd'hui mais à présent le pire est passé. Aussitôt que les choses commenceront à bouger, je vous ferai signe. En attendant, j'espère que vous comprenez la démarche de votre fiancé. Il essayait seulement de vous aider.

— Merci encore. (Lori se dirigea vers la porte.) Je n'oublierai pas.

Elle quitta le nid du hibou, récupéra sa voiture en bas, combattit vaillamment sur l'autoroute, et remercia Dieu d'avoir pris la bonne décision.

L'air sérieux de Rupert avait constitué une agréable surprise et pendant un moment, là-bas dans son bureau, elle avait été sur le point de lui parler de la nuit dernière. C'était sa remarque sur ses facultés mentales qui lui avait fait réaliser quelle erreur ce serait. Même si Rupert acceptait son histoire, il aurait posé des questions pour lesquelles il n'y avait pas de réponses. Avant de parler à quiconque elle devait appeler Nadia Hope.

Lorsqu'elle entra dans son appartement le téléphone sonnait déjà. Nadia avait-elle lu dans ses pensées? Elle décrocha le récepteur.

C'était Russ.

— Lori... j'ai essayé de te joindre...

— Je rentre à l'instant. (Elle regarda sa montre.) Hé, mais tu devrais être ici!

— C'est pour cette raison que je t'appelle. Il s'est produit quelque chose. Est-ce que tu peux me rejoindre au restaurant?

— Lequel?

— *Chez Estaban*, ça te va?

— Entendu. (Lori hocha la tête, se demandant pourquoi tout le monde apparemment hochait la tête inutilement durant une conversation téléphonique.) Tu ne veux pas me dire ce qui s'est passé?

— Lorsque je te verrai. Je téléphonerai pour réserver

une table. Tu penses pouvoir être là-bas à six heures un quart ?

— Et si on disait six heures et demie ? Pour le moment j'aimerais joindre Nadia Hope.

— Fais-moi une faveur et attends d'être au restaurant.

— Mais, Russ...

— Je t'en prie. Tu peux patienter jusque-là.

— Très bien, six heures et demie.

— Merci. Et conduis prudemment.

Lori n'avait pas besoin de ce conseil. Presque tout le monde dans l'agglomération de Los Angeles s'efforçait de conduire prudemment durant les heures de pointe, et les rares exceptions s'exposaient à terminer leur trajet dans une ambulance. Evitant l'autoroute, elle prit un chemin détourné en passant par Sepulveda ; il était six heures vingt lorsqu'elle confia sa voiture à l'employé du parking de *Chez Estaban*.

Russ se trouvait déjà près de la caisse quand elle entra dans le restaurant, l'accueillant et la guidant vers un box au fond de la salle. Comme elle plissait les yeux dans la lumière des chandelles; Lori fut surprise de voir que des apéritifs étaient déjà sur la table.

— Des Margaritas. (Elle secoua la tête.) Je ne devrais pas, avec tous ces médicaments !

— Hier tu as bu un Bloody Mary, tu te rappelles ? Et tout s'est bien passé. (Russ prit place dans le box et se pencha vers elle.) J'ai quelque chose à te dire.

— Oui ?

— Buvons d'abord, nous parlerons ensuite.

Le verre givré engourdit les doigts de Lori.

— Santé !

— Ce n'est guère de circonstance, fit observer Russ.

— Une mauvaise nouvelle ?

— Nadia Hope est morte.

L'engourdissement dans le bout des doigts de Lori se fraya un passage à travers son corps, la glaçant et lui donnant des frissons.

— Oh mon Dieu. Comment est-ce arrivé ?

Il avait appris la nouvelle en écoutant la radio dans sa

voiture, cette après-midi. La police avait repéré une station-wagon flottant sur l'eau en contrebas de la route côtière et des plongeurs avaient remonté le corps quelques heures plus tard. L'identification ne posait aucun problème ; il y aurait une autopsie, bien sûr, mais apparemment s'était un accident.

Lori retrouva sa voix.

— Comment le savent-ils ?

— Les traces de pneus. La voiture a dérapé et a quitté la route pour tomber au bas de la falaise.

Russ but une gorgée de son verre et elle en fit autant, accueillant avec plaisir la chaleur sous la glace.

— Cela a dû se passer alors qu'elle rentrait chez elle, après avoir laissé l'annuaire devant ma porte.

— *Si* elle l'a fait. Nous ne pouvons toujours pas en être sûrs.

— Nous savons ce qu'elle a fait un peu plus tôt dans la soirée, lorsque j'étais avec elle. (Lori reposa son verre.) Je ferais mieux d'en informer la police.

— Pourquoi être mêlée à cette affaire ? (Russ fit un geste de la main.) L'autopsie révélera qu'elle buvait. C'est suffisant pour expliquer bien des choses. Mais si tu vas les trouver, ils commenceront à te poser des questions. Tu n'as pas besoin de ce genre d'ennuis.

— Je dirai la vérité, c'est tout.

— Et s'ils ne te croient pas ? murmura Russ. Réfléchis un peu. Tu files rejoindre une inconnue qui prétend être voyante et vous fouillez ces ruines à la recherche de Dieu sait quoi... ensuite le livre débarquant chez toi en pleine nuit. Cela paraît plutôt bizarre, reconnais-le.

— Mais c'est ce qui s'est passé. Cela pourrait être utile pour l'enquête.

— Et cela te ferait du tort. (Russ la regarda fixement dans la lueur tremblotante des chandelles.) Si tu leur racontes ça, l'affaire s'ébruitera, inévitablement. Et c'est la dernière chose au monde dont tu aies besoin en ce moment.

Lori secoua la tête.

— Nous devons absolument découvrir comment Nadia est morte.

— Quelle différence cela fait-il? Les détails ne sont pas importants.

— Ils le sont pour moi. Je sais dans quel état elle était, la nuit dernière. Si j'étais restée, lui avais proposé de la suivre en voiture ou même de la reconduire chez elle, cela ne serait jamais arrivé. Mais j'ai flanché, tout bonnement, et je suis partie. Ce qui veut dire que je suis responsable.

— Parce qu'elle a eu un accident?

— Je ne pense pas que c'était un accident.

— Que veux-tu que ce soit d'autre?

— C'est ce que nous devons découvrir. (Lori regarda la flamme vacillante des chandelles. *Flammes. Incendie. Mort. Ruines. Voix.* Et sa propre voix, haussant le ton.) Il y a une raison pour laquelle Maman et Papa sont morts dans de telles circonstances. Nadia essayait de la découvrir et maintenant elle est morte, elle aussi. Tu ne comprends donc pas?

Russ se pencha au-dessus de la table, sa main se refermant sur celle de Lori.

— Calme-toi! Inutile de te frapper comme ça...

Lori dégagea vivement sa main.

— C'est ce que tu as dit à Rupert au téléphone l'autre jour. Que j'étais dans tous mes états, c'est-à-dire hystérique.

— Je n'ai jamais dit cela.

— Pas en ces termes. Mais il a pigé, non? Me ménageant cette après-midi, me disant que tout allait bien, que j'étais en pleine forme...

— Tu *es* en pleine forme, Lori. A condition de te calmer et de prendre les choses en douceur, et d'oublier toutes ces foutaises sur les phénomènes paranormaux.

— Parfait, à présent ce sont des foutaises! Et comment expliques-tu que ma photo soit dans cet annuaire?

— C'est une simple coïncidence.

— Et la façon dont le livre a atterri sur le pas de ma porte la nuit dernière? Une autre coïncidence, je suppose?

Russ haussa les épaules.

— Je ne peux répondre à cela.

— Eh bien moi, si ! Cela fait partie d'un dessein d'ensemble. Nadia avait raison au sujet des rêves, au sujet des voix m'avertissant !

— Lori, bon sang, parle moins fort. Tu es complètement folle !

— Folle ?

Lori se leva brusquement, et, comme elle s'emparait de son sac, son bras renversa le verre à moitié vide. Le tintement du verre se brisant se confondit avec la réponse de Russ.

— Excuse-moi, je ne voulais pas dire...

— Je sais ce que tu voulais dire.

— Je t'en prie, écoute-moi. Il faut que je te dise quelque chose.

L'ignorant, Lori se retourna, entrant presque en collision avec le garçon qui accourait vers le box. Russ commença à se lever mais le garçon l'intercepta. Les bruits d'une altercation la suivirent, puis s'évanouirent comme elle sortait du restaurant.

Pour une fois sa voiture n'avait pas été reléguée tout au fond du parking ; elle se trouvait sur un emplacement situé presque en face de l'entrée. Fourrant son ticket et deux billets de un dollar dans la main de l'employé, elle se glissa derrière le volant.

Le temps que Russ émerge du restaurant, Lori avait déjà effectué une marche arrière, passé la première et se dirigeait vers la sortie.

— Hé, attends...

Son cri se fit entendre au-dessus du grondement du moteur, et l'embarras accrut la colère comme elle le voyait agiter les bras dans le rétroviseur.

— Lori !

De l'entendre hurler ainsi son nom à travers le parking ne fit rien pour la calmer ; prenant à droite, elle s'engagea dans la rue et accéléra. Au premier feu elle tourna de nouveau à droite, puis tourna à gauche au second. Il n'y avait aucun signe de la voiture de Russ, il ne la suivait pas, ce qu'elle avait voulu empêcher.

Ce fut seulement lorsqu'elle ralentit pour prendre un chemin détourné par les rues transversales qu'elle sentit sa colère s'apaiser. Et, petit à petit, le calme se changea en un grand froid.

Si Russ ne lui faisait pas confiance, comment pouvait-elle se fier à lui ? C'était la question, et lui dire d'aller au diable n'était pas la réponse.

Elle devrait se débrouiller toute seule.

10

Lori mit cette pensée de côté et se concentra sur la conduite. Le trajet jusqu'à son appartement fut paisible et sans incidents ; la route qui mène en enfer est pavée de bonnes intentions.

Son intention présente était de boire quelque chose lorsqu'elle serait chez elle. Du café, bien sûr. Inutile de devenir une autre Nadia Hope.

Autant chasser cette pensée de son esprit également. Nadia Hope était morte et bien morte.

Morte mais pas oubliée. Tandis que Lori entrait dans la cuisine, le coffret était toujours posé sur la table en un muet mémento.

Elle passa rapidement à côté, essayant de faire le vide dans son esprit comme elle remplissait la bouilloire d'eau, la posait au-dessus d'un brûleur, versait une cuillerée de café en poudre dans un gobelet. Puis le téléphone dans la salle de séjour se mit à sonner.

Ce devait être Russ qui appelait, et elle ne voulait pas lui parler maintenant, pas après ce qui s'était passé ce soir. Lori se contraignit à résister à l'appel strident, d'une insistance sans fin. Le temps que la sonnerie cesse, l'eau était prête ; la versant dans le gobelet, elle remua le mélange, puis se dirigea vers la table de cuisine et s'assit.

Une fois de plus elle était confrontée au coffret de métal... ou était-ce le coffret qui lui tenait tête ?

Lori leva le couvercle et prit l'annuaire. Les pages s'ouvrirent d'elles-mêmes pour révéler le visage de Priscilla Fairmount.

Qui était cette fille? D'où venait-elle… et pourquoi? Elle avait été enterrée pendant plus de vingt ans, enterrée dans une boîte en métal qui ressemblait à un minuscule cercueil, et les morts ne ressuscitent pas.

Mais était-elle morte?

Lori fronça les sourcils comme elle sirotait son café. Priscilla Fairmount pouvait être encore en vie et en parfaite santé ; une femme d'une quarantaine d'années. Qui sait, son nom figurait peut-être dans l'annuaire du téléphone.

Comme pour souligner cette pensée, la sonnerie reprit. Lori repoussa sa chaise et se dirigea rapidement vers le couloir. Elle traversa la salle de séjour jusqu'au guéridon sur lequel le téléphone était posé mais ne fit aucune tentative pour décrocher le combiné. Sa main s'abaissa vers la tablette du guéridon, s'emparant de l'annuaire.

L'ouvrant et tournant les pages jusqu'à la section concernée, elle parcourut la liste des noms commençant par *F* dans un silence miséricordieux comme les sonneries avaient finalement cessé.

Fairbanks, *Fairbrook*, *Fairman*… mais pas de *Fairmount*.

Lori reposa l'annuaire sur la tablette en soupirant. Elle avait été stupide de s'attendre à une solution aussi facile. Il y avait de fortes chances pour que Priscilla Fairmount ait un nom de femme mariée à présent, ou bien qu'elle soit partie vivre ailleurs. Même si elle était restée célibataire et habitait toujours dans la région, son numéro de téléphone pouvait très bien figurer dans un autre annuaire. Pour la seule agglomération de Los Angeles on avait le choix entre une demi-douzaine ou davantage d'annuaires, et Lori avait seulement les pages blanches et jaunes pour deux d'entre eux. Demain elle ferait un saut aux bureaux de la compagnie du téléphone et consulterait les autres. Appeler les Renseignements était inutile puisqu'elle ne pourrait fournir aucune adresse, et pour le moment elle était vraiment trop fatiguée. Fatiguée de chercher, fatiguée de réfléchir, fatiguée de cette maudite sonnerie. Ce qu'il lui fallait c'était une bonne nuit de sommeil.

Lori tendit la main pour décrocher le combiné de son socle, puis hésita. Si Russ appelait à nouveau et obtenait le signal *pas libre*, il pourrait décider de venir chez elle. Et elle ne voulait surtout pas qu'il vienne tambouriner à sa porte, et lui faire une scène.

Il y avait un autre moyen de résoudre ce problème. Elle prit le téléphone et le plaça sur le canapé sous l'un des épais coussins. Cela assourdirait la sonnerie, du moins elle l'espérait. Qu'il appelle toute la nuit s'il en avait envie ; elle devait absolument dormir.

Lori retourna dans la cuisine. L'annuaire sur la table était toujours ouvert, mais elle le referma à la hâte et rangea Priscilla Fairmount dans son petit cercueil de métal. Bonne nuit et fais de beaux rêves.

En ce qui la concernait, la soirée n'avait pas été très bonne et la perspective de rêves à venir n'avait rien d'agréable. Peut-être les rêves pouvaient-ils être évités, grâce au Dr Justin et à ses somnifères.

Elle les trouva dans l'armoire à pharmacie de la salle de bains et en prit deux avant de se déshabiller ; une double dose à nouveau, mais c'était ce dont elle avait besoin maintenant, et cela avait marché la nuit précédente.

Le temps qu'elle se démaquille et mette son pyjama, les comprimés faisaient leur travail. Se dirigeant vers son lit Lori trébucha, et comme ses yeux clignotaient elle réalisa qu'elle était déjà à moitié endormie.

Une fois que l'oreiller l'eut accueillie dans la chaude obscurité, ses paupières se fermèrent en une totale reddition. Il était temps de dormir, temps de cesser de réfléchir, temps d'arrêter le temps.

Mais le temps ne s'arrêta pas. Il continua de s'écouler, de filer, et c'était étrange, parce qu'il filait à rebrousse-temps.

Elle courait également, elle courait dans le couloir tandis que la sonnerie retentissait. Etait-ce le téléphone ? Non, il n'y avait pas de téléphone ici, seulement ce long couloir bordé de casiers.

Elle reconnaissait les casiers à présent ; c'était le genre de casiers qu'on utilise dans les écoles. Et la sonnerie était une sonnerie électrique d'école, l'avertissant qu'elle était en retard pour le cours.

Mais *quel* cours ? Le couloir paraissait étrangement familier, bien qu'elle ne se souvînt pas l'avoir déjà vu. Ce n'était pas important, en fait, car les couloirs d'école se ressemblent beaucoup. Inutile de s'en faire pour ça, inutile de réfléchir. Elle avait seulement besoin de se reposer.

Mais elle ne pouvait pas se reposer parce qu'elle devait courir. Il n'était pas trop tard, et elle pouvait encore assister au cours si elle se rappelait.

Et elle se rappelait à présent comme elle voyait la porte, l'ouvrait, entrait dans la salle de classe. Elle était à l'heure, *à temps*. Les autres étudiants étaient déjà là, prenant leurs places respectives, et elle se dirigea vers la sienne. Première rangée, la seconde chaise en partant de la gauche.

C'était le chargé de cours qui était en retard ; s'il tardait à arriver pendant quelques minutes encore elle aurait une chance de parler.

Apparemment, le jeune homme trapu, aux larges épaules et aux cheveux roux foncé eut la même idée, car, au moment où elle s'apprêtait à se retourner, il changea de place et vint s'asseoir à côté d'elle, grimaçant un salut.

— Salut, Prissy.

Elle se renfrogna.

— Combien de fois t'ai-je dit de ne pas m'appeler comme ça...

— Des centaines de fois.

Son visage s'épanouit en un large sourire.

Curieux, elle avait vu ce sourire des centaines de fois également, mais elle ne parvenait pas à se rappeler son nom. *Souviens-toi ! Il faut que tu te souviennes ! Ne me dis pas que tu as oublié la nuit dernière.*

— La nuit dernière. (Elle le disait maintenant.) Il faut que nous parlions.

— Pour parler de quoi ? Tout est arrangé.

Mais le sourire s'estompa.

Et il disparaissait également, il disparaissait comme le reste de la salle de classe.

Non, ne pars pas ! Il faut d'abord que nous parvenions à une décision sensée, une sorte de choix entre Charybde et Scylla. Ne me laisse pas en plan ici !

Ici était l'endroit qu'elle redoutait.

Quelque part au loin la cloche de l'église sonnait tandis qu'elle se trouvait seule dans la chapelle. Seule, toute seule, les yeux fixés sur le visage du jeune homme aux cheveux roux foncé.

Il semblait endormi mais elle n'était pas dupe. *Elle* dormait et il était mort. Mort, exactement comme elle l'avait redouté. Elle le savait parce qu'elle avait déjà vu des personnes mortes, ou avait eu l'intention de les voir.

Peu importait. Il était mort et elle était en suspens. En suspens devant un cercueil ouvert.

Il y avait des fleurs, leur odeur était nauséabonde, mortellement nauséabonde. Elle se pencha pour les écarter, pour chasser la puanteur avant de suffoquer.

Et ce fut à ce moment, comme elle se penchait en avant, qu'il ouvrit les yeux.

Les paupières se relevèrent et les pupilles firent saillie en un regard fixe et aveugle. Non, pas aveugle ; il était conscient de sa présence, il la *voyait*. Les joues caves se ridèrent, les lèvres violacées s'entrouvrirent. Comme ses mâchoires béaient elle fut assaillie par l'odeur sortant de la bouche ouverte, une odeur de pourriture et de décomposition. Puis vinrent les mots chuchotés.

— N'y pense plus. (Sa voix était un murmure mécanique ; mat, terne, mort.) Oublie la nuit dernière. Cela n'est jamais arrivé.

Elle secoua la tête.

— Comment peux-tu dire ça ? Nous avons un problème.

— C'est ton problème maintenant, Prissy.

— Combien de fois t'ai-je dit de ne pas m'appeler Prissy...

Ne lui avait-elle pas dit la même chose, là-bas dans la salle de classe ? Ou bien était-elle toujours dans la salle de classe et ne faisait-elle que se répéter ? Il lui avait souri alors et il lui souriait maintenant.

Mais ce sourire était différent. *Risus sardonicus*, le

rictus de la mort. Et son sourire s'épanouit tandis que la puanteur de la mort se déversait, se mêlant à la senteur des fleurs fanées.

Oui, les fleurs s'étaient fanées, les feuilles devenaient brunes, leurs pétales se recroquevillaient et se détachaient.

Et ce qui était étendu dans le cercueil changeait également. Les yeux restaient ouverts, la bouche demeurait figée dans son sourire sans joie, mais la pâleur cireuse du visage était marbrée, se fonçait. Un réseau de veines apparut pour sillonner les joues flasques de filaments bleutés. Puis elles éclatèrent, mais aucun sang ne coula ; ce qui suinta c'étaient des filets d'humeur visqueuse jaunâtre. De petits lambeaux de chair se détachèrent, se recroquevillant et tombant comme les pétales des fleurs fanées, laissant apparaître les os en dessous.

Elle recula, suffoquant, mais la puanteur s'éleva.

Et il se leva à son tour.

Il se redressa brusquement vers une position assise, et le spasme résultant de l'effort délogea d'autres lambeaux de chair du visage contracté. Des touffes de cheveux emmêlés se détachèrent pour découvrir la surface du crâne en dessous, son moisi verdâtre parsemé de minuscules points blanchâtres qui se tortillaient.

Puis il tendit les bras.

Elle cria, se retournant pour courir vers la porte de la chapelle. Mais la chapelle était longue et étroite, et la porte était tout là-bas. Au-delà de la porte les cloches de l'église carillonnaient de nouveau, leur tempo s'accélérant pour se moquer de sa fuite éperdue. Et tout autour d'elle la puanteur augmentait, emplissant sa gorge et ses poumons jusqu'à ce qu'elle s'arrête, haletant et essayant de recouvrer son souffle.

Elle en profita pour tourner la tête, un instant seulement, mais ce fut suffisamment long. Suffisamment long pour voir que le cercueil était vide.

Le cercueil était vide parce que son occupant en était sorti.

La forme se penchait à présent, ramassant une brassée

de fleurs fanées, ses mains les disposant maladroitement pour leur donner la forme d'un bouquet se putréfiant. Puis la chose se retourna et s'avança vers elle, grimaçant et lui tendant son offrande d'amour. Elle cria à nouveau, courut à nouveau, mais la porte était toujours au loin et son poursuivant se rapprochait. Il se déplaçait lentement, avec raideur, par saccades ; elle avait beau essayer de courir le plus vite possible, il n'y avait aucun moyen d'arrêter son avance. Finalement, ce fut elle qui s'arrêta, suffoquant comme la puanteur autour d'elle anéantissait ses efforts. Et ses pieds étaient empêtrés dans quelque chose.

Hébétée, elle baissa les yeux au milieu d'un tourbillon de fleurs fanées. Il y en avait des monceaux tout autour de ses pieds, et d'autres continuaient de tomber. Elle essaya de les repousser du pied, mais toujours plus de fleurs tombaient rapidement. A présent, elle pouvait sentir leur légère caresse sur son dos, ses cuisses, ses jambes tremblantes. Se retournant, elle vit leur origine.

La chose qui se dressait derrière elle lui lançait des pétales. Arrachant les corolles en décomposition des tiges sans vie, elle les jetait vers le sol pour l'entourer d'un tas lui arrivant à la hauteur de la cheville, et qui montait à une vitesse vertigineuse. Elle chancela et partit à la renverse. A la renverse, vers les bras qui attendaient.

Des doigts décharnés raclèrent ses épaules, puis s'enfoncèrent profondément, la faisant pivoter sur elle-même et l'obligeant à se retourner jusqu'à ce qu'elle fît face à ce qui n'était plus un visage.

L'horreur sans cheveux et sans chair arborait un masque mouvant de formes minuscules... des formes qui grouillaient dans des orbites vides, sortaient du septum nasal, recouvraient la ligne sans lèvres au-dessus des dents déchaussées.

Mais les crânes peuvent sourire, et il souriait à présent.

Il souriait et elle suffoquait, étouffée par des miasmes putrides qui consumaient son souffle.

Puis la chose l'attira plus près, la tenant fermement,

inexorablement, accentuant son étreinte. Elle sentit son désir, mais elle ne pouvait pas bouger, ne pouvait pas respirer, et maintenant il n'y avait aucune fuite possible tandis que la tête de mort se penchait vers elle pour réclamer sa bouche en un baiser.

11

Les yeux de Lori étaient fermés mais ses mains se levaient et griffaient, griffèrent le visage osseux et sans chair jusqu'à ce qu'il s'écarte. Seulement ce n'étaient pas des os, cela avait la minceur du papier et était maintenu contre son propre visage jusqu'à ce qu'elle l'arrache d'un mouvement brutal.

S'était-elle évanouie dans la chapelle ? C'était impossible, parce que le sol de la chapelle était dur et ce sur quoi elle était allongée était mou et souple.

Elle prit une profonde inspiration. L'air pur lui apprit ce que confirmèrent ses yeux comme ils s'ouvraient : elle ne se trouvait plus dans la chapelle.

Les chapelles n'ont pas des murs bleu pastel ou des lits avec des respirateurs installés à côté d'eux. Elle regarda fixement le masque à oxygène tombé sur le drap qu'elle avait arraché de son visage, puis tourna la tête vers la porte comme elle s'ouvrait et que trois personnes entraient précipitamment.

D'abord l'infirmière qui la gronda pour avoir retiré le masque, puis le Dr Justin qui l'examina et dit qu'elle n'en avait plus besoin. Mais ce fut Russ qui la prit dans ses bras et parla.

Exactement comme elle l'avait pensé, il avait essayé de la joindre la nuit dernière après qu'elle fut rentrée chez elle. Les sonneries restant sans réponse le déconcertèrent, et il commença à s'inquiéter. Ce fut alors qu'il se rendit à son appartement. Après avoir donné de grands coups à sa porte il commença à s'affoler.

— Je dormais profondément, dit Lori. Désolée.

— Tu le seras encore plus lorsque tu verras ta porte. Je l'ai enfoncée à coups de pied.

— Russ...

— Encore heureux que je l'aie fait. Tu as failli passer l'arme à gauche. Tu avais le visage violacé et je ne trouvais pas ton pouls. Dieu merci, les ambulanciers sont arrivés très vite.

— Mais j'avais pris deux comprimés, c'est tout, murmura Lori. Je ne pensais pas qu'ils étaient aussi puissants.

— Ils ne le sont pas, lui dit le Dr Justin. Russ a dit qu'il avait trouvé une tasse de café à moitié vide dans la cuisine.

— De l'instantané. J'ai bu un café après être rentrée chez moi.

Justin lança un coup d'œil à Russ.

— Vous aviez raison. C'est ce qui l'a asphyxiée.

Lori fronça les sourcils.

— Asphyxiée ?

Russ acquiesça.

— Lorsque je suis entré dans l'appartement je ne pouvais pas respirer jusqu'à ce que toutes les fenêtres soient ouvertes et que les vapeurs commencent à se dissiper. Tu étais complètement éteinte, comme la veilleuse de ta cuisinière. Mais le gaz était allumé.

Le froncement de sourcils de Lori s'accentua.

— Il me semblait l'avoir éteint après avoir fait bouillir l'eau. (Sa voix trembla.) J'étais tellement énervée, je ne me rappelle pas vraiment.

— Tu as eu une sacrée veine, dit Russ. Tout l'immeuble aurait pu sauter si ton brûleur avait produit une étincelle.

Lori le serra contre elle, essayant de trouver les mots justes, mais ce fut le Dr Justin qui parla le premier.

— Cela suffit pour le moment, jeune fille. Vous devez vous reposer.

— Je veux rentrer chez moi.

— Vous le ferez, demain.

— Pourquoi pas maintenant ? Je vous promets de me

mettre directement au lit. (Lori regarda Russ.) Tu veilleras sur moi, n'est-ce pas?

Il secoua la tête.

— C'est ce que je voulais te dire hier soir. Je pars pour le Mexique sur le vol de quatre heures.

— Le Mexique?

— Acapulco. La nouvelle est tombée alors que j'étais au bureau hier. Il y a encore eu un séisme de forte intensité là-bas et certains de ces hôtels de luxe ont dégusté. On ne connaît pas encore le bilan des victimes mais les derniers communiqués disent que des centaines de touristes ont été blessés ou laissés en plan. Je dois couvrir l'événement sous cet angle.

— Combien de temps resteras-tu là-bas?

— Deux jours, peut-être trois. La date limite pour remettre mon article est vendredi midi. (Russ se pencha vers elle, ses lèvres lui effleurant la joue.) Tu es en bonnes mains. Ne t'inquiète pas.

Lori se redressa vivement.

— Et s'il y a un autre tremblement de terre pendant que tu es là-bas? Ou de nouvelles secousses, et toutes ces maladies qui se propagent lorsque...

Russ l'arrêta en posant doucement ses doigts sur sa bouche.

— Allons, calme-toi. Nous allons faire un marché. Je ferai attention si tu fais attention. Tu restes ici jusqu'à demain matin. Je te téléphonerai dès mon arrivée.

— Promis?

— Parole de scout. (Il l'embrassa sur la joue à nouveau, puis s'en alla. Comme il arrivait à la porte, il se retourna pour ajouter:) J'oubliais de te dire. Le propriétaire a fait réparer ta porte. Et j'avais pris les clés de ta voiture. J'ai demandé à un ami du journal de l'amener ici. Elle t'attend sur le parking.

Puis il partit, et elle resta avec le Dr Justin et l'infirmière silencieuse. En bonnes mains, avait dit Russ.

Mais que faisaient ces mains à présent? L'infirmière tendant une seringue. Et le Dr Justin la prenant, s'approchant du lit...

— Oh je vous en prie, dit-elle. Je dormirai. Je n'ai pas besoin de ça, je n'en ai vraiment pas besoin.

Elle essaya de faire un geste mais le Dr Justin tenait son bras, le tenait avec force.

— C'est une dose bénigne, juste assez pour vous mettre hors circuit pendant quelques heures.

— Non...

Sa voix faiblit comme la seringue hypodermique s'enfonçait. Il n'y eut pas de douleur, seulement la peur.

Vous mettre hors circuit.

C'est ce qu'il avait dit et c'est ce qui la terrifiait, être mise hors circuit. Sous sédatifs, sous les couvertures, sous terre.

Mais ils ne l'écoutaient pas et apparemment elle était incapable de remuer les lèvres, incapable de garder les yeux ouverts parce que le lumière était trop vive, trop blanche.

La lumière est vive principalement la nuit.

Qui disait cela? Personne, bien sûr; elle avait mal compris. Il y avait autre chose, quelque chose à propos du bruit en Espagne. Non, pas le bruit. Pluie était le mot. Mais d'où venait cette phrase?

— Là... C'est fini. Vous pouvez vous détendre maintenant, ma belle dame.

My Fair Lady. Bien sûr, c'était ça; la voix le lui avait rappelé.

Mais la voix de qui? Cela ne ressemblait pas à la voix du Dr Justin.

Ses yeux s'ouvrirent en clignotant, puis se refermèrent rapidement comme la lumière vive transperçait ses paupières. Tout était blanc, trop blanc pour l'affronter mais c'était très bien ainsi.

— Tout ira bien.

Cette voix à nouveau; la voix inconnue et familière. Et qui que ce fût, la voix disait la vérité. Elle allait très bien. Ici, dans son lit d'hôpital. Et elle se sentait détendue, allongée ici et dormant, à peine consciente des fils et des tubes.

Elle ne savait pas quand on les avait fixés, mais elle en avait besoin maintenant pendant qu'elle se détendait. C'était la chose importante dont elle devait se souvenir. Elle était passée par des moments si pénibles, mais c'était fini et bien fini à présent, et elle pouvait se détendre. Que les fils et les tubes fassent leur travail ; la seule chose qu'elle devait faire était de se reposer. Ne pas s'inquiéter, ne pas penser, simplement se reposer et se détendre. Perdre connaissance n'avait rien d'effrayant, absolument rien d'effrayant, du moment qu'elle ne se perdait pas complètement. Garder une partie d'elle-même consciente, c'était le secret. Elle ne devait pas sombrer trop profondément, pas jusqu'au fond, et garder le contrôle. De temps à autre elle émergeait des abîmes du sommeil tandis que des voix lui parvenaient de très loin. Au bout d'un moment elle sombrait à nouveau, mais par intervalles — des heures, des jours, des semaines, des mois plus tard ? — les voix revenaient.

C'était presque comme d'écouter l'un de ces feuilletons radiophoniques d'autrefois ; vous ne voyiez jamais les acteurs mais au bout d'un certain temps vous appreniez à les reconnaître lorsqu'ils parlaient, et vous aviez l'impression de les connaître.

Il y avait une femme dont le nom était Clara — probablement une infirmière — et un homme qu'elle appelait « Dr Roy ».

Cela l'intrigua au début. Ce n'était donc plus le Dr Justin qui la soignait ? Et cet autre homme, le « Dr Chase » ? Il lui semblait le connaître de quelque part, mais c'était absurde. Le Dr Roy l'appelait « Nigel ».

« Nigel » veut dire *brun*, ou *noir*. Et « Chase » veut dire *chasseur*.

Un chasseur brun, un personnage royal, et « Clara », signifiant *clair*. Seulement rien n'était clair. Les mots diminuaient d'intensité et disparaissaient comme ils le font lorsqu'un signal radio dérive hors fréquence, et elle dérivait également, puis les captait de nouveau... *le lendemain, la semaine suivante, l'année suivante?*

Trop de questions. Mais était-ce le cas ?

— Il ne saurait en être question. (C'était ce que le Dr Roy disait.) Nous avons fait tout ce que nous pouvions. Il est inutile de continuer.

Et la voix étrangement familière du Dr Chase.

— Il nous reste encore une chance. N'abandonnons pas la partie maintenant... je sais que nous pouvons réussir.

Elle se rappelait comment cela se passait au cours des feuilletons radiophoniques lorsqu'un speaker intervenait juste à un moment crucial et annonçait : « A suivre. » Alors les voix se taisaient, exactement comme elles le faisaient maintenant. Cela sembla survenir beaucoup plus tard lorsqu'elle les entendit de nouveau, et cette fois les deux hommes se disputaient.

— Non, jamais de la vie ! criait le Dr Roy. Vous êtes complètement fou !

— Pas besoin de vous énerver. Je vous certifie que cela n'entraînera aucun risque inutile si nous suivons la procédure normale.

— Je me moque de la procédure. C'est une question d'éthique. Et si cela ne veut rien dire pour vous, alors réfléchissez un instant à la loi. C'est là où le risque intervient. Il n'y a aucun moyen de nous en tirer à bon compte, il n'y a pas de décision judiciaire faisant jurisprudence.

— Il y a toujours un moyen, s'empressa de dire le Dr Chase. Vous savez ce que cela représente pour moi. Si seulement vous vouliez m'écouter...

— J'en ai suffisamment entendu pour savoir que je refuse de participer à ceci.

— Très bien, si tel est votre sentiment. Je n'ai pas besoin de votre aide. Je peux le faire tout seul.

— Je vous l'interdis ! (Le Dr Roy criait à nouveau.) Si vous tentez d'enfreindre mes ordres, j'avertirai le bureau du procureur. Est-ce clair ?

Ce n'était pas clair du tout parce qu'elle perdait les voix à nouveau. Elle perdit les voix et trouva le repos.

La chose suivante qu'elle entendit fut la musique. Une musique apaisante et agréable, douce et rassurante. Puis la voix du Dr Chase se faisant entendre au-dessus de la musique.

— Ne vous inquiétez pas. Vous n'avez aucune inquiétude à avoir, absolument aucune. Tout se passera très bien, je vous le promets.

Est-ce qu'il lui parlait ? Il s'adressait certainement à elle, car personne d'autre ne dit quelque chose. Il y avait seulement la musique et le murmure de sa voix ; se confondant, l'apaisant, l'endormant.

Ce fut juste avant qu'elle succombe au sommeil qu'elle entendit sa voix s'élever. L'infirmière avait dû entrer parce qu'il dit :

— C'est le moment, Clara. Nous ne pouvons pas attendre plus longtemps.

Elle voulait attendre. Elle voulait continuer de dormir, dormir pour toujours. Même cela serait mieux que de savoir que c'était le moment. Parce que le moment était *maintenant*.

Et *maintenant* elle pouvait sentir à nouveau, sentir qu'elle était étendue, prisonnière et impuissante sur le lit avec les fils et les tubes s'enroulant autour de son corps comme des serpents... des serpents qui rampaient et se tordaient, cherchant un endroit où planter leurs crochets. Si seulement elle pouvait ouvrir les yeux, ouvrir la bouche, bouger les mains pour les combattre...

— Je vous en prie ! Vous ne devez pas vous débattre.

L'ordre venait de très loin et elle obéit, car les serpents semblaient s'éloigner de son corps, et la peur s'en alla avec eux. A présent elle réalisait qu'il n'y avait pas de serpents, seulement des fils et des tubes.

Brusquement, quelque chose la mordit au bras.

C'était un serpent.

Des crochets s'enfoncèrent ; le venin jaillit et se répandit dans ses veines, la torpeur gagnant tout son corps.

Elle essaya de lutter mais il était trop tard. Elle ne pouvait pas bouger, ils l'avaient attachée, et le moment était venu.

Maintenant.

Elle sentit le dard des aiguilles, un souffle d'air froid sur la chair nue. Puis le scalpel taillada.

Le scalpel taillada, mais ce fut le hurlement qui la réveilla ; le hurlement sorti de sa propre gorge.

— Réveillez-vous. Réveillez-vous !

Quelqu'un la secouait avec douceur, lui parlait avec douceur. Lori ouvrit les yeux et vit l'infirmière se penchant sur elle comme le soleil pénétrait à flots dans la chambre ; le soleil réel dans un monde réel.

— J'ai fait un cauchemar, murmura-t-elle.

— Je vous crois sans peine. (L'infirmière sourit.) Je vous ai entendue crier depuis l'autre bout du couloir.

— Désolée. (La voix de Lori devint plus ferme.) C'est certainement cette piqûre qu'on m'a faite...

— Ne vous plaignez pas. Vous avez dormi comme un bébé jusqu'à maintenant.

Tout en parlant, l'infirmière chercha dans sa poche et Lori la regarda avec inquiétude.

— Vous n'allez pas me faire une autre piqûre, dites ?

— Non. Simplement prendre votre température et votre pouls. Le docteur sera là le temps que vous terminiez votre petit déjeuner.

La prédiction s'avéra exacte. Lori finissait son verre de lait lorsque le Dr Justin entra, l'air affairé.

— Bonjour. Comment va ma patiente ?

— Pas très.

— Pas très quoi ?

— Patiente. (Lori soutint son regard.) Je veux rentrer chez moi.

— Et vous sortirez de l'hôpital dès que votre état le permettra.

— Vous avez promis que ce serait aujourd'hui. (Lori poussa le plateau sur le côté.) Il n'y a aucune raison de me garder ici. Je me sens beaucoup mieux, l'infirmière a dit que j'avais dormi comme un bébé et...

— Vous avez eu un autre cauchemar.

— Elle vous l'a dit ?

— C'est inscrit sur votre feuille de température, ainsi que tout le reste. (Le Dr Justin s'assit sur la chaise à la gauche du lit.) Vous voulez m'en parler ?

— Franchement, non. C'était seulement un mauvais rêve. (Lori eut un sourire gêné.) Je suis désolée d'avoir fait tout ce bruit pour rien. Chose curieuse, c'est à peine si je peux me souvenir des détails à présent.

— Essayons toujours. Peut-être vous reviendront-ils au fur et à mesure que vous me raconterez.

Il avait raison ; des détails lui revinrent tandis que Lori

parlait. Le fait de s'en souvenir atténua leur impact mais n'apporta aucun éclaircissement. Lorsqu'elle eut terminé elle demanda au Dr Justin ce qu'il en pensait.

— Rien du tout. Ce n'est pas mon rayon.

— Alors pourquoi vouliez-vous que je vous raconte mon cauchemar ?

— De cette façon vous vous en souviendrez la prochaine fois.

— Mais de quoi parlez-vous?

Le Dr Justin haussa les épaules.

— Je vais tenir ma promesse et vous renvoyer chez vous aujourd'hui, mais à une condition.

— Et qui est...?

— J'ai pris un rendez-vous pour vous à quatre heures trente demain après-midi, à Beverly Hills.

— Un autre médecin?

— Un autre avis. (Justin prit une feuille d'ordonnance dans la poche intérieure de sa veste et la tendit à Lori.) J'ai inscrit le nom et l'adresse à votre intention.

Lori jeta un coup d'œil au gribouillis.

— Anthony Leverett. Jamais entendu parler de lui.

— Eh bien, il a entendu parler de vous. Il a appelé après avoir lu l'article sur cette fuite de gaz dans votre appartement.

— Vous voulez dire que c'était dans le journal?

— Juste un entrefilet, mais il se trouve qu'il l'a lu. Je l'ai rassuré et lui ai dit que vous n'étiez pas blessée, et nous en sommes venus à parler de votre état de santé général depuis les obsèques. Le résultat, c'est que j'ai pris ce rendez-vous.

— Pourquoi se préoccuperait-il de mon état de santé?

— Parce que votre père était son patient.

— Mais vous étiez le médecin de Papa... vous m'avez dit vous-même qu'il n'avait aucun problème.

— Pas physiquement. (Justin haussa les épaules.) Le Dr Leverett est un analyste.

— Je n'ai pas besoin d'un psy!

Il acquiesça.

— Vous avez probablement raison. Tout ce que je dis c'est que vous et moi savons dans quelle situation stressante vous vous êtes trouvée. Les cauchemars sont symptomatiques de tension, et c'est pourquoi je veux que vous parliez à une personne compétente afin de régler ce problème. Cela ne vous aidera peut-être pas, mais cela ne peut pas vous faire de mal.

Lori hésita.

— Est-ce que le Dr Leverett vous a dit pourquoi Papa le consultait ?

— Non, et je ne le lui ai pas demandé. Vous pourrez le faire, demain, si vous le désirez.

— Si je vais à ce rendez-vous.

— Je vous en prie. Vous nous rendrez service à tous les deux. Je n'ai aucunement l'intention de continuer à rédiger des ordonnances en trois exemplaires pour vous. (Justin se leva.) A propos, je ne vous prescris plus de sédatifs à partir de maintenant.

— Vous pensez que je serai capable de dormir sans prendre de somnifères ?

— A vous d'en juger. Si vous ne dormez pas, vous disposerez de toute une nuit pour réfléchir à ce que je viens de vous suggérer.

Et elle le fit.

Faites-moi confiance. Je suis le docteur.

C'est ce qu'il avait dit, et il disait la vérité, il *était* le docteur.

Mais lequel ? Il y avait tellement de docteurs... Le Dr Justin, le Dr Roy, le Dr Chase. Ils se confondaient dans ses pensées à cause des rêves. Elle pouvait se représenter visuellement le Dr Justin, c'était facile, mais le Dr Roy et le Dr Chase n'étaient que des voix, les voix de personnes qu'elle n'avait jamais vues.

Mais était-ce bien sûr ?

Quelque part au fond de son esprit il y avait des images, comme celle de Priscilla Fairmount dans l'annuaire... les images de personnes réelles qu'elle connaissait, elle en était convaincue. Mais leurs visages n'étaient pas visibles ; tout ce qui restait c'étaient leurs paroles résonnant dans son esprit.

A présent ils criaient tous en chœur, répétant maintes et maintes fois :

— Faites-moi confiance. Je suis le docteur.

Oui, elle devait leur faire confiance, parce qu'ils voulaient l'aider. C'est pourquoi il fallait qu'elle voie le docteur. Le Dr Leverett l'aiderait également, il la délivrerait des doutes et des rêves.

Tandis que Lori s'endormait elle comprit que c'était ce qu'elle désirait par-dessus tout.

La délivrance.

12

Sortir lui apporta un certain soulagement, mais il fut lent à venir, aussi lent que le fauteuil roulant qui emmena Lori de sa chambre à sa voiture sur le parking derrière l'hôpital. Le fauteuil était inutile, ainsi que les services de l'aide-soignante qui la pilotait, mais Lori la remercia et ne se plaignit pas.

Pour le moment il lui suffisait de savoir qu'elle était libre... ou qu'elle le serait dès qu'elle aurait payé la rançon exigée par le préposé trônant dans sa guérite à la sortie.

Lori se demanda pourquoi l'assurance maladie ne couvrait pas les frais de parking à l'hôpital. Elle se demanda s'il y avait un tarif réduit pour les voitures des patients qui mouraient durant leur séjour à l'hôpital. Elle se demanda si l'hôpital comportait une entrée latérale, ou au dos des bâtiments, discrète pour les entrepreneurs de pompes funèbres qui venaient prendre les corps. Et puis, tout en démarrant, elle se demanda pourquoi elle se posait des questions aussi stupides.

Pour le moment il y avait des sujets plus importants à considérer. Avait-on du nouveau concernant la mort de Nadia Hope ? La brigade des incendies criminels avait-elle terminé son enquête et envoyé son rapport définitif ? Et, par-dessus tout, quand aurait-elle des nouvelles de Russ ?

Le temps qu'elle arrive à l'appartement Lori commença à être tendue de nouveau, impatiente de se trouver près du téléphone au cas où Russ appellerait.

Mais d'abord il y avait des factures à prendre dans la boîte aux lettres au rez-de-chaussée, et deux quotidiens l'attendaient devant sa porte.

La porte elle-même avait deux nouveaux panneaux ; celui qui les avait posés avait fait un travail soigné. Un instant elle paniqua, clé à la main, se demandant si on avait changé la serrure. Mais la clé entra dans la serrure et la porte s'ouvrit.

Une fois dans l'appartement, Lori jeta le courrier et les journaux sur la table basse et procéda à une rapide tournée d'inspection. Son lit était défait ; à part ça, il n'y avait aucune trace de désordre. La veilleuse de la cuisinière avait été allumée, et les brûleurs fonctionnaient normalement. Elle s'en assura rapidement, la tête penchée vers le couloir, voulant être certaine de pouvoir entendre un appel venant de la salle de séjour.

Mais le téléphone ne sonna pas.

Elle fit chauffer de l'eau pour le café, trouva des fruits et de la charcuterie dans le frigo, sortit le beurre, repéra un pot de moutarde sur une étagère du buffet, se prépara deux énormes sandwiches, tendant l'oreille pendant toutes ces opérations.

Et le téléphone ne sonnait pas.

Lori emporta sa nourriture vers la table et la posa à côté du coffret de métal, qui était toujours à la même place. Mais sa vue la troubla. A l'intérieur du coffret il y avait le livre et à l'intérieur du livre il y avait la photographie, et elle ne voulait pas penser à cela pour le moment.

Cependant, son appétit semblait l'avoir abandonnée, et c'est à peine si elle put avaler une partie d'un sandwich. Pourquoi le téléphone ne sonnait-il pas?

Poussant son assiette sur le côté, elle se leva et alla rapidement dans la salle de séjour pour regarder le journal télévisé sur une chaîne locale. Ce qui s'était passé à Acapulco était toujours la principale information ce soir. Le bilan provisoire s'élevait à soixante-deux morts, des centaines de blessés, des milliers de sans abri, et les touristes abandonnés à eux-mêmes dormaient par terre dans l'aéroport. Et le téléphone...

Sonna.

Fermant la télévision, elle décrocha le combiné.

— Lori... est-ce que tu vas bien?

La voix lointaine filtrait faiblement à travers des crachotements et des bourdonnements, mais c'était la voix de Russ, et elle *allait* bien à présent.

— Très bien. Je suis sortie de l'hôpital aujourd'hui. Et toi?

— Tout est O.K. Désolé de ne pas avoir pu te joindre plus tôt, mais ils sont submergés d'appels et certaines des lignes sont toujours coupées. Tu ne me croirais pas si je te racontais comment ça se passe ici.

— Raconte-moi.

— Pas le temps. La durée des appels pour l'étranger est limitée à trois minutes.

— Où es-tu... dans un hôtel?

— Tous les hôtels sont pleins à craquer. J'ai rencontré par hasard Fred Hablinger, un copain à moi, du journal de San Diego. Il est venu ici avec son camping-car et il m'a offert un point de chute, aussi j'ai de la veine. Mais il n'a pas le téléphone, et je suis dans une cabine publique. J'ai fait la queue presque une heure, à attendre mon tour.

— Combien de temps encore resteras-tu là-bas?

— Difficile à dire. Je dois faire des interviews demain et après-demain. Le problème ensuite sera de trouver un vol pour partir d'ici.

— Tu me rappelleras?

— Je ferai de mon mieux. Mais si je ne te téléphone pas, ne t'inquiète surtout pas. (Les parasites en fond sonore augmentèrent, voilant ses paroles.) Saloperie de téléphone! Est-ce que tu m'entends? Il y a quelque chose que je veux te dire...

Il haussa la voix mais le boucan sur la ligne couvrit ses paroles. Et puis, avec un déclic sec, la communication fut coupée.

Lori raccrocha. Peut-être rappellerait-il plus tard s'il en avait l'occasion. Au moins elle savait qu'il était sain et sauf, aussi tout allait pour le mieux. Mais était-ce bien sûr?

Il y a quelque chose que je veux te dire...

Elle haussa les épaules, mais le langage corporel fut impuissant à chasser le souci. Peut-être l'avait-elle seulement imaginé, cette façon dont sa voix avait paru changer juste à la fin.

Lori songea à cela tandis qu'elle mettait un peu d'ordre dans la cuisine, se déshabillait, se démaquillait, fin prête pour se mettre au lit. Mais le lit n'était pas prêt pour elle.

Se tournant et se retournant, donnant des coups de poing à son oreiller, elle essaya de se convaincre que rien ne clochait. Vraisemblablement, cette dernière phrase était une expression toute faite... il voulait simplement lui dire d'être prudente, de prendre les choses en douceur, de cesser de se tracasser. Pourquoi ne pouvait-elle pas faire cela justement, au lieu d'essayer de trouver une autre signification à une phrase anodine ?

Les questions la rongèrent toute la nuit. Et puis, juste avant de sombrer dans un sommeil agité, une autre question surgit. Etait-elle en train de devenir dingo ?

Il n'y avait qu'une seule façon de trouver une réponse.

Demain, au cabinet du Dr Leverett.

Elle n'avait pas du tout envie d'aller là-bas, mais il le fallait. Quelque chose — ou était-ce quelqu'un ? — lui disait qu'elle n'avait pas le choix.

Parce que tu es une gentille fille.

Les ordres du docteur.

Faites-moi confiance.

13

Lori confia sa voiture à l'employé du parking sur Bedford. Le tarif de stationnement était exorbitant mais on était à Beverly Hills, et ici personne n'en avait les yeux exorbités.

Elle avait déjà eu un aperçu des coutumes locales en essayant de traverser cette intersection à six voies située à un bloc du Beverly Hills Hotel. Il n'y avait pas de feux de signalisation et les voitures débouchaient continuellement d'une demi-douzaine de directions différentes, certaines respectant la priorité, d'autres effectuant seulement un simulacre de ralentissement ou bien collant au véhicule devant elles sans même faire semblant de s'arrêter. Tout ce qu'on pouvait faire c'était espérer que les conducteurs n'étaient pas des drogués, de jeunes avocats dynamiques, ou les deux à la fois. Les cas d'acné avec des radios stéréo tonitruantes dans leurs décapotables étaient également une menace, de même que les jeunes créatures du genre troisième épouse au volant de Mercedes ou de Porsche. Lorsque Lori s'était arrêtée, obéissant au signal *stop*, l'une de ces jeunes femmes — probablement rentrant au bercail en hâte après un long déjeuner à base de liquide au Polo Lounge — arriva derrière elle à la vitesse de l'éclair, puis déboîta et la dépassa sur la voie de gauche en lui criant : « Et si tu apprenais à conduire ? » Comme elle accélérait, Lori comprit ce qu'on attendait d'elle et elle lui montra le doigt traditionnel. Et voilà pour la courtoisie entre automobilistes.

La courtoisie entre piétons ne valait guère mieux. A part quelques joggers courant le long de la frontière nord de Santa Monica Boulevard, l'activité pédestre se limitait au centre commercial un peu plus loin. Ici, sur Bedford, il y avait une nette prépondérance de patients allant à leurs rendez-vous avec leurs médecins ou bien en revenant. Les plus jeunes marchaient comme ils conduisaient, s'engouffrant dans les immeubles parce qu'ils étaient en retard, en ressortant tout aussi vite pour les mêmes raisons. Seules les personnes âgées suivaient la cadence d'un tambour différent dans la Marche des Soins Médicaux.

Lori nota que dans les deux cas les femmes l'emportaient en nombre sur les hommes, dans une proportion de cinq contre un. Combien d'entre elles voyaient-elles des psychiatres ? Les femmes étaient-elles plus prédisposées à devenir cinglées que les hommes ? Ils étaient peut-être tous en train de devenir cinglés.

Et elle-même alors ? Pourquoi cette attitude négative, cette façon de juger d'inoffensifs passants ?

Il était temps de prendre les choses du bon côté, pour changer. Ici, par cette après-midi ensoleillée, ses peurs nocturnes semblaient absurdes. Si elle avait deviné juste et que le Dr Justin avait parlé à Russ de ses rêves, cela ne constituait guère une preuve étayant la théorie paranoïaque d'une conspiration. Naturellement tous deux se préoccupaient de son bien-être et, étant donné les circonstances, c'était tout à fait compréhensible.

Pénétrant dans le hall de l'immeuble de bureaux et prenant l'ascenseur autrement désert jusqu'au deuxième étage, Lori tira un poudrier de son sac et releva le couvercle d'une chiquenaude pour une vérification de dernière minute de son maquillage. Ce qu'elle vit la rassura. *Elle avait bonne mine.* Elle avait bonne mine et se sentait en forme, suffisamment pour réaliser que le Dr Justin avait probablement eu raison de lui conseiller de venir ici. *Cela ne vous aidera peut-être pas, mais cela ne peut pas vous faire de mal.*

La seule chose qui faisait mal c'était le besoin. Une fois que le soleil se serait couché, son humeur s'assombrirait de nouveau, et c'était à ce moment que le besoin était le plus fort ; le besoin de ne pas être seule. Mais ses parents n'étaient plus là, Nadia Hope n'était plus là, et Russ était absent.

Seule, Lori sortit de l'ascenseur et, s'avançant dans un couloir déserté, trouva la porte qu'elle cherchait, tout au fond à gauche. Entrant dans la minuscule antichambre aux boiseries sombres, elle vit une rangée de chaises inoccupées, alignées contre la cloison de gauche, mais n'aperçut aucune réceptionniste dans le petit réduit aux parois vitrées sur sa droite. Elle était toujours seule, debout dans l'ombre et le silence. Cela ne dura qu'un instant : la porte encastrée dans le mur d'en face s'ouvrit et l'homme gris apparut.

— Mlle Holmes ? Je suis le Dr Leverett. Veuillez entrer.

Il tourna les talons et elle le suivit vers la vaste pièce ensoleillée au-delà du seuil. Lori dressa un rapide inventaire — une épaisse moquette verte, deux murs recouverts de rayonnages remplis de livres, une exposition de diplômes encadrés sur le troisième flanqués de gravures de fleurs aux couleurs vives. Il y avait un seul fauteuil en face du bureau, le siège et le dossier ornés de motifs presque assortis aux gravures sur le mur.

C'était le Dr Leverett qui détonnait. Son costume était gris, ses cheveux étaient gris, ses yeux étaient également gris. Et sa voix était monotone et sans éclat.

— Asseyez-vous et mettez-vous à votre aise.

Lori acquiesça et se dirigea vers le fauteuil devant le bureau. Son dossier matelassé était tentant, mais elle s'aperçut qu'elle se penchait en avant, serrant son sac à deux mains. Les yeux gris l'observaient et la voix monotone murmurait.

— Désolé d'avoir dit ça : simple façon de parler. Si les gens pouvaient trouver un réconfort simplement en s'asseyant dans un fauteuil, je n'aurais plus de patients.

Puis le Dr Leverett sourit, et il n'était plus aussi gris à présent.

Pour la première fois Lori remarqua les fines rayures de couleur de son costume, les mèches plus foncées de ses cheveux au-dessus des tempes, les reflets de couleur dans ses pupilles. L'extérieur gris était peut-être une coloration protectrice, comme la neutralité beige de l'antichambre.

Mais depuis quand était-*elle* devenue un psy? C'était son boulot à *lui*, et non le sien. Que le Dr Leverett soit en harmonie ou non avec cette pièce n'avait aucune importance ; ce qui était important c'est ce qu'elle faisait ici.

Il hocha la tête comme pour signifier son accord avec cette pensée.

— Une situation quelque peu embarrassante, n'est-ce pas? Mais vous pouvez vous féliciter d'avoir de la chance.

— Comment cela?

— Mon assistante a été obligée de partir, un rendez-vous chez son dentiste, aussi vous échapperez à la corvée des formulaires habituels. Et vous n'avez pas besoin d'un examen médical complet ou d'un électro-encéphalogramme préliminaire. J'ai tous ces renseignements sur la photocopie de votre dossier que le Dr Justin m'a fait parvenir.

Leverett prit une chemise posée sur le côté droit du bureau, l'ouvrit et feuilleta son contenu tout en parlant.

— Entre ce que j'ai ici et ce que votre père m'avait dit, je pense connaître déjà assez bien vos antécédents.

Lori se pencha en avant, serrant son sac contre elle.

— Pourquoi mon père venait-il vous consulter?

— Parce que votre mère ne le faisait pas.

— Ce n'est pas une réponse.

— Vous avez raison. C'est une dérobade. (Leverett inspira profondément.) Je ne vois pas pourquoi vous ne devriez pas connaître la vérité. Tous deux sont morts à présent, aussi ce n'est pas une question de violer le secret professionnel. D'après ce que votre père m'avait dit, il était évident, quasiment depuis le commencement, que votre mère était à l'origine de son problème fondamental. En refusant d'admettre la réalité de sa situation elle a tout fait reposer sur les épaules de votre père, tout le souci, toute la responsabilité. Bref, elle lui a donné un sentiment de culpabilité.

« Tôt ou tard il savait qu'il devrait prendre des décisions très pénibles : vendre la maison, placer votre mère dans un établissement où elle pourrait recevoir des soins médicaux. Lui-même n'était pas en excellente santé mais il essayait de tenir bon, du moins jusqu'à ce que vous soyez revenue. Je sais qu'il avait l'intention de vous en parler, et cela aurait certainement arrangé les choses.

— Qu'a-t-il dit ? A mon sujet, je veux dire.

— Il vous aimait énormément.

— Est-ce tout ?

— C'est beaucoup. (Leverett la regarda dans les yeux.) D'une façon ou d'une autre, la plupart des gens souffrent d'un manque d'amour, que ce soit dans le passé ou dans le présent. Estimez-vous heureuse que cela ne soit pas votre cas apparemment.

Lori détourna les yeux, obligeant ses mains à desserrer leur prise sur son sac, mais elle ne s'adossa pas au fauteuil.

— D'après ce que vous avez appris, quel est au juste mon problème ? Vous pensez que je suis folle ?

Ce fut Leverett qui se carra dans son fauteuil, tout en secouant la tête.

— Nous n'employons plus ce terme. Généralement nous parlons de « troubles de la personnalité » ou bien de « conduite compulsive à tendance obsessionnelle ».

— Je vous trouve bien sarcastique.

— Je suis réaliste. A dire vrai, changer les étiquettes peut contribuer à ménager quelqu'un mais cela ne résout rien du tout. (Il feuilleta le dossier.) Vos propres études en philologie et en linguistique ont dû vous l'apprendre.

Lori acquiesça.

— Les étiquettes sont commodes pour les gens qui ont un vocabulaire limité. Ils se satisfont de l'argot courant ou des mots passe-partout qu'ils entendent à la télévision.

— Peut-on le leur reprocher ? (Leverett leva les yeux des pages du dossier.) L'anglais n'est pas aussi simple à comprendre. Que pensez-vous d'une langue dans laquelle le mot « windbreaker » peut désigner soit un blouson soit quelqu'un affligé de flatulence ?

Il sourit, et Lori se surprit à sourire également. Elle s'adossa à son fauteuil, se détendant consciemment tandis que Leverett redevenait sérieux.

— Mais les mots sont davantage que des étiquettes. Ce sont des armes offensives ou défensives, les vêtements que nous portons pour protéger nos pensées, les masques derrière lesquels nous nous dissimulons. S'efforcer de trouver leur signification, voilà ce qui compte. (Il reposa la chemise sur le bureau.) Bon, c'est mon problème. A présent parlons du vôtre. Par exemple, ces rêves que mentionne le Dr Justin.

Lori secoua la tête.

— Ce sont juste des cauchemars. Avec ce qui s'est passé, plus tous les sédatifs, c'est tout à fait normal.

— Bien sûr, dit doucement Leverett. Cela explique la cause, mais pas le contenu. Pourquoi faites-vous ces rêves spécifiques et non pas d'autres?

Elle se crispa.

— Je vous en prie. Je ne suis pas venue ici pour qu'on me dise la bonne aventure.

— En êtes-vous bien sûre?

Cette fois son sourire n'était pas réapparu.

— Je ne suis sûre de rien, rétorqua Lori. J'ai besoin de réponses, et non de questions.

— Mais vous avez déjà les réponses.

— A présent qui se cache derrière des mots?

— Ni l'un ni l'autre, j'espère. Nous sommes d'accord tous les deux sur le fait que la parole n'est pas toujours une méthode de communication parfaitement claire. Et d'une certaine façon, les rêves sont semblables à la parole, bien qu'ils soient concentrés habituellement davantage sur les images que sur le contenu des mots. Mais le point essentiel c'est que lorsque vous rêvez vous vous parlez en fait à vous-même. Le problème est toujours un problème de compréhension. Le résoudre n'a rien à voir avec la bonne aventure ou la méthode soi-disant freudienne... pas de divan, pas de régression sous hypnose, simplement une franche discussion.

« Si des idées me viennent à l'esprit nous en parlerons ensemble, mais je vous promets de ne pas essayer de vous imposer mes opinions. En fin de compte c'est ce que vous allez me dire qui a de l'importance.

Il attendit sa réponse, mais il n'en obtint pas.

— Bon, je vais essayer de vous aider. Je suis là pour ça. Et vous êtes là pour ça également.

Déride-toi, Lori. Il te dit la vérité. Mais es-tu capable de dire la vérité, toute la question est là.

Au début, en évoquant ce qui s'était passé durant les obsèques, elle eut du mal à se souvenir des détails. Mais le Dr Leverett était là pour l'aider, et ses questions étaient logiques. Ses réponses étaient logiques également, facilitant la tâche à Lori et l'amenant à s'épancher, et comme le temps passait, la sensation de crispation la quitta.

Et le temps *passa*. A un moment, à mi-chemin de leur entretien, elle nota que Leverett avait allumé une lampe près du bureau ; plus tard, elle regarda machinalement vers la fenêtre et le rectangle de crépuscule au-delà. Ce fut alors qu'elle consulta sa montre.

— Est-ce que vous vous rendez compte qu'il est presque sept heures? dit Lori. J'étais persuadée que ces séances ne duraient pas plus d'une heure.

Leverett secoua la tête.

— Vous aviez besoin de temps pour dire ce que vous aviez envie de dire.

— Oui, mais je suis désolée...

— Est-ce tout? Réfléchissez, Lori.

Elle sourit.

— Vous avez raison. J'étais simplement polie. En fait, je suis contente que vous m'ayez laissée m'épancher. Et reconnaissante.

— Contente c'est suffisant. Cela veut dire que nous n'avons pas perdu notre temps. (Il se leva, refermant son calepin.) N'oubliez pas ce que je vous ai dit.

— Rassurez-vous... je n'oublierai pas.

Et en rentrant chez elle, elle tint parole.

14

Lori sortit du parking à sept heures et demie, bien après l'heure où elle dînait habituellement, et elle était affamée, mais pas de nourriture. En ce moment il y avait un autre appétit à satisfaire : la faim que fait naître la curiosité, la voracité des détails. *Une nourriture pour l'esprit. Mets-toi à table. La mémoire est servie.*

Les souvenirs arrivaient par bribes ; comme de petites bouchées, plus faciles à avaler et à digérer. Curieusement, il y avait certaines choses qu'elle se rappelait dont elle n'avait pas semblé être consciente sur le moment. Le calepin était un bon exemple. Quand le Dr Leverett avait-il commencé à l'utiliser ?

Vraisemblablement aussitôt après qu'elle eut entrepris de lui raconter comment elle s'était évanouie au cours des obsèques. Oui, c'était à ce moment qu'il avait ouvert son calepin, et c'était à ce moment que les questions avaient commencé. Les questions et les réponses. Elle était incapable de rétablir l'enchaînement exact, mais ce n'était pas important.

Ou bien était-ce important ? Leverett semblait le croire. Elle s'était mise à décrire les rêves, mais inévitablement il y avait des liens avec des faits réels qui nécessitaient une explication. Certains semblaient évidents ; lorsque Russ sonnait à sa porte, cela avait été traduit dans son rêve par la sonnerie et le tintement de cloches au collège et dans la chapelle. La réalité de l'asphyxie résultant de la fuite de gaz était devenue une partie du cauchemar où l'odeur des fleurs fanées menaçait de la suffoquer. Et bien sûr ses rêves à l'hôpital avaient transformé les fils et les tubes en serpents, et l'immobilisation sur le lit par mesure de sécurité symbolisait la captivité.

C'était la peur constante de mourir qui l'intriguait, mais le Dr Leverett fournit une solution.

— Etant donné les circonstances, les rêves satisfont votre sentiment de culpabilité en faisant intervenir la mort comme châtiment, dit-il.

— C'est logique.

— Seulement dans le contexte de vos fantasmes. Mais dans la réalité vous n'êtes coupable de rien du tout. Vous n'avez commis aucun acte criminel, vous n'êtes pas frivole, vous êtes un être humain compatissant et attentionné.

Lori secoua la tête.

— Je ne suis pas attentionnée. Si je l'étais, je me serais rendu compte à quel point cela n'allait pas à la maison, à quel point ils avaient besoin de moi, particulièrement ces derniers mois. Pourquoi n'ai-je pas remis à plus tard mon dernier semestre afin d'essayer de résoudre tous ces problèmes avec Maman et Papa?

« Je n'ai pensé qu'à moi. Je devais terminer mes études d'abord, je devais assister à la cérémonie de la remise des diplômes, et ensuite je me suis attardée pour papoter avec mes amies. Si seulement j'étais arrivée à la maison une heure plus tôt, peut-être rien de tout ça ne serait-il arrivé.

— Il n'y a aucun moyen de le savoir, Lori. Vous ne pouvez pas vous reprocher un tragique accident...

— Mais Russ n'est pas certain que c'était un accident, lui dit-elle. Et j'ai eu l'impression que Nadia ne le pensait pas non plus.

— Nadia?

Et c'est ainsi que commença le reste de la séance, parce que jusqu'ici Lori n'avait pas parlé de Nadia, et pour une bonne raison. Cela n'avait pas de sens, tout simplement. Et maintenant, en racontant ce qui s'était passé cette nuit-là, cela semblait plus absurde que jamais.

— Mais je vous dis la vérité, insista Lori. Du moins je le pense. A moins que j'aie des hallucinations.

— Ne me tentez pas. (Le Dr Leverett sourit.) Néanmoins je dois admettre que c'est une théorie séduisante.

— Vous voulez dire qu'il est possible que j'aie tout inventé — l'appel téléphonique, le rendez-vous, chercher parmi les décombres?

— Croyez-vous en cette possibilité?

— Je ne sais pas.

— Alors essayons de le découvrir, dit lentement Leverett. Pour commencer, aucune autre personne n'était présente au moment où vous dites que cette femme vous a téléphoné, et personne ne vous a vues toutes les deux ensemble. Vous auriez pu imaginer cet appel téléphonique, vous en servir comme d'un prétexte pour vous rendre à la maison et entreprendre ces recherches toute seule. Tout ce que vous me dites sur ce qu'elle a soi-disant fait, vous auriez très bien pu le faire vous-même.

— Et le livre que j'ai trouvé?

— Si vous avez inventé la présence de Nadia, vous avez pu inventer ce qui a suivi. Supposons que vous ayez été celle qui est retournée dans les ruines, exactement comme vous dites que Nadia l'a sans doute fait. Et que vous ayez découvert un livre et l'ayez emporté chez vous?

— Cela ne s'est pas passé de cette façon. Je vous ai dit que j'avais entendu ce bruit dans le corridor. Autrement je n'aurais pas ouvert la porte.

— Savez-vous si quelqu'un d'autre a entendu des bruits? Un voisin?

La voix de Lori trembla.

— Je suppose que j'aurais pu imaginer le bruit. Mais j'ai ouvert la porte et j'ai trouvé le livre.

— Vous auriez pu le laisser là lorsque vous êtes rentrée chez vous.

— Je n'avais aucune raison de...

— A moins que Nadia ne vous serve de bouc émissaire. Si vous pouviez lui reprocher d'avoir fait ces choses, au lieu de vous les reprocher, vous ne ressentiriez aucune responsabilité.

— Mais je *suis* responsable de ce qui est arrivé, je vous l'ai dit. Si je ne l'avais pas laissée partir comme ça, elle serait toujours en vie.

— Et vous continueriez sans doute de penser que vous avez eu des hallucinations. (Leverett s'adossa à son fauteuil.) Mais le fait qu'elle soit morte prouve son existence réelle. Vous n'avez pas inventé son nom, vous n'avez pas inventé son aspect physique ou sa profession en vous basant sur un bulletin d'informations.

— Je n'ai même pas écouté les informations, dit Lori. C'est Russ qui me l'a appris.

— Et vous aviez parlé de Nadia à Russ la veille au soir. (Il hocha la tête.) Par conséquent nous savons que vous n'avez pas imaginé tout ceci.

Lori fronça les sourcils.

— Cela n'explique toujours pas ses dons psychiques. Elle affirmait entendre les voix. Vous pensez que c'est *elle* qui avait des hallucinations?

Le Dr Leverett haussa les épaules.

— Inversons les choses et considérons ses actes de la même façon que nous l'avons fait avec les vôtres. Elle n'a pas inventé *votre* nom, ou ce qu'elle savait à votre sujet. Mais cela va de soi que les voix étaient hallucinatoires.

— Tout ce qu'elles ont dit était vrai.

— Tout ce qu'*elle* a dit était vrai. (Leverett hocha la tête.) Entendre des voix c'est comme faire des rêves... simplement une autre manière de se parler à soi-même.

— Mais le langage des rêves est symbolique, dit Lori. Et lorsque Nadia faisait des rêves à mon sujet ou entendait des voix elle obtenait des informations concrètes. Comment cela serait-il possible?

— Cryptomnésie, peut-être.

— Une autre étiquette pour l'amnésie?

— Un autre phénomène. L'amnésie implique une perte de mémoire consciente, due au stress, à un traumatisme physique, ou à la maladie. La cryptomnésie est quelque chose de complètement différent. Nous n'en comprenons pas la cause ou la pathologie ; tout ce que nous connaissons c'est la différence. Un cryptomnésique enfouit des souvenirs qui pour commencer n'ont jamais été perçus au niveau conscient.

— Cela me semble plutôt tiré par les cheveux.

— Pas si vous réfléchissez un instant. Normalement, la plupart d'entre nous en ont fait l'expérience sous une forme bénigne... un mot, un nom, une phrase semble surgir dans notre esprit de manière inattendue, quelque chose que nous ne nous rappelons pas avoir vu ou eu connaissance. Mais dans les cas extrêmes beaucoup plus de choses peuvent remonter à la mémoire, venant de l'inconscient, des informations qui d'une façon ou d'une autre ont court-circuité notre conscience lorsqu'elles ont été reçues pour la première fois. Ceci est peut-être associé à d'autres mécanismes que nous sommes incapables d'expliquer, comme la mémoire eidétique, la capacité de se souvenir de quelque chose dans les moindres détails. Et cela pourrait expliquer ce que certains considèrent comme des pouvoirs psychiques ou la perception extrasensorielle.

— Vous croyez que Nadia Hope était atteinte de cryptomnésie ?

— J'ai dit « peut-être ». (Le Dr Leverett se pencha en avant de nouveau.) Cela vaut certainement la peine de voir s'il y a un moyen de vérifier ses sources si vous le pouvez, mais c'est quelque chose à considérer par la suite. Pour le moment c'est le contenu de vos propres rêves qui est le plus important.

Durant le trajet jusqu'à son appartement, Lori réfléchit au reste de leur séance, et certaines choses dont ils avaient discuté semblaient tout à fait évidentes. Le symbolisme phallique, par exemple : changeant les fils et les tubes en serpents. Et « Je ne suis pas Prissy » était la négation d'un refoulement sexuel[1].

— Je ne me considère pas comme refoulée sexuellement, lui dit Lori. Pas avec Russ, en tout cas.

Mais si le jeune homme dans son rêve n'était pas le symbole de son fiancé, alors de qui s'agissait-il ?

1. Prissy, diminutif du prénom Priscilla, veut également dire « bégueule », « chochotte » (*N.d.T*).

— Vous ne vous souvenez pas de quelqu'un lui ressemblant parmi vos camarades de cours ?

— Je ne me souviens même pas du collège. Et pourtant tout ça semblait tellement familier...

— Peut-être était-ce le cas. Il est possible que vous *ayez connu* cette personne, quelqu'un dont la mort vous a donné un tel sentiment de culpabilité que vous l'avez banni de votre mémoire consciente ?

— Nous ne parlons pas de *ma* mémoire en ce moment. Dans le rêve j'étais Priscilla.

Le Dr Leverett fronça les sourcils.

— Vous n'aviez pas mentionné cela.

— Je pensais l'avoir fait.

— Alors « Prissy » était juste un diminutif. (Il hocha la tête.) Bon, cela commence à prendre tournure. Vous avez mentionné une autre phrase — « Charybde et Scylla », de la légende grecque — pour souligner votre sentiment qu'il n'y avait aucune échappatoire possible, aucun choix entre des dangers de tous côtés. Mais « Scylla » ne pourrait-il pas être aussi un écho de « Priscilla » ? Le prénom lui-même provient peut-être tout simplement d'une lecture dans votre enfance de *La cour de Miles Standish*[1] et de la phrase « Parle pour toi, Priscilla ! » Et c'est exactement ce que vous faisiez... parler pour vous et *vous parler à vous-même* dans votre rêve.

— Mais il y a une réponse plus simple, dit Lori. Je pense que le prénom Priscilla provenait de l'annuaire que Nadia Hope a laissé devant ma porte.

— L'annuaire ?

— Oui. L'annuaire du collège Bryant pour la promotion 1968.

— Pourquoi ne pas m'en avoir parlé plus tôt ? demanda doucement Leverett.

— J'ai dû oublier. (*J'ai oublié à dessein*, se dit Lori. Mais quelle que soit la raison, elle ne pouvait plus s'arrêter maintenant.) Il y a un portrait dans l'annuaire, la photographie d'une jeune fille du nom de Priscilla Fairmount. Une fille qui me ressemble tout à fait.

1. Poème de H.W. Longfellow, publié en 1858.

— Vous voulez dire une ressemblance ?

— Un sosie. Et ce n'est pas un effet de mon imagination, parce que Russ a été du même avis.

— Et c'est ce qui vous a bouleversée ?

— Vous ne seriez pas bouleversée de voir votre propre visage dans un livre publié avant votre naissance ?

— Je comprends. Mais de telles coïncidences ne sont pas nécessairement aussi exceptionnelles qu'il y paraît. Des études somatiques montrent qu'il y a seulement une trentaine de types répertoriés de physionomie... trente-sept, si j'ai bonne mémoire. Vous vous êtes certainement trouvée dans des situations où vous avez pris une personne qui vous était tout à fait inconnue pour quelqu'un que vous connaissiez. Cela arrive à tout le monde, à un moment ou à un autre.

— Mais ceci était vraiment étrange. Les derniers rêves, lorsque j'étais dans cet hôpital inconnu... où ai-je trouvé ces autres noms et toutes les choses dont j'ai rêvé ?

— La première chose à faire, c'est de séparer les fantasmes de la réalité. (Le Dr Leverett sourit.) Dans la réalité vous n'avez jamais eu un rendez-vous amoureux avec un cadavre ressuscité dans une chapelle déserte, ou été retenue prisonnière dans quelque hôpital mystérieux. Remonter au matériau d'origine n'est pas chose facile, mais il n'y a aucune raison de penser que c'est impossible. Expliquer pourquoi vous avez choisi ces autres noms pour les personnages de votre rêve devrait être moins difficile, si vous avez envie de poursuivre ceci.

Poursuivre ceci. Lori considéra ces mots. Avait-elle vraiment envie de poursuivre ceci ? Sinon, est-ce que cela ne *la* poursuivrait pas ? Il n'y avait qu'une seule certitude en ce moment. Dans l'un et l'autre cas, le Dr Leverett serait un allié bienvenu. De manière inattendue, elle se trouvait à son aise avec lui maintenant ; au cours de ces dernières heures, l'étranger gris était devenu un *confident.* C'était son travail, bien sûr, la mettre à son aise, et il le faisait bien, c'était indéniable.

Pourtant, Cela n'expliquait pas complètement la force de sa conviction. Le son de sa voix ressemblait presque à un écho familier, apaisant et rassurant. C'était ce dont elle avait besoin en ce moment... être rassurée.

Lori prit une profonde inspiration.

— Est-ce que vous suggérez une autre séance?

— Je vous le conseille. Et je ne puis vous promettre qu'une seule séance sera suffisante.

Lori hésita.

— Je ne suis pas sûre d'être prête pour une analyse.

— Je n'en suis pas sûr, moi non plus. Mais ce pourrait être une façon de procéder si vous voulez retrouver votre tranquillité d'esprit. (Il hocha la tête.) Pourquoi ne pas y réfléchir avant de prendre une décision? Vous pourrez téléphoner pour convenir d'un autre rendez-vous. Et si vous le faites, ce serait sans doute une bonne idée d'apporter cet annuaire avec vous. Il contient peut-être d'autres indices qui vous ont échappé.

C'est à ce moment que Lori avait regardé sa montre et s'était rendu compte de l'heure.

Elle la regarda de nouveau maintenant, après avoir garé la voiture. Huit heures passées déjà... ce n'était pas étonnant que son estomac gargouille. Il était temps de voir ce qu'il y avait dans le frigo.

Montant l'escalier à la hâte, elle déverrouilla la porte. La chaleur avait été prise au piège dans la salle de séjour et elle ouvrit les fenêtres pour lui permettre de s'échapper. Posant son sac sur la table basse, elle se dirigea vers la cuisine, allumant les lumières.

Il faisait chaud ici, encore plus chaud que dans la salle de séjour, aussi elle ouvrit la fenêtre de la cuisine pour laisser entrer un peu d'air.

Ouvrir des fenêtres. C'était le but de toute thérapie: ouvrir les fenêtres de l'esprit, aérer une imagination surchauffée.

Lori n'avait aucune idée du prix que demandait Leverett pour ses services mais elle savait que lorsqu'il enverrait la note ses honoraires seraient très élevés. Ses moyens lui permettraient-ils d'autres séances?

Jusqu'à présent elle n'avait aucun motif de se

plaindre. Il l'*avait* aidée à ouvrir plusieurs fenêtres et ce qu'il avait dit méritait d'être pris en considération.

S'éloignant de la fenêtre, elle regarda le coffret de métal posé sur la table de cuisine et se souvint de la remarque du Dr Leverett concernant l'annuaire. Peut-être avait-il raison ; découvrir la photographie lui avait causé un tel choc qu'elle ne se souvenait de rien d'autre qu'elle avait peut-être vu. Pour ce qu'elle en savait, ces autres noms sur la même page avaient pu lui sauter aux yeux, des noms qu'elle avait enregistrés inconsciemment jusqu'à ce qu'ils resurgissent dans ses rêves. Ainsi que Leverett l'avait déclaré, il y avait peut-être des indices qui lui avaient échappé.

Et qu'elle décide ou non d'entreprendre une thérapie avec lui, chercher ces indices était un travail qu'elle pouvait faire toute seule. Une fois qu'elle aurait déniché quelque chose à manger, elle s'installerait confortablement et passerait l'annuaire au peigne fin… pas simplement la page avec la photographie, mais tout le livre. Peut-être trouverait-elle une réponse.

Lori leva le couvercle du coffret de métal pour prendre le livre. Sa main s'avança, puis s'immobilisa tandis qu'elle regardait fixement le vide.

L'annuaire avait disparu.

15

Déchiqueter l'annuaire n'était pas un problème.

Une fois la couverture arrachée et introduite dans la machine, elle en ressortit sous la forme de morceaux pas plus gros qu'un trombone. Ce fut au tour des pages, une douzaine à la fois, émergeant sous la forme de minuscules fragments. C'était l'avantage de la coupe transversale, au lieu d'utiliser un déchiqueteur avec une coupe en long ; cela coûtait plus cher mais on en avait pour son argent. Avec tout cet entraînement, il en savait suffisamment sur le déchiquetage pour obtenir un boulot à la CIA.

Mais Ben Rupert n'avait pas envie de travailler pour la CIA, ni pour personne d'autre. En fait, il ne voulait *plus* travailler, sa dernière journée de travail serait terminée dès qu'il aurait déchiqueté le reste des documents dans ses classeurs. C'est ce qu'il devait faire maintenant ; détruire les dossiers avant qu'ils le détruisent.

Sans ce satané annuaire, il aurait été tiré d'affaire. Pourquoi Ed Holmes avait-il conservé un truc comme ça ?

Ed était un imbécile, bien sûr, il l'avait toujours été. Gagner de l'argent dans l'immobilier était une simple question de chance, se trouver là où il fallait et au bon moment, avec les valeurs immobilières qui montaient en flèche durant les années de prospérité. Mais il n'était pas doué pour les affaires, c'était certain, il n'avait jamais compris les subtilités des placements. Une fois sa confiance acquise, il n'avait été que trop heureux de laisser Ben s'occuper des placements et des corvées financières. Après qu'il eut pris sa retraite, cela avait été du gâteau ; il avait été un pigeon facile à plumer, pas d'erreur !

A présent il était un pigeon déplumé, mort et enterré, lui et sa stupide épouse.

Ben s'était promis de ne pas penser à cette partie de l'affaire, mais pendant un moment les images surgirent... le visage effrayé de la femme dans le fauteuil roulant comme le tisonnier s'abattait, la stupeur et le choc dans le regard d'Ed Holmes comme le tisonnier s'abattait à nouveau, leur apparence à tous les deux ensuite, avant que la fumée se mette à tourbillonner et les flammes à monter plus haut.

Il ne s'était jamais cru capable de commettre un acte violent. Mais l'instinct de conservation est la première loi de la nature, et il n'avait pas le choix.

La vérification des comptes n'était pas tellement un problème par elle-même. Il avait fait du beau boulot sur les écritures au fil des années et un contrôle de routine ne révélerait rien excepté les résultats d'un manque de discernement de la part d'Ed Holmes. Les vrais ennuis pouvaient commencer ensuite, lorsque la famille se mettrait à demander où était passé tout l'argent, pourquoi il n'avait jamais mentionné les mauvais placements et les pertes sur le fonds commun apparaissant sur les livres. Une fois que l'on s'apercevrait que c'était Ben en personne qui s'était occupé des investissements, quelqu'un se douterait de quelque chose, inévitablement, et ce serait le grand déballage.

Il n'y avait qu'une seule façon d'empêcher ça, mais en dépit d'un plan soigneusement conçu, il avait réussi seulement en partie. Au moins, il pouvait se féliciter d'avoir brouillé les pistes. Même si l'on concluait à un incendie criminel, ils ne pourraient pas l'impliquer dans cette affaire, et il en allait de même pour les meurtres. Dans l'état actuel des choses, rien ne permettait de soupçonner la moindre malveillance, et ce qui ressemblait à un échec partiel pouvait en fait être une bénédiction déguisée.

Et la fille n'était peut-être pas une menace aussi sérieuse qu'il l'imaginait. Apparemment, elle lui faisait confiance, et son boulot consistait simplement à entretenir cette confiance. Lori Holmes ne semblait pas savoir grand-chose sur les finances familiales, aussi il n'y aurait peut-être pas de questions embarrassantes sur qui était responsable des pertes bidon figurant sur les livres. S'il s'apitoyait avec elle sur les mauvais placements d'Ed, elle accepterait peut-être les conclusions de la vérification de routine sans avoir le moindre soupçon. La situation lui apparaissait ainsi, et après mûre réflexion, il avait décidé de tenter le coup, à tout hasard.

Ce qu'il n'avait pas prévu, c'est que le hasard lui jouerait un mauvais tour.

L'annuaire avait tout changé. S'en débarrasser ne pouvait pas attendre, et il ne pouvait pas attendre, lui non plus.

Mais détruire une preuve matérielle ne réglerait pas la situation indéfiniment. Lori connaissait l'existence de cet annuaire, son petit ami était également au courant, et déchiqueter les pages n'effacerait pas leurs souvenirs de ce que ces pages contenaient. Ce qu'ils se rappelaient conduirait à des questions beaucoup plus dangereuses que de la part de n'importe quel cabinet d'audit. Tôt ou tard ils se mettraient en quête de réponses, et c'était un risque qu'il ne pouvait pas se permettre.

Ben se força à introduire dans la machine le restant des dossiers. A présent il ne prenait même plus la peine de vérifier le contenu parce qu'il était trop fatigué. Courir à droite et à gauche toute la journée l'avait épuisé ; pas étonnant qu'il ait besoin d'un verre. Juste un petit verre, pour tenir jusqu'au bout.

Il s'assit à son bureau, ouvrant le tiroir du bas sur la droite pour prendre la bouteille qu'il laissait là en cas d'urgence. Elle était aux trois quarts vide, parce qu'il avait eu un tas de cas urgents ces derniers temps.

La Stoli avait une saveur subtile et piquante, et elle ne laissait pas une haleine chargée d'alcool. Les Ruskoffs ne valaient pas tripette mais il fallait faire la part du diable : leur vodka était de première.

A présent il ne restait plus qu'un fond de liquide incolore dans la bouteille. Autant lui faire un sort. Un cadavre de plus. Il inclina la bouteille à nouveau.

Cadavre. Meurtrier.

C'est pourquoi il but les dernières gorgées, pour tuer le souvenir de ces visages lorsque le tisonnier s'était abattu. Et avait frappé. Encore. Et encore.

Il n'était pas un homme violent. Tout simplement il ne supportait pas cette vue, il ne supportait pas de voir leurs visages. Mais il les voyait à présent. Il les frappait, et les verres vite faits, pris à jeun, le frappaient en retour. Seigneur, il n'aurait pas dit non à une autre tournée, bien qu'il réalisât que cela ne lui serait d'aucune aide.

Les visages des morts n'étaient pas une menace. La véritable menace venait des vivants, de Lori et de Russ et de ce qu'ils se rappelaient concernant l'annuaire. Lorsque Carter reviendrait, les questions commenceraient, mais il n'y avait aucun moyen de les arrêter.

Ben soupira comme il rangeait la bouteille vide dans le tiroir du bureau. Le geste était automatique, comme le fut son regard dirigé vers le bas.

Automatique.

Il était posé à côté de la bouteille, le petit automatique qu'il gardait là en prévision d'une autre sorte de situation critique. Grâce au ciel, il n'avait jamais été dévalisé, n'avait jamais eu à s'en servir, car il n'était pas un homme violent.

C'est pourquoi il s'était senti assuré que même en mettant les choses au pire il ne ferait jamais figure de suspect. Du moins jusqu'à ce que l'annuaire apparaisse.

Plus il réfléchissait à la question plus il se rendait compte que la disparition de l'annuaire ne pouvait pas garantir son salut. Lori et Russ allaient devoir mener leur propre enquête, parce qu'ils ne disposaient d'aucun élément pour étayer leurs chefs d'accusation. Mais s'ils trouvaient suffisamment de choses pour intéresser les autorités, les chefs d'accusation se mettraient à pleuvoir. Peut-être ne restait-il plus aucune preuve maintenant que le destructeur avait fait son boulot, plus aucune pièce à conviction le rattachant aux meurtres, mais ce qu'ils risquaient de découvrir à propos de l'annuaire serait suffisant. Une fois que ces foutus médias se seraient emparés de l'affaire, ils s'en donneraient à cœur joie ; c'était exactement le genre de scandale qu'ils aimaient étaler au grand jour, cela faisait exploser les ventes ou l'audimat. Et ce truc c'était de la dynamite.

Ben regarda fixement l'arme dans le tiroir du bureau, regrettant que Lori Holmes et Russ Carter ne soient pas là en ce moment, regrettant de ne pas pouvoir leur brûler la cervelle avant qu'ils commencent à s'en servir.

C'était impossible, bien sûr. Il ne pouvait pas attendre le retour de Carter ; même alors, l'éliminer serait trop difficile, trop dangereux. Et probablement inutile.

Lori était la seule personne qui soit vraiment concernée, parce qu'elle avait un motif personnel de découvrir des réponses. Le véritable intérêt de Russ concernait la jeune fille, et non l'annuaire. Livré à lui-même il n'aurait aucune raison de poursuivre ses recherches ; cela ne signifierait plus grand-chose pour lui.

Livré à lui-même.

Et si, lorsqu'il reviendrait, il n'y avait plus de Lori pour le pousser à continuer ? Plus de Lori pour confirmer son histoire à propos d'un mystérieux et vieil annuaire de collège qui ne pourrait plus jamais être retrouvé à présent. Plus de Lori, point final.

Ben battit des paupières, puis baissa les yeux à nouveau. Peut-être était-il cinglé, peut-être les rasades d'alcool réfléchissaient-elles à sa place, mais l'inspiration venait, automatiquement.

Il consulta sa montre. Il avait largement le temps ; deux bonnes heures avant que les femmes de ménage n'envahissent les bureaux déserts de l'immeuble. Il devrait sans doute jouer serré, mais il pourrait être parti avant que le nettoyage ne commence à cet étage. Et il pouvait même gagner quelques minutes supplémentaires en écrivant la note à l'avance. Cela lui donnerait une chance de réfléchir à la bonne formulation, de garder son esprit occupé pendant qu'il attendait, si son plan marchait comme prévu. Et cela allait marcher, il en était certain à présent.

Ben tendit la main vers l'instrument de destruction et commença à composer le numéro. Curieux, il n'avait encore jamais considéré un téléphone de cette façon, mais les choses avaient changé. Même l'image qu'il avait de lui-même était différente, et pour la première fois de sa vie Ben Rupert admit la vérité.

Il était un homme violent.

16

Je perds la tête, se dit Lori. Au diable l'euphémisme poli du Dr Leverett sur les « troubles de la personnalité ». Si elle ne perdait pas la tête, alors comment pouvait-elle expliquer le fait qu'elle avait perdu l'annuaire ?

Il avait été là dans le coffret sur la table de la cuisine, tout le temps, elle et Russ l'avaient vu, et la nuit suivante elle avait replacé l'annuaire dans le coffret après l'avoir examiné seule. Le livre était toujours là lorsqu'elle était rentrée de l'hôpital hier, parce qu'elle l'avait regardé à nouveau.

Non, c'était inexact. Elle avait eu l'intention de le regarder, mais après l'appel téléphonique de Russ elle avait changé d'idée.

Ou perdu la raison.

Lori secoua la tête. Parler à Russ l'avait bouleversée ; elle se rappelait seulement qu'elle s'était couchée après qu'il eut téléphoné.

Lori avait entendu dire, ou lu quelque part, que les somnifères pouvaient occasionner des absences de mémoire. Prendre le temps de réfléchir... avait-elle pris un somnifère avant de se coucher la nuit dernière ? Ou même deux ? Impossible de s'en souvenir.

Et si elle ne pouvait pas se souvenir de ça, peut-être avait-elle oublié d'autres choses. Les comprimés avaient pu provoquer un trou de mémoire temporaire, durant lequel elle avait retiré l'annuaire du coffret, l'avait rangé ailleurs pour le mettre en sûreté.

Où l'aurait-elle caché? Dans l'un des placards de la cuisine, dans un tiroir, sous l'évier, ou au fond des rayonnages du placard à provisions? Aucun de ces endroits n'était une cachette logique, mais le mélange sédatif plus tension nerveuse de la nuit dernière laissaient peu de place à la logique. Lori se promit de jeter le restant des comprimés dans les W.-C., mais cela ne ferait pas disparaître son anxiété.

Tant bien que mal elle la réprima tandis qu'elle inspectait le contenu des placards et des rayonnages, mais ses recherches ne donnèrent aucun résultat. L'annuaire était peut-être rangé dans la chambre à coucher, ou dans la salle de séjour ou bien dans la penderie. Elle finirait peut-être par mettre tout l'appartement sens dessus dessous, exactement ce qu'elle était en train de faire avec elle-même. S'inquiétant à propos de l'annuaire, s'inquiétant à propos de Russ. Pourquoi n'appelait-il pas? Le simple fait d'entendre le son de sa voix l'aiderait.

Je t'en prie, j'ai besoin de toi. Lori se dirigea vers le couloir, ses lèvres remuant involontairement en une prière silencieuse. Et le silence fut la seule réponse.

Puis, comme elle atteignait la porte de la chambre à coucher, le téléphone dans la salle de séjour se mit à sonner. *Le pouvoir de la prière...*

Lori décrocha le combiné à la quatrième sonnerie.

— Russ?

— Ici Ben Rupert.

Tant pis pour le pouvoir de la prière. Elle s'efforça de dissimuler sa déception tandis qu'elle répondait.

— Oui. Monsieur Rupert?

— J'espère que je ne vous dérange pas.

— Non, pas du tout.

Rupert hésita, s'éclaircissant la voix.

— Veuillez me pardonner de vous poser cette question, mais il s'agit d'une affaire confidentielle. Etes-vous seule?

— Oui.

— Parfait. (Il s'éclaircit la voix à nouveau.) Je tenais à m'assurer que ceci resterait entre nous. Je suppose que l'annuaire du collège Bryant pour l'année 1968 vous est familier ?

Lori fut sidérée un moment, puis elle parla vivement.

— Comment savez-vous cela ?

— En fait, j'ai cet annuaire ici sur mon bureau en ce moment même.

— Sur votre bureau ? (Lori haussa le ton.) Je ne comprends pas. Dites-moi ce qui s'est passé...

— J'en ai bien l'intention. Mais c'est plutôt compliqué à expliquer au téléphone, c'est pourquoi j'espérais que vous pourriez m'accorder un peu de votre temps et passer à mon cabinet.

— Bien sûr. Demain matin, si vous voulez.

— Je vais être très occupé au tribunal jusqu'à la fin de la semaine. (A nouveau Rupert s'éclaircit la voix.) C'est pour cette raison que je vous appelais. Vous serait-il possible de venir ici ce soir ?

— Cette nuit ? (Lori regarda sa montre.) Mais il est neuf heures.

— Je vous en prie, Mlle Holmes. Je me rends parfaitement compte que j'abuse de votre amabilité, mais je suis convaincu que nous devrions discuter de ceci aussi vite que possible.

— Est-ce que cela a un rapport avec la succession ?

— Cela se pourrait, à moins que nous n'agissions sur-le-champ. Une fois que vous aurez eu connaissance des faits, nous pourrons décider des mesures à prendre. Mais d'abord il me faut votre accord.

Lori inspira profondément.

— Très bien, j'arrive, dit-elle.

— Merci beaucoup. Je vous attends.

Rupert semblait soulagé, mais, elle, elle ne l'était pas. Pas dans la voiture, pas sur l'autoroute. A sa gauche, de l'autre côté de la rambarde de sécurité, les phares des voitures arrivant en sens inverse la fixaient en une accusation sans fin. A droite, d'autres lumières la scrutaient en contrebas de l'autoroute, mais celles-là étaient immobiles, et leur regard statique était impersonnel. Elles l'observaient depuis les milliers de fenêtres des récents immeubles-tours abritant des banques et des sociétés d'épargne et de crédit qui bordaient Ventura Boulevard, depuis les marquises des cages à lapins sur quatre étages remplaçant des cinémas, depuis des boutiques offrant des conditions de crédit peu crédibles, des supermarchés qui n'avaient rien de super, et des mini-centres commerciaux démesurés.

La Vallée avait changé depuis l'enfance de Lori. Elle avait appris le B.A.-BA avant que tout ne commence par un C... avant les calculateurs électroniques, avant les cassettes, avant la cocaïne. Ce fut à cette époque, alors qu'elle était une jeune lycéenne de la Vallée, que l'existence simple commença à devenir compliquée. Le seul fait d'aller acheter un carton de lait voulait dire affronter les embouteillages, chercher un endroit où se garer, poireauter à la caisse. Les prix augmentèrent, ainsi que le coût en temps et en patience, la dépense émotionnelle.

C'est la jungle là-bas. A l'époque c'était un cliché, mais plus maintenant. Des présences simiesques rôdaient par toute la ville, volant des sacs à main, s'embusquaient pour voler des appareils stéréo ou agresser les automobilistes imprudents sur les parkings, s'introduisaient dans des maisons pour piller et violer. Des bandes parcouraient les rues, se shootaient puis attaquaient des passants innocents. Et dernièrement, des anthropoïdes armés avaient commencé à tuer sur les autoroutes, tirant sur d'autres conducteurs par plaisir ou par déplaisir. La jungle avait changé également... plus de Tarzan, juste les singes.

Pour le moment la circulation était relativement fluide et Lori avait d'autres problèmes à considérer, mais seulement lorsqu'elle serait en sécurité, après avoir pris la bretelle de sortie, emprunté la grande artère, et être entrée dans le parking souterrain de l'immeuble de bureaux.

Ici l'éclairage était satisfaisant, pourtant elle jeta un regard prudent à la ronde avant d'ouvrir la portière et de se glisser de derrière le volant. Elle aurait été plus rassurée si elle avait vu un agent de la sécurité mais l'endroit semblait désert. Il y avait très peu de véhicules au niveau inférieur, trop peu pour offrir une cachette à quelqu'un essayant de se dissimuler derrière eux.

Lori sortit dans l'air vicié et se dirigea rapidement vers l'ascenseur, poursuivie seulement par la puanteur des vapeurs d'essence.

L'ascenseur était vide, mais ce fut seulement après qu'elle eut appuyé sur le bouton et que les portes se furent refermées, qu'elle se détendit. Ou en partie, parce que maintenant elle ne pouvait plus fuir le problème.

Sa préoccupation d'échapper à des dangers imaginaires avait peut-être servi à quelque chose, en l'empêchant de penser aux dangers réels.

L'ascenseur monta et des questions s'élevèrent avec lui. L'annuaire sur le bureau de Rupert... comment était-il arrivé là ? Quel rapport pouvait-il bien avoir avec la succession ? Pourquoi Rupert était-il aussi désireux de la voir immédiatement, que voulait-il dire en parlant de mesures à prendre pour régler la succession ?

Lori secoua la tête. Cela n'avait servi à rien de se tourmenter durant le trajet, cela ne servait à rien de jouer aux devinettes maintenant. C'était inutile, parce que Rupert connaissait les réponses, et dans un instant elle les connaîtrait également.

L'ascenseur s'immobilisa ; ses portes s'ouvrirent en coulissant et elle s'avança dans le couloir, marchant d'un pas assuré, déterminée. L'avocat de petite taille avait été très réservé et évasif au téléphone, mais à présent il gardait quelque chose en réserve pour elle, et il ne pourrait pas se dérober plus longtemps. Elle l'obligerait à lui dire la vérité.

Rupert était peut-être un drôle d'oiseau mais elle en avait assez de jouer les pigeons. Il était temps de saisir le moment ; la minute de vérité. Temps de saisir la poignée de la porte, d'entrer dans la salle d'accueil. L'éclairage fluorescent inonda la pièce déserte tandis qu'elle se dirigeait vers la porte fermée du bureau.

— Monsieur Rupert...

Faisant halte, elle attendit sa réponse, mais aucune ne lui parvint. Lori tourna le bouton et la porte s'ouvrit lentement.

Un moment elle resta immobile sur le seuil, plissant les yeux dans la lumière de la lampe et scrutant le fauteuil derrière le bureau de Rupert. Le bureau était encombré de papiers, mais le fauteuil était inoccupé ; le vieil hibou avait quitté son perchoir.

Déconcertée, elle s'avança.

Le nid du hibou était en désordre. Jetant un coup d'œil rapide, elle nota les tiroirs ouverts du bureau et les classeurs métalliques derrière lui, les confettis jonchant le tapis tout autour du bac plein à déborder en dessous du destructeur.

Lori fronça les sourcils, se retournant vers la porte et le placard à côté. Mais que s'était-il passé ici ?

Seul Rupert aurait pu le lui expliquer, mais aucun mot ne sortit de sa bouche tordue : la langue violette et gonflée, son cadavre était pendu à la barre de traverse dans le placard ouvert.

17

Le lieutenant Orion Metz n'aurait jamais fait carrière s'il avait joué dans un film policier pur et dur. Son âge, sa bedaine due à une alimentation déplorable, et sa voix nasillarde convenaient seulement pour la comédie.

Mais ceci n'était pas un film et la vie infernale qu'il avait menée ces derniers jours n'avait rien de drôle. Peut-être était-ce une bonne chose qu'il ne se soit jamais marié ; les heures indues auxquelles il rentrait chez lui auraient fait grimper sa femme aux rideaux.

Il s'affala sur son bureau, s'appliquant à ingurgiter au moins une partie de son déjeuner. Quand avaient-ils commencé à mettre de la viande de bouc entre deux tranches de carton et à appeler ça un sandwich au pastrami ? Même l'assaisonnement était infect ; pas étonnant que les vampires détestent l'ail. Ou bien était-ce encore un cliché cinématographique ?

Metz essaya de faire descendre une autre bouchée, mais il fut incapable d'avaler la vase qui faisait office de condiment. Ce devait être un genre de mayo. Pas étonnant qu'ils aient appelé une clinique comme ça.

Renonçant à ses tentatives, il prit la pomme et la mordilla avec hésitation. Ah, encore une chose que l'on ne voyait jamais dans les films. Personne, héros ou gangster, ne grignotait jamais ou ne croquait dans une pomme. Toujours ils mordaient dedans à pleines dents... avec les effets sonores en conséquence et un rictus frugivore.

La pomme était presque mûre et sa couche de pesticide servirait peut-être à tuer les microbes dans la viande qu'il avait avalée. Autant finir de la manger en vitesse, parce que la fille serait ici sous peu.

Lori Holmes. Voilà quelqu'un qui aurait pu réussir dans le cinéma. Pas le genre pages du milieu pliées en trois et détachables, mais très séduisante lorsqu'elle était à la verticale, à condition qu'elle s'arrête de pleurnicher. Et il ne pouvait décemment pas lui reprocher sa réaction de l'autre soir. Vu les mœurs actuelles on pouvait s'attendre à trouver quelques cadavres dans le placard d'un avocat, mais pas l'avocat lui-même. Cela avait dû lui causer un sacré choc. Si cela s'était passé à la télévision ils auraient fait un gros plan sur son visage terrifié, ensuite raccord et place aux publicités. Fin de l'Acte I.

Seulement il n'y avait pas eu de publicités pour combler le vide, pas même pour des sandwiches au pastrami empoisonnés, et pas de pause dans l'action. Il avait tout juste eu le temps de rappliquer là-bas pour jeter un coup d'œil rapide, puis il avait chargé Slesovitch de mener les premières investigations avec son équipe. Peut-être dénicheraient-ils quelque chose, et bonne chance les gars ; en attendant, il avait emmené Lori Holmes pour un interrogatoire préliminaire.

Metz mordit dans la pomme à nouveau. Hé, vas-y doucement, tu n'es pas dans le champ et tu n'as pas envie de dépenser encore cinq cents billets pour une couronne et une incrustation. Il essaya de se rappeler s'il avait jamais vu Bogie aller chez un dentiste.

Et les héroïnes s'excusaient-elles au beau milieu d'une déposition pour aller aux gogues ? Lori Holmes l'avait fait. D'après l'officier de police Fay Richter, qui l'avait accompagnée là-bas, elle avait utilisé le distributeur automatique parce qu'elle avait ses règles.

C'était encore une chose dont on ne parlait jamais dans un film. On voit la dame sauter dans le lit pour tirer un coup vite fait — parfois c'est un peu plus long, s'il s'agit d'un film porno — mais sa vie sexuelle est rarement réglée par des règles. Quant à la grande scène de l'interrogatoire, elle n'est jamais interrompue par la sonnerie intempestive d'un téléphone.

Ensuite, lorsque la scène de l'interrogatoire filmée en plan serré est terminée, le rythme s'accélère avec une scène d'action : une poursuite sur les chapeaux de roues, une fusillade nourrie qui prend fin lorsque la voiture du gangster est touchée et explose dans une boule de feu.

Metz jeta le trognon de pomme dans la corbeille à papier, puis secoua la tête. Presque trente ans depuis qu'il était sorti de l'école de police, plus de vingt depuis qu'il était flic, et pas une seule fois il n'avait connu la routine de la poursuite en voiture qui se terminait par des effets spéciaux. Bien sûr, il y avait eu des occasions où il avait dégainé son Special, mais il avait passé foutrement plus de temps à le nettoyer qu'à tirer sur des seconds rôles retranchés dans un entrepôt désaffecté. Metz n'avait jamais tué un homme ; personne ne l'avait jamais forcé à jouer les Clint Eastwood.

Pour le moment, un petit bout de peau de pomme était coincé dans l'interstice entre ses molaires inférieures du côté gauche. Il ouvrit le tiroir du milieu de son bureau et tendit la main pour prendre un cure-dents dans la réserve qu'il avait appris à garder là pour des cas d'urgence comme celui-ci. Metz farfouilla et referma finalement ses doigts sur un cure-dents se trouvant sous des formulaires de rapport et toute la paperasse qui vous était indispensable si vous n'utilisiez pas l'un des ordinateurs du rez-de-chaussée. Dieu merci, il avait fait une demande de retraite anticipée pour la fin de l'année ; aussi ils ne l'avaient pas harcelé pour qu'il suive des cours de formation et apprenne à se colleter avec l'un de ces foutus engins.

Il avait suffisamment de boulot comme ça, entre la paperasserie et les enquêtes. Vous ne pouviez pas procéder à une arrestation en restant le cul sur une chaise, à attendre qu'un indic vous téléphone et désigne un suspect. Vous deviez chercher des pistes vous-même, ensuite les suivre, tout en sachant d'avance que les résultats seraient probablement décevants. Mais c'était le métier… dix pour cent d'investigation, quatre-vingt-dix pour cent de frustration.

Metz manipula son cure-dents, puis l'envoya rejoindre

le trognon de pomme dans la corbeille à papier. Au même instant, l'interphone bourdonna, annonçant que Lori Holmes était arrivée.

Il trouvait toujours qu'elle n'était pas du genre pages du milieu détachables, mais elle était beaucoup mieux que le souvenir qu'il en avait gardé depuis hier soir. Et pendant un moment, après qu'elle se fut assise et eut croisé ses jambes, il reconsidéra la question du mariage. Pas avec une gamine comme celle-là, bien sûr ; peut-être quelqu'un de plus mûr, quelqu'un ayant suffisamment d'expérience pour faire un sandwich au pastrami digne de ce nom. Lorsqu'il aurait pris sa retraite, peut-être...

Mais il n'était pas encore retraité, seulement maltraité par la vie. Metz battit des paupières, puis avança la main vers les papiers sur son bureau tout en parlant.

— Merci d'être venue, Mlle Holmes. (Il localisa ce qu'il cherchait et baissa les yeux.) J'ai lu le rapport que le sergent Bronstein a rédigé après vous avoir interrogée hier. Il dit que vous avez été très coopérative.

— J'ai essayé de l'être.

Metz procéda à une rapide évaluation sans l'aide d'un ordinateur. *Voix sincère, sourire bidon.*

— J'ai l'impression que cette déposition contient l'essentiel, dit-il. Mais je me demandais si vous ne pourriez pas nous aider à mieux cerner la personnalité de Ben Rupert. Pas vos rapports cliente-avocat, mais ce que vous savez concernant ses antécédents, ses habitudes, ce genre de chose.

Lori Holmes secouait déjà la tête.

— Rien. Comme je l'ai dit au sergent, nous avons eu un seul entretien et nous avons uniquement parlé de la succession. Il était très méthodique et il m'a fait l'effet de connaître sa partie.

— Ce qui veut dire que vous aviez confiance en lui.

— Oui.

— Assez pour aller le voir seule à son cabinet, la nuit ?

L'hésitation de la jeune fille fut presque imperceptible, mais Metz s'en aperçut.

— Allons, je ne dis pas que vous aviez peur qu'il vous

agresse, absolument pas. Mais apparemment vous avez accepté aussitôt de venir à ce rendez-vous fixé à l'improviste, à une heure pareille.

— Mr Rupert s'est excusé de téléphoner aussi tard, mais il a dit qu'un problème était survenu, un problème qui exigeait une décision immédiate.

Metz acquiesça.

— C'est dans votre déposition, mais vous n'avez pas donné de détails. Quel était ce problème au juste?

— Je ne sais pas. Il m'a seulement dit qu'en parler au téléphone serait trop compliqué, et qu'il m'expliquerait tout lorsque je le verrais.

— A-t-il dit autre chose, quelque chose qui pourrait vous donner une indication?

Lori Holmes secoua la tête.

— Seulement que c'était important.

Elle décroisa les jambes tout en parlant, et Metz nota cela également.

— Vous avez supposé qu'il voulait parler de la succession?

La jeune fille répondit précipitamment... trop précipitamment.

— Oui, c'est ce que j'ai dit dans ma déposition.

Mais elle n'a pas supposé ça, se dit Metz. *Elle cache quelque chose.*

Il hocha la tête.

— Je comprends très bien que vous soyez préoccupée par tout problème concernant la succession. Mais je me demandais, puisque vous êtes allée au cabinet de Ben Rupert en pleine nuit, si vous n'étiez pas mieux renseignée sur la situation à laquelle vous deviez aviser.

— Vraiment?

Metz haussa les épaules.

— Nous avons commencé à vérifier les antécédents de Rupert. (Il tira une autre feuille de la pile sur son bureau.) J'ai ici la déposition de Mlle Raimondo. Elle a été sa réceptionniste au cours de ces trois dernières années.

— Est-ce qu'il lui avait parlé de la succession?

— D'après elle, il ne lui a absolument rien dit. La

plupart des renseignements que nous avons obtenus proviennent d'autres sources. (Metz tira une deuxième feuille de la pile, la parcourant du regard comme il parlait.) Rupert était un solitaire. Pas de famille connue, à part deux cousins vivant à Wilkes-Barre qui affirment ne pas l'avoir vu ou eu de ses nouvelles durant ces trente dernières années ou davantage. Autant que nous puissions le savoir, il n'avait pas d'amis intimes. Il habitait un appartement sur Wilshire près de Beverly Glen, mais il n'entretenait aucune relation amicale avec les autres locataires que nous avons interrogés ; la plupart d'entre eux ne pouvaient même pas le situer quand nous leur avons dit son nom.

« Les gardiens du service de sécurité de l'immeuble n'ont jamais eu droit de sa part à autre chose qu'un rapide bonjour et un billet de dix dollars à Noël. La femme de ménage en recevait vingt-cinq ; elle venait une fois par semaine et ils la faisaient entrer à l'aide d'un passe. Si elle fouinait dans ses affaires elle ne nous en a pas parlé. Tout ce qu'elle a dit c'est que Rupert était très ordonné et qu'il y avait rarement beaucoup de nourriture dans le réfrigérateur. Il dînait au restaurant le plus souvent, et rentrait très tard. Il payait régulièrement la cotisation pour son club à Brentwood, mais à part un déjeuner là-bas plusieurs fois par an avec deux autres avocats que nous avons interrogés, il ne profitait guère des installations. Casier de vestiaire vide, pas de clubs de golf.

« Aucune trace d'un quelconque mariage, il ne semble pas avoir eu de liaisons, et Mlle Raimondo nous a dit qu'il n'avait jamais essayé de lui faire des avances.

« Elle nous a appris que jusqu'au début de cette année l'un de ses clients était une agence d'hôtesses, et elle pense que chaque fois qu'il avait recours à ses services il laissait tomber sa note d'honoraires en échange.

Lori Holmes fronça les sourcils.

— Je ne vois pas ce que cela a à voir avec ce qui s'est passé hier soir. Simplement parce qu'il était un homme secret...

— Trop secret. (Metz examina la feuille de papier.)

D'après ce rapport, il se chargeait lui-même de la tenue des livres, des dossiers, et tout était sous clé. Il dictait des mémos et des lettres pour ses clients ; Raimondo s'occupait du travail de routine comme de remplir les actes notariés. Mais son principal travail était celui d'une réceptionniste ; elle répondait au téléphone. Et ces derniers temps il ne recevait pas tellement d'appels téléphoniques ou de visiteurs. Votre père était le dernier de ses clients à lui verser une avance annuelle sur ses honoraires.

« Rupert ne semblait pas beaucoup se soucier de chercher de nouveaux clients. Raimondo pense qu'il projetait sans doute de se retirer des affaires et de prendre sa retraite.

Lori Holmes hocha la tête.

— Cela me paraît compréhensible.

— Nous le pensions également, jusqu'à ce que nous vérifiions auprès de sa banque. Il avait deux comptes — un peu plus de dix-huit mille sur un compte rémunéré, quatre mille et des poussières sur son compte courant. Disons autour de vingt-trois mille, en tout. Même avec la sécurité sociale, c'était loin d'être suffisant pour que tout baigne... même dans l'alcool.

— Il buvait ?

Metz haussa les épaules à nouveau.

— Comme vous dites, c'était un homme secret. Pas de nourriture dans le frigo, mais beaucoup de Schweppes. La femme de ménage nous a dit qu'il y avait toujours de la vodka dans le placard à provisions... une caisse ou deux, des bouteilles d'un litre, la meilleure marque. Et nous avons trouvé une bouteille vide dans un tiroir de son bureau au cabinet.

La surprise de la jeune fille n'était pas feinte, apparemment.

— Difficile à croire...

— Il y a encore plus difficile. Ou plutôt il y avait, lorsque nous avons commencé à comprendre ce qu'il avait en tête. Rupert a peut-être passé beaucoup de temps à se tourner les pouces, mais la dernière journée il a été très occupé. Il a clôturé ses deux comptes en banque. Et d'après le registre, il a apposé sa signature pour un entretien privé avec son coffre à deux heures de l'après-midi. Et il a apposé sa signature une deuxième fois, lorsqu'il est reparti, exactement dix minutes plus tard.

« Nous n'avons toujours aucun tuyau sur ce qu'il a fait durant les deux heures qui ont suivi, mais à quatre heures et demie il était revenu à son cabinet, disant à Raimondo qu'elle pouvait s'en aller plus tôt. Nous avons le sentiment qu'il voulait se débarrasser d'elle et être seul lorsqu'on lui livrerait le destructeur, laquelle livraison a été effectuée vers les cinq heures un quart. Nous nous sommes mis en rapport avec la société qui est le concessionnaire de ce genre de machine, et ils nous ont donné le renseignement. Il a passé un accord, un mois de location avec une option pour l'achat.

« Mais lorsqu'il s'est mis au travail cela ne lui a pas pris un mois. Vous avez vu les résultats.

Les yeux de Lori Holmes se fermèrent involontairement, et Metz lui adressa un sourire d'excuse lorsqu'elle les rouvrit.

— Désolé, mais je voulais vous donner les faits tels que nous les connaissons. J'espérais vous rafraîchir la mémoire au cas où il y aurait autre chose qui vous ait échappé.

— Non, il n'y a rien. (Elle secoua la tête précipitamment.) Je vous ai dit tout ce dont je me souvenais. (Sa voix trembla.) Je suis entrée... j'ai appelé... j'ai ouvert la porte. Il n'était pas à son bureau. Je me suis approchée du destructeur, j'ai vu qu'on l'avait utilisé. Puis je me suis retournée...

— C'est suffisant, dit Metz. Inutile de répéter la suite.

— Je vous remercie.

Il baissa les yeux vers la feuille de papier devant lui.

— Juste un dernier point. Auriez-vous remarqué par hasard ce que Rupert avait sur son bureau ?

— Des papiers. Beaucoup de papiers, éparpillés un peu partout.

— Avez-vous examiné l'un de ces papiers ?

— Bien sûr que non. Pourquoi l'aurais-je fait ? C'était seulement un rapide coup d'œil.

— Pouvez-vous les décrire ?

Lori Holmes fronça les sourcils.

— La plupart semblaient être des feuilles tapées à la machine ou des photocopies de formulaires remplis. Certains d'entre eux avaient le format d'actes notariés.

— De quelles couleurs étaient-ils ?

— Blancs. Tous étaient blancs.

Metz fouilla dans la pile à côté de lui et en tira une petite feuille froissée de papier à lettres bleu.

— Alors vous n'avez jamais vu quelque chose comme ceci ?

— Pas que je me souvienne. Qu'est-ce que c'est ?

— Voyez vous-même.

Il lui tendit la feuille, puis il se carra dans son fauteuil tandis que les yeux de la jeune femme parcouraient rapidement les lignes griffonnées. Pas besoin de lire par-dessus son épaule ; il avait appris par cœur chaque mot.

A qui de droit :

J'ai commis une méprise tragique.

Voilà ce que c'était... une méprise. J'étais resté tard parce que j'avais de vieux dossiers à détruire. Lorsque j'ai entendu du bruit dans l'antichambre cela m'a surpris car je n'attendais pas de visiteurs. J'ai écouté attentivement mais il n'y a pas eu de nouveau bruit ; et lorsque j'ai appelé personne n'a répondu. Je me suis levé et suis allé jusqu'à la porte, m'apprêtant à l'ouvrir lentement. A cet instant, la porte s'est brusquement ouverte et je me suis trouvé en présence d'une silhouette indistincte sur le seuil.

L'antichambre était sombre et tout ce que je pouvais voir dans la lumière émanant de mon bureau c'était un reflet sur le canon métallique du revolver braqué sur moi. Instinctivement j'ai empoigné la main tenant l'arme, afin de faire dévier la ligne de tir. C'est à ce moment que le coup de feu est parti et que l'accident s'est produit.

Je le répète, c'était un accident. Je n'avais nullement l'intention de lui faire du mal, elle...

Lori leva les yeux, répétant à haute voix le dernier mot de la lettre.

— Elle ?

— C'est exact, dit Metz. Il a écrit ceci à l'avance, sachant qui serait sa victime.

— Mais cela n'a pas de sens. Pourquoi s'est-il pendu ?

— Les choses ne se présentent pas ainsi, Mlle Holmes. La seule raison pour laquelle il ne vous a pas tuée c'est que quelqu'un l'a tué avant.

18

Les ondes de choc ne font pas de bruit, et la voix de Lori fut un chuchotement.

— Je ne l'ai pas tué. C'était un suicide.

Metz la regardait fixement, les yeux inexpressifs.

— Si Rupert a fait un nœud coulant avec le cordon de rideau de la fenêtre, il aurait dû se tenir debout sur quelque chose, puis le repousser du pied afin de tomber.

— Je sais. (Lori acquiesça.) J'ai vu la chaise renversée, dans le placard.

— Mais il ne s'en est pas servi. Les gars du labo n'ont pas trouvé d'empreintes de pas sur le coussin ou des brins de laine de la moquette correspondant à ceux sur les talons et les semelles de ses chaussures. On l'a soulevé et suspendu de cette façon après qu'il fut mort.

— Et vous m'accusez?

Le regard de Metz ne cilla pas.

— La mort a été causée par l'asphyxie, mais les marques sur sa gorge indiquent qu'une pression manuelle a été exercée par-derrière. C'était une opération assez compliquée, l'empoigner alors qu'il avait le dos tourné, le maintenir et lui serrer le cou jusqu'à ce que le boulot soit terminé. Et le plus dur venait après, suspendre tout ce poids mort de telle sorte que ses pieds ne touchent pas le sol. Franchement, Mlle Holmes, je ne pense pas que vous auriez eu la force de faire ça.

Son regard s'adoucit.

— Bien sûr il y a une autre preuve que nous avons considérée, relativement à votre implication éventuelle.

— Quel genre de preuve?

— Vous vous rappelez lorsque vous êtes venue ici pour un interrogatoire préliminaire, la nuit dernière? On a pris vos empreintes digitales.

— C'est exact, j'avais oublié. Tout cela était tellement déroutant...

Metz se pencha en avant.

— Nous avons examiné les poignées de porte du cabinet. Vos empreintes étaient dessus. Elles correspondent parfaitement.

— Bien sûr qu'elles correspondent. (La voix de Lori était stridente à présent.) Je n'ai pas ouvert les portes avec mes dents.

Metz eut un geste rapide.

— Laissez-moi terminer. Les empreintes de Rupert se trouvaient sur certains des papiers et sur les poignées de tiroir de son bureau. Mais c'est tout ce que nous avons relevé. Rien sur la chaise ou le cordon de rideau, rien sur la gorge de Rupert, bien que l'espacement des meurtrissures indique qu'elles résultent de la pression de doigts. Ce qui veut dire que celui qui l'a tué avait prémédité son coup; il portait des gants. Les gars du labo examinent en ce moment des fibres de tissu prélevées sur les ecchymoses autour du cou de Rupert.

Lori se renfrogna.

— Alors pourquoi me cuisiner de cette façon? Depuis le commencement vous saviez que je ne suis pas responsable de sa mort.

— Pas directement. (Metz la regardait fixement de nouveau.) Mais vous auriez pu charger quelqu'un d'autre de faire le sale boulot.

Elle soutint le regard de Metz, de la colère dans ses yeux.

— Vous croyez vraiment ça?

— Si vous me demandez si nous avons la moindre preuve, la réponse est non. Mais nous ne pouvons nous permettre d'écarter cette éventualité sur votre seule parole.

— Alors que *croyez*-vous?

— Jusqu'ici tout ce que nous avons pour poursuivre

notre enquête ce sont des preuves indirectes. A en juger par ses actes un peu plus tôt dans la journée, Rupert s'apprêtait à quitter la ville. Il s'agissait certainement d'une décision de dernière minute, parce que nous avons examiné ses affaires à l'appartement et apparemment il ne manque rien. Une quantité de linge dans les tiroirs, une demi-douzaine de paires de chaussures, et une penderie remplie de costumes. Son rasoir et sa brosse à dents étaient toujours dans la salle de bains, et il avait laissé tout un assortiment de bagages à main. Il a probablement acheté un sac de voyage dans un magasin après être sorti de la banque, et fait l'acquisition de quelques objets de première nécessité, de quoi le dépanner jusqu'à ce qu'il soit arrivé à Dublin.

— Dublin?

Metz opina du chef.

— Nous avons eu de la chance avec les compagnies aériennes. TWA lui avait délivré un billet pour leur vol de minuit, via Londres. Un billet aller seulement, en première classe, payé avec une carte American Express à son nom. Il ne pouvait éviter cela, parce que son billet devait correspondre avec l'identité portée sur son passeport. Nous avons également vérifié cela, à propos ; son passeport était valide jusqu'à l'année prochaine.

— Apparemment, il ne s'est guère soucié de brouiller les pistes, dit Lori. Il ne réalisait pas à quel point ce serait facile de suivre sa piste?

— Suivre sa piste, oui. Mais une fois arrivé là-bas, il aurait probablement changé de nom, trouvé un endroit où se cacher. Et même si nous l'avions localisé, l'extradition est une affaire très compliquée lorsqu'il s'agit de l'Irlande. Il n'y a pas de traité d'extradition.

— En d'autres termes, il pensait qu'il pourrait s'en sortir en toute impunité. (Comme elle parlait, Lori sentit le froid réapparaître en elle.) Mais pourquoi voulait-il me tuer?

— Nous l'ignorons, dit Metz. Et la question suivante est: pourquoi quelqu'un voulait-il le tuer? (Il coula un regard vers la feuille de papier sur le bureau devant lui.) Vous êtes sûre que personne d'autre ne savait que vous alliez à ce rendez-vous avec Rupert?

— Sûre et certaine. Après son appel, je suis allée directement jusqu'à ma voiture et je suis partie. Le trajet m'a pris quarante-cinq minutes environ.

— Suffisamment long pour que quelqu'un tue Rupert, essaie de faire ressembler ça à un suicide et mette les voiles.

— Un cambriolage...

— Tout à fait exclu. (Metz secoua la tête.) On n'a pas pris son portefeuille. Ce que l'assassin a pris ce sont les autres affaires dont je vous ai parlé... son passeport, le billet d'avion, et le sac de voyage, s'il en avait un. L'idée était de faire disparaître tout ce qui serait incompatible avec un suicide apparent, y compris le revolver mentionné par Rupert. Maquiller le meurtre en une mort par pendaison n'aurait eu aucun sens s'il avait suffi à Rupert de se brûler la cervelle.

— Alors pourquoi le meurtrier a-t-il oublié la lettre de Rupert ?

— Il ne l'a pas oubliée. (Metz hocha la tête.) Vous n'avez pas vu la lettre lorsque vous êtes entrée.

— Et où l'avez-vous trouvée ?

— Là où le meurtrier n'a pas pris la peine de regarder. (Metz prit la feuille de papier froissée, la lui présenta.) Nous avons trouvé ceci, une boule de papier chiffonné, dans la corbeille à papier.

« Apparemment, Rupert n'était pas satisfait de ce qu'il avait écrit, aussi a-t-il jeté cette lettre dans la corbeille et fait un nouvel essai. Peut-être travaillait-il toujours sur cette deuxième lettre lorsque le meurtrier est arrivé, peut-être pas. Mais dans les deux cas, cette première mouture a échappé au meurtrier.

Metz repoussa son fauteuil et se leva.

Lori le regarda tandis qu'elle faisait de même.

— Alors vous ne pouvez rien me dire de plus ?

Metz secoua la tête.

— C'est tout pour le moment. Nous travaillons sur d'autres pistes, et nous vous tiendrons au courant. Si vous pensez à autre chose qui pourrait avoir un rapport avec cet incident, je vous serais très reconnaissant de m'appeler. A n'importe quelle heure du jour ou de la nuit.

Il la raccompagna jusqu'à la porte.

— Rappelez-vous, si nous arrêtons un suspect, on vous demandera de témoigner durant l'audience.

— Je sais, dit Lori.

— Le meurtrier le sait également, Mlle Holmes. Alors fermez bien votre porte.

19

Lori ferma la porte à clé, mais elle ne put mettre son esprit sous clé.

Mots et phrases erraient dans ses corridors, estropiés par un emploi abusif, déformés dans leur signification. Rien d'étonnant à ce qu'elle se soit spécialisée en étymologie ; depuis son enfance l'emploi de mots hermétiques l'avait intriguée — un matelot des temps modernes répondant aux ordres par un archaïque « *Aye-aye* »[1], un sergent des Marines gueulant « En avant, *arche!* » Et aujourd'hui même les médias semblaient plus enclins à la confusion qu'à la communication.

Cela avait peut-être commencé avec l'affaire du Watergate, quand présentateurs et journalistes, se sentant « concernés quelque part », se transformèrent en « politologues » obsédés par « la langue de bois » et commencèrent à répéter « authenticité » à tout bout de champ, suivi d'un bref engouement pour « virtuel ».

Et, récemment, à tous les niveaux, pour responsabiliser le lectorat, on s'était mis à « valider des approches ».

Seulement, un mot vomi par les présentateurs TV et les journalistes était devenu une partie permanente du parler de tous les jours, et Lori ne voulait pas y penser. Mais elle ne pouvait se soustraire à l'écho de la voix du lieutenant Metz. « Si vous pensez à autre chose qui pourrait avoir un rapport avec ces événements, je vous serais très reconnaissant de m'appeler. »

1. *« Aye, aye, sir! »*: « Oui, mon commandant! » (*N.d.T.*).

Evénement, *événementiel.*

C'était le mot.

A présent, grâce aux médias, tout était devenu événementiel — catastrophes aériennes, explosions de centrale nucléaire, tremblements de terre.

Lori se demanda pourquoi Russ ne téléphonait pas, mais c'était probablement événementiel également, comme un incendie, une mort, un meurtre. Seulement des petits événements, et puissiez vous rôtir en enfer, lieutenant Metz.

L'enfer était un mot démodé, mais il avait des significations modernes. L'enfer c'était de décacheter les cartes-lettres et les lettres de camarades de promotion, courrier que l'on avait fait suivre à sa nouvelle adresse. Lire leurs condoléances la condamnait à revivre ce qu'elle voulait oublier.

Mais les souvenirs étaient tout ce qu'elle avait à présent ; il ne lui restait plus rien d'autre. Les livres d'Oz[1] de son enfance avaient été réduits en cendres, ainsi que *The American Language* qui l'avait initiée à la linguistique au lycée. Les bibelots, les disques et les cassettes, les albums de photos, disparus pour toujours. D'abord le tremblement de terre, ensuite les secousses.

Les photographies étaient ce qui lui manquait le plus, les photographies de Maman, de Papa et d'elle-même durant les années heureuses, les moments de joie, les vacances, les anniversaires, Noël. Et même si elles avaient toujours existé, elle n'aurait pu les voir clairement à présent, ses yeux soudain voilés de larmes.

Lori secoua la tête, prit un Kleenex, se moucha. Les grandes filles ne pleurent pas, même sous l'effet d'un choc, même si Russ n'appelait pas. Personne n'appelle, parce que tu es toute seule, et tu dois cesser de te conduire comme une enfant. Si tu es vraiment attristée par tout ce que tu as perdu, et ta garde-robe alors ?

A part les affaires qu'elle avait rapportées du collège, il ne lui restait plus rien. Il était temps d'aller acheter quelques vêtements.

1. Série de livres de contes de fées écrits par Lyman Frank Baum, dont *Le magicien d'Oz*, très populaires aux Etats-Unis (*N.d.T.*).

Le temps, oui, mais et l'argent? Lori avait des cartes de crédit, plus trois mille dollars environ sur son livret de caisse d'épargne et quelques bons du Trésor. Elle devrait se renseigner, essayer de savoir quelle somme elle pouvait s'attendre à recevoir de la succession, et dans combien de temps. La maison avait été détruite par l'incendie mais Papa lui avait toujours dit que c'était le terrain qui avait vraiment de la valeur. Pour le vendre elle aurait besoin d'un transfert du titre de propriété, et tout était bloqué pour le moment. Comment pourrait-elle débrouiller tout ça? Elle n'avait même pas d'avocat, maintenant que Rupert était mort.

Mort et se balançant au bout d'un cordon de rideau, tirant une langue violette pour se moquer d'elle. Et sa bouche béante, chuchotant un avertissement. *Fermez bien votre porte.*

Non, c'était Metz qui avait dit cela, parce que Rupert avait été assassiné. Ils savaient comment, mais ils ne savaient pas pourquoi. Et ils n'étaient pas au courant pour l'annuaire.

Les portes fermées à clé ne sont pas une protection contre les souvenirs, et elles ne pouvaient pas la protéger contre le froid qu'elle ressentait depuis qu'elle avait lu la lettre de Rupert; le froid et les questions.

Pourquoi avait-il voulu la tuer? Est-ce que cela pouvait avoir un rapport avec l'annuaire? Comment se l'était-il procuré, et qu'était devenu l'annuaire? Le livre était-il l'une des choses que Rupert avait fait disparaître à l'aide de son destructeur? Ou bien le meurtrier l'avait-il pris? Et si c'était le cas, quand l'assassin viendrait-il *la* prendre, elle?

La sonnette de la porte d'entrée retentit.

Lori commença à traverser la salle de séjour en une réponse automatique, puis elle fit halte comme le froid grandissant en elle figeait son mouvement. Puis la sonnerie fut remplacée par des coups à la porte, des coups assenés avec force et insistance. Sa langue était figée également, mais il fallait qu'elle parle.

— Qui est là?

— Lieutenant Metz.

Elle reconnut la voix assourdie et elle en éprouva du soulagement. Un instant seulement. Et s'il était venu l'arrêter ?

— Mlle Holmes ?

A nouveau les coups, les coups sur la porte qu'il était si facile d'enfoncer. Et s'il avait un mandat...

— J'arrive.

Lori déverrouilla la porte, l'ouvrit, le fit entrer.

Sous la lumière du plafonnier son visage était tiré et blafard.

— Désolé de vous importuner, dit Metz, mais il ne semblait pas désolé, juste fatigué. J'ai pensé que je pourrais vous faire une petite visite en rentrant chez moi.

— Vous habitez par ici ?

— Plus ou moins. (Il parcourut la salle de séjour du regard, notant son contenu.) Un appartement agréable.

Le froid gagna la voix de Lori.

— Vous voulez procéder à une perquisition ?

— Rien de tel, Mlle Holmes.

— Alors que voulez-vous ?

— Je vais vous montrer.

Le lieutenant Metz retourna dans le vestibule, refermant la porte derrière lui. Le verrou cliqueta.

Il y eut un autre bruit sec, et Lori vit la poignée de la porte tourner. La porte s'ouvrit de nouveau. Metz franchit le seuil et vint vers elle, sa main droite fermée.

— Comment avez-vous fait cela ?

— Facile !

Metz ouvrit sa main pour montrer ce qu'elle tenait, et les yeux de Lori s'agrandirent.

— Nous l'avons trouvée dans l'un des tiroirs du bureau de Rupert, dit-il. Il y en avait d'autres, mais toutes entraient dans des serrures au cabinet. Cette clé n'allait à aucune serrure. Cela m'a donné à réfléchir et j'ai eu un pressentiment. (La voix de Metz était nonchalante, mais son regard était attentif.) Vous ne sauriez pas par hasard comment il se fait que Rupert avait une clé de votre appartement ?

— Je ne lui ai pas donné cette clé. (Lori fronça les sourcils.) En fait, il m'a remis les clés de l'appartement après s'être occupé du contrat de location avec le gérant. J'en emporte une dans mon sac et l'autre est passée à un porte-clés que je mets dans ma poche, au cas où il arriverait quelque chose à mon sac.

Metz hocha la tête.

— Il s'est fait faire un autre double pour lui-même, sans aucun doute.

— Vous pourriez retrouver le serrurier ?

— Probablement, mais à quoi bon ? Nous savons qu'il avait la clé. Mais pourquoi la voulait-il, c'est là la question. (Fatigué ou pas, Metz pouvait toujours regarder avec insistance.) Avez-vous constaté la disparition d'un objet dans cet appartement depuis que vous avez emménagé ?

L'annuaire. Bien sûr, c'était la réponse.

Elle ne lui en avait pas parlé auparavant, mais devait-elle lui en parler maintenant ? Si elle avait l'intention de le faire, c'était le moment ou jamais. Lori hésita, puis secoua la tête.

— Et lorsque vous êtes rentrée de l'hôpital ?

Il était au courant pour l'hôpital. Ce qui voulait dire qu'elle avait pris la bonne décision en se taisant.

Si elle avait eu des doutes ils furent rapidement dissipés comme Metz poursuivait :

— Vous feriez peut-être mieux de regarder à nouveau, Mlle Holmes. Au cas où vous ne le sauriez pas, faire un faux témoignage est un délit. Entrave à la justice.

— Je comprends, dit Lori. Mais rien n'a disparu.

Metz haussa les épaules.

— Vérifiez à nouveau, vous vous rendrez un grand service. Etre sûr n'a jamais fait de mal à personne. (Il tendit sa main.) En attendant, voici l'autre clé. Ne la perdez pas.

— Entendu. Et merci d'être venu.

— Je voulais simplement vous tenir au courant. (Il tourna les talons et se dirigea vers la porte.) N'oubliez pas ce que je vous ai dit. Si vous trouvez quelque chose...

— Je vous téléphonerai. (Lori hocha la tête.) Bonne nuit, lieutenant.

Tandis que Metz s'éloignait dans le corridor, Lori referma la porte derrière lui. Le claquement de la serrure était rassurant, mais c'était seulement un froid réconfort, parce que le froid réapparaissait en elle. Le froid produit par la clé froide dans sa main froide. Et il ferait froid en enfer avant qu'elle téléphone au lieutenant Metz.

Ou avant que Russ lui téléphone.

Lori mit la clé dans sa poche, regardant sa montre. Presque huit heures du soir. Est-ce qu'Acapulco se trouvait dans le même fuseau horaire ? Une question stupide ; cela n'avait aucune importance, elle ne devait pas lui accorder la moindre importance. Mieux valait se préparer quelque chose à manger. Cela non plus n'avait aucune importance, mais un repas chaud l'aiderait peut-être à se réchauffer, à chasser le froid.

Elle alla dans la cuisine, entreprit le rituel de la préparation du repas. Quinze minutes plus tard, elle posait sur la table le résultat de ses efforts. Œufs brouillés, toasts, café, de l'instantané — un petit déjeuner, en fait, mais plus facile à avaler lorsque vous avez la gorge serrée, pourtant les toasts furent un problème.

Tout était un problème. Russ et Rupert, les clés et les tueurs, les rêves et les annuaires, et faire un faux témoignage est un délit.

Mieux valait être une criminelle qu'être folle. C'est pourquoi elle n'avait pas parlé de l'annuaire à Metz. Parce que, une fois qu'elle aurait commencé, il la harcèlerait de questions.

Au moins il y avait une question qu'il n'aurait pas besoin de poser. La clé de Rupert expliquait la disparition de l'annuaire de son appartement.

Mais pourquoi Rupert lui avait-il accordé une telle importance ? Pourquoi l'annuaire était-il aussi important pour elle ? Et où l'avait-elle trouvé, pour commencer ?

C'étaient certaines des choses que Metz voudrait savoir, et lorsqu'elle répondrait, ou essaierait de répondre, il ouvrirait de grands yeux. Il regarderait avec stupeur la petite dame complètement cinglée qui tenait des propos incohérents où il était question de voyante, de rêves et d'annuaires surgissant en pleine nuit, cette petite dame complètement cinglée qui avait eu des hallucinations à l'hôpital, dont le docteur lui avait conseillé de voir un psy.

Lori se souvint que Metz ignorait tout de sa visite à Leverett, mais cela ne l'empêcherait pas de tirer ses propres conclusions sur le reste de l'histoire. Une cinglée... peut-être pas assez cinglée pour tuer son avocat, mais certainement pas suffisamment équilibrée pour gérer sa succession.

Rupert lui-même avait paru préoccupé à ce sujet ; il lui avait conseillé de garder un profil bas, et Russ avait fait de même. Se fier à Rupert avait été une erreur, bien sûr, mais était-ce une erreur de faire confiance à Russ ? En dépit de ses dénégations, peut-être pensait-il, lui aussi, qu'elle était folle. Sinon, pourquoi n'appelait-il pas ?

Une chose était certaine : elle ne faisait pas confiance au lieutenant Metz. Il lui avait tendu des pièges durant leurs entretiens, essayant de l'amener à un genre d'aveux, ensuite il lui avait fait un autre numéro avec le double de la clé. Ou bien était-elle paranoïaque ?

Lori secoua la tête. Ses soupçons étaient peut-être imaginaires, mais d'autres peurs étaient fondées sur des faits. Le visage qu'elle avait vu dans l'annuaire était aussi réel que le visage du cadavre dans le placard. Et pour une raison ou pour une autre la photographie était encore plus choquante, parce qu'elle ne comprenait pas pourquoi cela la terrifiait autant.

Mets ça de côté et laisse décanter. C'est ce que Papa lui disait lorsqu'elle était gamine, essayant d'assembler un puzzle dont les pièces ne s'emboîtaient pas. Un conseil judicieux, et d'habitude ça marchait.

Elle se leva, porta les assiettes sales dans l'évier, les lava, les essuya et les rangea. Mais elle ne parvint pas à mettre ce puzzle de côté et il ne se décanta pas, même lorsqu'elle se démaquilla et se prépara à se coucher. Il restait trop de pièces disparates, trop d'espaces à combler. Elle ne serait jamais capable de le terminer seule.

D'autant que Papa n'était plus là pour la conseiller ;

lui et Maman étaient partis pour toujours. Nadia Hope aurait peut-être eu des intuitions mais elle était morte également, elle et Rupert. Restait le lieutenant Metz, au regard soupçonneux. Et Russ qui n'appelait pas.

Lori remplit un verre d'eau au robinet du lavabo de la salle de bains, ce fourra un comprimé dans la bouche et l'envoya vers une tombe liquide.

Les tombes étaient une partie du puzzle qu'elle ne pouvait mener à bien toute seule. Cela allait être une mauvaise nuit à moins qu'elle ne contrôle ses pensées. Des pensées insensées amenaient des rêves insensés, mais on devait s'y attendre de la part d'une folle, et c'est ce qu'ils diraient si elle leur en parlait.

Mais il fallait qu'elle parle à quelqu'un.

Sur une impulsion, Lori prit un stylo-bille sur la table de chevet et griffonna pour elle-même une note hâtive.

Puis elle éteignit la lampe, grimpa dans son lit, ramena les couvertures autour de son cou, et dormit comme un bébé.

Bébé était une gentille fille. Papa lui disait toujours cela, et c'était vrai.

Un gentil bébé, une gentille fille, une étudiante studieuse, quelqu'un de bien. Etre amoureuse ce n'était pas mal se conduire, faire l'amour ce n'était pas mal non plus, quoi qu'on en dise.

Alors pourquoi était-elle punie ? Elle ne méritait pas ça, personne ne méritait ça. Une punition cruelle et peu commune, des travaux forcés, un régime carcéral. C'était injuste, mortellement injuste, mais cela allait prendre fin, toutes les mauvaises choses ont une fin.

Aussi dors, mon bébé, dors.

Bientôt tu grandiras... je te le promets.

20

A la réception, l'infirmière était une Noire, son accent probablement d'origine jamaïcaine.

— Mlle Holmes ? Un instant, je vais lui annoncer que vous êtes là. (Elle décrocha le combiné et dit quelques mots, puis leva les yeux, faisant un signe de la tête.) Entrez, je vous prie.

— Je vous remercie, Mlle...

— Mika.

Le sourire aux dents blanches de l'infirmière révéla que son rendez-vous chez le dentiste l'autre jour n'avait entraîné aucune intervention chirurgicale importante.

Tout en se dirigeant vers la porte du bureau, Lori se souvint de l'appareil qu'elle avait porté étant enfant, de sa terreur des soins dentaires. Un supplice, une épreuve. Et c'est ce qui l'attendait à présent : une épreuve orale.

Pourtant, lorsqu'elle pénétra dans le bureau, son appréhension fondit dans la chaleur du soleil et de l'accueil du Dr Leverett.

Il portait un blazer bleu foncé sur une chemise bleu pastel avec un col ouvert qui faisait ressortir un hâle fraîchement acquis ; l'éminence grise avait disparu.

— Je suis content que vous ayez téléphoné, dit-il. J'ai souvent pensé à vous depuis que j'ai lu cet entrefilet dans le journal l'autre jour.

— Quel entrefilet ? Je n'ai rien vu dans le *Times*.

— Peut-être gardent-ils l'article en réserve jusqu'à ce que la police donne plus de détails.

Deux coupures de journaux étaient posées à côté de la

chemise devant lui ; Leverett prit celle du dessus et la tendit à Lori.

Suicide apparent d'un avocat de Los Angeles. Le titre coiffait un seul paragraphe et Lori le parcourut rapidement. *Benjamin W. Rupert, 58... exerçait depuis de très longues années.* Eh oui, c'était là... *corps découvert par une cliente, Lori Holmes...*

Elle releva la tête, fronçant les sourcils.

— D'où vient ceci ?

— Un journal de Santa Barbara. Je suis allé là-bas après notre séance. Je suis rentré hier soir.

Lori coula un regard vers l'autre coupure de journal.

— Rien à voir avec vous, se hâta de dire Leverett.

Son froncement de sourcils s'accentua.

— Puis-je regarder ?

Il la lui tendit ; l'entrefilet était plus conséquent et le titre en gros caractères.

ETUDIEZ LES ROMANS POLICIERS,
RECOMMANDE UN ANALYSTE

Prenant la parole au cours de la dernière réunion du congrès de psychiatrie qui se tenait au Biltmore durant trois jours, un psychanalyste de Los Angeles a conseillé à ses confrères de lire des romans policiers afin d'améliorer leurs techniques professionnelles. « Tout thérapeute doit suivre l'exemple de Sherlock Holmes : chercher des indices afin de débrouiller le mystère derrière les problèmes du patient », a déclaré le Dr Anthony J. Leverett...

Lori leva les yeux, et Leverett hocha la tête.

— Comme je le disais, cela n'a rien à voir avec vous.

— Mais c'est un compte rendu très élogieux. Vous ne devriez pas être aussi modeste.

— Je ne le suis pas, en fait. (Il sourit comme il reprenait la coupure de journal.) Pour vous dire la vérité, j'ai découpé ceci pour le mettre dans mon album. (Leverett se pencha en avant.) A propos ! j'aimerais jeter un coup d'œil à cet annuaire dont vous m'avez parlé.

Lori soupira profondément.

— Il a disparu.

— Disparu.

— Ben Rupert l'a volé dans mon appartement. Du moins je pense qu'il l'a fait. (Elle hésita.) C'est une longue histoire.

— Je suis là pour ça.

Aussi elle lui raconta tout.

Ce ne fut pas l'épreuve qu'elle avait appréhendée, parce que le Dr Leverett s'était carré dans son fauteuil, écoutant calmement, sans l'interrompre. La partie la plus difficile fut de décrire comment elle avait découvert Rupert dans le placard, mais elle y parvint et continua en relatant ses entretiens avec Metz.

Lorsque Lori eut terminé, il y eut un moment de silence avant que Leverett se penche en avant de nouveau.

— Je comprends parfaitement pourquoi vous n'avez pas parlé de l'annuaire à la police, dit-il. Votre ami le lieutenant n'a pas l'air commode.

— Metz n'est pas mon ami. Il pense qu'il y a quelque chose qui cloche chez moi.

— Je crois lui avoir bien fait comprendre que tel n'était pas le cas.

— Vous lui avez parlé ?

— Il était ici, à attendre, lorsque je suis arrivé ce matin. (Leverett hocha la tête.) Apparemment, il avait contacté le Dr Justin et appris votre visite de l'autre jour. Il estimait que cela pourrait l'aider dans son enquête si je lui donnais mon avis professionnel sur votre état mental, ainsi qu'il l'a énoncé.

— Et... ?

— J'ai dit que vous étiez venue me consulter en raison du stress provoqué par la mort de vos parents et qu'il n'y avait pas le moindre signe d'autres problèmes.

— Vous pensez qu'il a été satisfait ?

— Pas entièrement. Il voulait connaître les détails de ce que vous aviez dit durant notre séance. Je lui ai répondu qu'il n'y avait rien concernant directement son enquête, et que je refusais de violer votre droit au secret en tant que patiente.

Lori avait la gorge nouée mais les mots jaillirent.

— Quel pitoyable salopard...

Leverett sourit.

— Faire son travail ne fait pas de lui un salopard. Mais j'admets qu'il est pitoyable. J'ai eu l'impression d'un homme fatigué, s'efforçant de faire face à une situation qui lui échappait complètement. Je ne puis blâmer sa motivation, mais ses méthodes laissent quelque peu à désirer.

— Laissez-moi deviner, dit Lori. A-t-il essayé de vous regarder fixement pour vous faire baisser les yeux?

— Exactement. Et comme cela ne marchait pas, il a joué au gendarme et au voleur. Est-ce que je connaissais Ben Rupert? Où étais-je au moment de sa mort?

— Ce n'est pas croyable!

— Il a eu la même réaction. Du moins il n'a pas semblé me croire, même lorsque je lui ai montré la coupure de journal sur mon intervention durant le colloque. Je lui ai suggéré de téléphoner à Santa Barbara et de vérifier ma présence à l'hôtel pour la nuit en question.

— Et il a téléphoné?

— Je suppose qu'il le fera, une fois revenu à son bureau. Je l'espère. Comme vous l'avez dit il y a un moment, être impliqué dans une affaire criminelle n'a rien de très agréable.

Lori acquiesça.

— On dirait que nous sommes logés à la même enseigne.

— Pour l'instant, en tout cas. Le lieutenant Metz n'est peut-être pas le modèle du genre en ce qui concerne les méthodes policières, mais il n'est pas stupide. Je pense qu'il trouvera des pistes très vite.

— A votre avis, ai-je eu raison de ne pas lui parler de l'annuaire?

— Je peux comprendre pourquoi vous ne l'avez pas fait. Mais comprendre ne signifie pas nécessairement qu'on est d'accord. Il y a d'autres considérations.

— Comme de faire un faux témoignage?

— Justement, parlons-en. (Leverett se carra dans son fauteuil.) Peut-on parler d'un faux témoignage? Techniquement, la seule pièce à conviction en votre possession aurait été l'annuaire, et vous ne l'avez plus. Ce que vous avez fait c'est de vous abstenir de faire une déposition parce qu'il n'y a aucune preuve permettant de corroborer votre histoire.

— Russ est au courant.

— Il n'est pas ici pour vous défendre. Il peut dire qu'il a vu un annuaire, mais cela n'explique pas où et comment vous l'avez obtenu, ce qu'il est devenu, ou encore pourquoi vous êtes persuadée qu'il a une telle importance.

— Raison de plus pour que je garde bouche cousue.

— Peut-être, dit lentement Leverett. Mais supposons que vous ayez dit au lieutenant Metz ce que vous venez de me dire. Et que, simple supposition, il en déduise que vous souffrez de troubles mentaux.

— Simple supposition? Nous savons tous les deux qu'il penserait aussitôt que je suis folle à lier.

— Ce pourrait être sa première réaction. Mais ensuite, est-ce que cela lui donnerait matière à réflexion? Lui donnant l'idée de chercher à découvrir si Nadia Hope était effectivement avec vous cette nuit-là avant son accident, de prendre en considération votre affirmation concernant cette ressemblance avec la jeune fille dans l'annuaire. Est-ce que cela calmerait votre inquiétude si vous saviez que la police poursuit ses investigations dans ce sens?

Lori secoua la tête.

— Même s'ils me prenaient au sérieux je devrais attendre un long moment avant qu'ils se décident à vérifier tous ces points. En ce moment, tout ce qui intéresse le lieutenant Metz c'est l'affaire du meurtre.

Leverett haussa les épaules.

— Il y a de fortes chances pour que vous ayez raison. Mais je suis convaincu que tôt ou tard vous devrez parler à Metz et lui demander son aide.

— Je préfère que ce soit plus tard, dit Lori. J'ai besoin de quelque chose pour étayer mon histoire au lieu d'être cataloguée comme une sorte de dingue jusqu'à ce qu'ils se décident à bouger. Je veux être en mesure de leur dire qui est Priscilla Fairmount et s'il y a un lien ou non entre elle et Rupert, et ce que tout cela a à voir avec moi.

— Ainsi ce que vous êtes en train de dire c'est que vous ne serez pas satisfaite tant que vous ne pourrez pas fournir des faits à la police.

— Exactement.

— Mais ce que je comprends c'est que vous avez besoin de découvrir ces faits pour votre propre tranquillité d'esprit.

— C'est vrai. Et je suis bien décidée à les découvrir.

— Une tâche plutôt délicate, non ? Avez-vous songé à engager un détective privé ?

— Je n'en connais pas. Et vous ?

— Non, pas de but en blanc.

— Eh bien, je ne pointerai pas mon index au hasard sur un nom dans les pages jaunes, dit Lori. Si je ne suis pas prête à me fier à la police je n'ai certainement pas l'intention de me fier à un inconnu.

— Mercredi, murmura Leverett.

— Pardon ?

— Aujourd'hui nous sommes mercredi. (Il baissa les yeux vers un bloc-notes.) Deux autres rendez-vous cet après-midi, trois demain. Mais le matin je n'ai pas de consultation.

— Je ne comprends pas.

— Vous comprendrez, si je trouve quelque chose. Laissez-moi passer quelques coups de fil, voir ce que cela donne.

Lori cligna des yeux.

— Vous allez jouer les Sherlock Holmes ?

Leverett tapota la coupure de journal sur le bureau.

— Il serait temps que je mette en pratique ce que je prêche, vous ne croyez pas ?

— Je suppose que cela ne peut pas faire de mal d'essayer. Mais pourquoi... ?

— Parce que vous avez mal. Et votre bien-être est placé sous ma responsabilité. (Leverett sourit.) Et pour être tout à fait sincère, parce que toute cette affaire est fascinante, un défi à l'imagination.

— En d'autres termes, vous voulez découvrir si je dis la vérité.

Son sourire s'estompa.

— Je sais que vous dites la vérité. L'important à présent c'est de vous en convaincre vous-même. Essayons de voir s'il y a des preuves tangibles.

— Comment puis-je vous aider ?

— Vous m'avez déjà fourni suffisamment de renseignements pour que je puisse me mettre au travail. Pourquoi ne pas m'appeler demain après-midi, disons vers cinq heures, et voir ce que j'ai appris entre-temps ?

— Mais je veux faire quelque chose...

— Et vous le devez. (Le Dr Leverett se leva.) Eu égard à votre situation, je suggère que vous consacriez la journée de demain à vous trouver un avocat. Et de préférence pas en cherchant dans les pages jaunes.

21

Attendre.

Attendre et être patiente, attendre et surveiller.

Surveiller son poids. Le morse avait dit cela mais c'était en un autre temps, en un autre lieu, et la jeune fille est morte. Ou le sera bientôt. Le morse avait dit d'attendre et de surveiller.

Le morse et le charpentier. Attendre le morse, surveiller le charpentier fabriquant le cercueil, et ensuite le chapelier deviendra fou. Fou comme un lièvre de mars, seulement ce n'est pas le mois de mars et tu dois attendre ton ordre de marche, mars ou crève.

Aie confiance en moi, a dit le morse. Aie confiance dans ton sort. Un sort pire que la mort. C'est de cette façon qu'ils parlaient d'un viol autrefois, mais ils avaient tort.

La mort est pire. La mort est pire parce qu'il n'y a pas de sensations, pas d'avoir, pas de prise. Allume la lumière, trésor, je veux te voir. Mais il n'y a pas de lumière, rien à voir, seulement la nuit. Une longue, très longue nuit d'attente jusqu'à ce que tous mes rêves se réalisent.

Ils se réaliseront, a dit le morse, si tu as confiance dans ton sort. La mort n'est pas pour toi, et il y a un destin qui met fin à nos formes.

Attendre et surveiller. Il y a des façons de regarder sans yeux, des façons de parler sans une voix. Mais ils ne doivent pas savoir que tu regardes et tu dois faire attention à ce que tu dis ou ils penseront que tu es aussi folle que le chapelier ou le lièvre.

Il ne faut pas courir deux lièvres à la fois. C'est difficile, si difficile. Tu ne peux pas tout voir, et ce n'est pas tout le monde qui peut t'entendre. Il y a seulement des visions fugitives, des visions fugitives et des échos mélangés avec les souvenirs. Faits de pièces et de morceaux.

Mais cela se produit enfin, la force revient. La force pour leur faire payer tout ce qu'ils ont fait, pour les mettre en pièces et en morceaux.

C'est ce qu'ils méritent parce qu'ils n'écoutent pas lorsque tu les avertis. Même s'ils t'entendent ils ne s'arrêtent pas et ce qu'ils font peut t'arrêter, s'ils comprennent.

Ne les laisse pas comprendre. Mieux vaut ne plus parler, mieux vaut regarder et attendre, tout simplement. Le morse a dit que cela se produirait bientôt.

Et il faut que ce soit bientôt, avant que tu deviennes complètement folle.

22

Lori arriva à l'agence de la compagnie du téléphone à midi, mais pas pour chercher un avocat dans les pages jaunes.

En fait, elle demanda d'autres quartiers de l'agglomération de Los Angeles.

Le jeune homme de bonne humeur derrière le comptoir se montra très obligeant, empilant des annuaires devant elle. Lori avait pensé à emporter un bloc-notes, heureusement, parce que, lorsqu'elle eut terminé, elle avait noirci trois pages, dressant la liste des Fairmount avec leurs adresses et numéros de téléphone. L'ennui, c'est que aucun des Fairmount ne se prénommait Priscilla.

Mais il y avait d'autres secteurs à considérer ; autant le faire maintenant, puisqu'elle était ici. Lori considéra les différentes possibilités, puis exprima sa requête.

Le jeune homme poli derrière le comptoir récupéra les annuaires de Los Angeles et revint avec ceux d'Orange County et de Riverside. A nouveau elle tourna des pages, copia des noms et des numéros de téléphone. D'autres Fairmount, mais toujours pas de Priscilla.

Cette fois, le jeune homme impatient derrière le comptoir attendait pour récupérer les annuaires. Comme il le faisait, elle songea à une autre possibilité.

— Et Santa Monica et les stations balnéaires ?

Le jeune homme irrité derrière le comptoir emporta son fardeau et réapparut avec les pages blanches de General Telephone. Stylo-bille en main, Lori se mit au travail. Encore d'autres Fairmount, toujours pas de Priscilla.

Examinant sa liste, elle compta un total de trente-sept noms. Et elle n'avait pas encore consulté les annuaires pour les communautés situées plus au nord — Sylmar, Oxnard, Ventura, Palmdale, une douzaine d'autres endroits.

Le jeune homme maussade derrière le comptoir lui coula un regard circonspect.

— Autre chose, ma petite dame?

— Non, je vous remercie. Une autre fois, peut-être.

Lori rangea le stylo et le bloc dans son sac, tirant sur la fermeture Eclair. Comme elle s'éloignait, elle fut consciente d'un regard hostile lui vrillant le dos.

Dommage qu'il ait réagi ainsi, mais au moins cela l'avait empêché de dire : « Passez une bonne journée ! ». Elle était probablement hypersensible à de telles choses, les mots vides de sens, les phrases creuses. Comme le « Comment ça va? » et la réponse obligatoire « Très bien ». Les futurs sociologues s'en donneraient à cœur joie lorsqu'ils étudieraient de telles stupidités, exactement comme ils exploraient en ce moment les formules de politesse jadis caractéristiques des Chinois.

Ça ne fait rien, se dit Lori. Les actes sont plus explicites que les mots, et au moins elle avait accompli quelque chose. L'étape suivante consisterait à s'asseoir et à composer les numéros figurant sur sa liste. Mais pour le moment elle n'avait pas le temps de commencer à jouer à la loterie.

Le soleil de l'après-midi faisait briller les vitres de sa voiture, et lorsqu'elle ouvrit la portière et se glissa derrière le volant, elle eut l'impression de s'asseoir à l'intérieur d'un four à micro-ondes. Une idée absurde, bien sûr ; c'était tout à fait impossible à moins que sa taille n'eût été considérablement réduite.

Bois-moi. C'est ce qui était écrit sur l'étiquette du flacon, et cela marchait pour Alice. Mais Alice ne grimpait pas dans un micro-ondes ; en ce temps-là de telles choses n'existaient pas. Si elles avaient été d'une utilisation courante tout aurait peut-être été différent. Si

Hansel et Gretel avaient poussé la sorcière dans un four à micro-ondes, Engelbert Humperdinck n'aurait pas écrit son opéra et ne serait jamais devenu célèbre ; suffisamment célèbre pour qu'un chanteur pop d'aujourd'hui lui emprunte son nom.

Lori coupa court à cette rêverie et mit la climatisation. La faire fonctionner l'aiderait à fonctionner, *elle*. Peut-être passerait-elle une bonne journée après tout, n'en déplaise au jeune homme. Comme pour confirmer ce sentiment, elle eut la chance de trouver une place où se garer juste devant l'agence immobilière.

Cela semblait étrange de découvrir une inscription inconnue sur la vitrine — *Société Immobilière Zan*. Elle était venue ici quelques fois avec Papa, lorsqu'elle était une enfant, et alors seulement pour une visite de courte durée ; probablement il avait fait un saut à l'agence en cours de route, alors qu'il l'emmenait à la plage. Lori avait seulement un souvenir partiel de ces occasions, mais elle se rappelait avoir vu la raison sociale sur la vitre. *Ed Holmes, Agent Immobilier*, écrit en lettres dorées, et elle se souvenait combien cela l'avait impressionnée.

« C'est vraiment de l'or, Papa ? »

« En barres ! » avait-il dit. Et il avait souri.

Lori emporta le souvenir de ce sourire à l'intérieur de l'agence. Ce fut tout ce qu'elle eut ; maintenant, ici, personne ne souriait. Ni les agents immobiliers penchés sur des téléphones dans la grande pièce en façade, ni ceux allant et venant dans les couloirs jumeaux au-delà, ni la minuscule jeune femme assise derrière le bureau près de l'entrée.

Ses yeux globuleux la scrutèrent de derrière des verres épais à la monture design.

— Puis-je vous aider ?

Du moins Lori supposa que c'était ce qu'elle avait dit ; c'était presque impossible de l'entendre en raison du bourdonnement et du brouhaha des conversations téléphoniques, de la clameur des voix résonnant dans les couloirs.

Sa propre voix se fit entendre.

— Je suis venue voir Mr Thomas. Il m'attend.

— Votre nom, je vous prie.

— Lori Holmes.

— Homes?

— Holmes... avec un *l*.

La réceptionniste hocha la tête mais ses yeux globuleux ne montraient aucune lueur de reconnaissance.

— Un instant.

Tandis que la jeune femme parlait dans l'interphone de son bureau, Lori réprima un froncement de sourcils. *L'Agence Immobilière Ed Holmes* avait été en activité ici pendant toutes ces années, et maintenant personne ne se souvenait même du nom.

Mais elle exagérait, bien sûr ; vraisemblablement cette jeune femme occupait ce poste depuis peu de temps. Et lorsque l'homme de forte carrure à la veste pied-de-poule surgit de l'entrée du couloir de gauche, son accueil fut cordial.

— Lynn Thomas, dit-il, sa voix sonore dominant le bruit de fond. Je suis heureux que vous ayez pu venir. (Se retournant, il lui fit signe de le suivre.) Allons quelque part où nous pourrons parler tranquillement.

Lori le suivit vers le couloir d'où il était venu. Ici, les éclats de voix provenaient de portes ouvertes flanquant les deux côtés du couloir. Les affaires marchaient-elles vraiment aussi bien? Et si c'était le cas, pourquoi tous ces gens ne souriaient-ils pas?

Un homme à la barbe fournie et au corps obèse, engoncé dans un complet trois-pièces, arriva à toute allure vers eux, tenant un grand livre de comptes dans une main et une calculatrice de poche dans l'autre. Evitant de justesse une collision, il passa si près que Lori put presque sentir les poils de sa barbe lui chatouiller le cou. Poussant un grognement d'excuse symbolique, il disparut dans une petite pièce sur la droite tandis que Thomas faisait signe à Lori d'entrer dans le bureau suivant.

L'agent immobilier ferma la porte après qu'elle fut entrée, excluant le vacarme à tel point que son soupir de soulagement fut audible.

— C'est mieux, dit-il. Attendez, je vais débarrasser ceci afin que vous puissiez vous asseoir. (Thomas retira une pile de dossiers de la chaise en face de son bureau, les laissant tomber par terre à côté d'une corbeille à papier.) Excusez-moi pour tout ce désordre. Ils ont débarqué après que je vous ai téléphoné ce matin, sans prévenir, exactement comme une descente de police.

— Qui sont ces « ils »?

— Les polyvalents...

Sa manière de détacher les syllabes exprimait un mélange d'amertume et de mépris.

— Que se passe-t-il?

— Un audit. Tous très polis, très efficaces, mais ils mettent toute l'agence sens dessus dessous. (Il soupira à nouveau.) Le gros lard que vous avez vu dans le couloir c'est le pire d'entre eux. Exactement comme le Christ disait... ne faites jamais confiance à un barbu.

Thomas s'installa derrière son bureau et Lori s'assit tout en parlant.

— Normalement ils auraient dû vous envoyer une sorte de préavis.

— Apparemment ils l'ont fait. Le grand chef a brandi un double de la lettre qu'il avait envoyée à votre avocat voilà deux semaines. (Thomas marqua un temps.) Comme je vous l'ai dit au téléphone, je suis désolé pour ce qui est arrivé. Entre ça et vos parents...

— Merci.

— J'assistais aux obsèques mais le moment ne semblait guère approprié pour vous aborder. Depuis lors j'ai examiné nos dossiers, essayant de dresser un rapport financier à l'intention de Ben Rupert. Maintenant qu'il n'est plus là, je voulais vous montrer ce que nous sommes parvenus à établir et revoir tout ça ensemble.

— Je vous suis très reconnaissante de vous être donné tout ce mal.

— Simple travail de routine. Nos propres experts-comptables devaient venir un peu plus tard ce mois-ci, de toute façon, et Rupert m'avait demandé de leur préparer un compte rendu. Mais je ne comprends pas pourquoi il a commis cette bourde de ne pas nous parler des polyvalents. Vous a-t-il dit quelque chose à ce sujet?

— Pas un mot. Tout ce qu'il m'a dit c'est qu'il ferait le nécessaire pour obtenir les renseignements lorsque le dossier serait présenté au tribunal des successions. Mais si vous avez ce rapport financier sous la main...

— J'ai bien peur que non. (Thomas secoua la tête.) Je l'avais lorsque je vous ai téléphoné, mais c'était avant que « gras double » fasse irruption ici avec son équipe de démolisseurs. La première chose qu'il voulait c'était les dossiers concernant les liquidités depuis que votre père avait monté cette affaire, ainsi que le contrat lorsqu'il a cédé ses parts au moment de prendre sa retraite. Je lui ai dit qu'il pourrait s'économiser beaucoup de temps et de peine en jetant un coup d'œil à ce que nous avions déjà établi. Il s'est emparé du rapport, mais cela ne l'a pas empêché de se mettre au travail et de tout chambarder. Lorsque je vous ai rappelée pour vous informer de ce qui se passait, personne n'a répondu.

— Je suis partie de bonne heure, dit Lori. J'ai tellement de choses à faire.

— Dommage que vous soyez venue ici pour rien. Ces rigolos ont pris le rapport avant que j'aie eu le temps de le photocopier, mais s'ils ont l'intention de l'embarquer j'insisterai pour que des photocopies soient faites au préalable. De toute façon, vous devriez être en mesure d'y jeter un coup d'œil au tout début de la semaine prochaine. Etant donné les circonstances, vous aimeriez sans doute que votre avocat en reçoive un exemplaire.

— Je n'ai pas d'avocat.

— Alors vous feriez peut-être mieux d'en prendre un. Vous-même, vous aurez probablement affaire aux inspecteurs du fisc l'un de ces jours, et avec la police s'intéressant à cette histoire...

— La police ?

Il hocha la tête.

— J'ai oublié de vous en parler. Un certain lieutenant Metz était ici, à poser un tas de questions. Cela m'étonne que vous ne l'ayez pas croisé ; il est parti juste avant que vous arriviez.

Lori sentit sa bouche devenir sèche.

— Que voulait-il savoir ?

— La même chose que ce que recherchent ces types. Il a fouillé de fond en comble le bureau de Ben Rupert et n'a pas réussi à mettre la main sur un seul dossier concernant votre père. Je lui ai expliqué ce qui se passait ici, et il m'a demandé de le prévenir dès que les polyvalents auraient terminé. Cela ne nous apprend pas grand-chose, mais il y a certainement une raison. Suffisante pour que vous preniez un avocat, à titre de précaution.

— Vous avez quelqu'un à me conseiller?

— L'homme que je vous recommanderai s'appelle Marvin Esterhazy. Il m'a représenté plusieurs fois au cours de ces dernières années... notamment pour une histoire d'assurances et pour un litige concernant un droit de propriété. Ces deux affaires ont été arrangées à l'amiable parce qu'il a produit les preuves nécessaires. Il est honnête et très compétent. Je m'en porte garant.

— Auriez-vous son numéro de téléphone sous la main?

— Bien sûr. Mais cela ne servirait à rien de l'appeler maintenant. J'ai essayé de le joindre ce matin lorsque les types des impôts sont arrivés, mais sa secrétaire m'a dit qu'il était à Aspen pour le week-end. Il doit rentrer lundi. Si vous voulez, je peux lui demander de se mettre en rapport avec vous à ce moment-là.

— C'est très aimable à vous.

— Je vous en prie. (Souriant, Thomas la raccompagna jusqu'à la porte.) Surtout veillez à ne pas vous attirer des ennuis d'ici lundi matin.

23

Metz allait à son bureau et il était en retard. C'était l'un de ces jours où tous les feux de signalisation sont au rouge.

Lorsqu'il arriva, l'équipe de jour avait pris la relève et Slesovitch était parti, laissant un mémo sur le bureau.

Un appel téléphonique à Santa Barbara avait confirmé qu'Anthony Leverett, docteur en médecine, se trouvait bien là-bas la nuit de la mort de Rupert. L'hôtel devait envoyer une photocopie de la page du registre et de la signature.

Metz haussa les épaules comme il lisait. Cela ne constituait guère une surprise. Leverett n'aurait pas chargé un imposteur de prendre sa place et de s'adresser à un auditoire de confrères. Il était temps de sortir la liste des suspects et de rayer le bon docteur.

L'ennui, c'est que Metz n'avait aucune envie de rayer son nom. Un suspect était préférable à un concurrent ; ce discours qu'il avait tenu aux psys, leur conseillant de jouer les détectives, ne lui plaisait pas du tout. Et lorsqu'ils avaient parlé hier, Leverett avait posé plus de questions sur l'affaire que lui. Metz pouvait seulement espérer qu'il n'allait pas se mettre à fureter de son côté. Les amateurs sont une source de problèmes.

De même que les professionnels. Le rapport du sergent Bronstein se trouvait également sur son bureau ce matin. Il avait vu les conclusions de l'enquête menée par la brigade des incendies criminels, et voilà à quoi cela se résumait — ou plutôt se consumait — : on avait délibérément mis le feu à la maison des Holmes. Les types du labo analysaient en ce moment des traces de liquide inflammable trouvées sur des fibres de tissu et des fragments de bois. On avance lentement lorsque tous les feux sont au rouge.

Metz reposa les feuillets du rapport, décrocha le combiné. Il était temps d'arrêter de faire du sur-place, et de chercher une déviation, de trouver un raccourci.

Lequel ne fut pas si court que ça, en fin de parcours. Et en l'occurrence le parcours fut très long une fois qu'il se fut mis en route. Une chose mena à une autre et lorsqu'il réintégra son bureau l'heure du dîner était largement passée.

Vidant ses poches, il étala une quantité de notes sur le bureau — les siennes, et celles des deux hommes qu'il avait désignés pour les investigations de la journée. Les examinant, il classa les données en un ordre approximatif afin de les transcrire lorsqu'il rédigerait un rapport en bonne et due forme. Ce seul travail lui demanda une bonne heure, et il avait l'estomac vide. La suite pouvait attendre ; il aurait aimé avoir une nouvelle discussion avec Slesovitch et Bronstein, examiner avec eux toutes ces données et voir s'ils avaient de nouvelles suggestions à lui faire. D'ailleurs, Slesovitch devait reprendre son service ce soir, dans deux heures. Attendre son arrivée serait peut-être une bonne idée.

Mais peut-être pas. L'estomac de Metz gronda en signe d'avertissement. Trop c'est trop, et après le travail accompli aujourd'hui, il méritait un repas digne de ce nom.

Aller jusqu'au restaurant de fruits de mer fut facile parce qu'il passa la plupart des feux de signalisation au vert. Considérer cela comme de bon augure ; la chance était de son côté maintenant qu'il tenait quelque chose de tangible. D'accord, des preuves indirectes n'ont pas le même poids que les aveux d'un criminel au tribunal, mais si elles vont dans la même direction, les faits parlent d'eux-mêmes.

Metz l'espérait, parce que s'il avait raison, il n'y aurait jamais d'aveux au tribunal. Pas de la part d'un criminel mort, aussi mort que le homard qu'on lui apportait à présent sur un plateau ovale.

Le homard était mort parce qu'il avait été plongé dans l'eau bouillante. Ben Rupert avait préféré nager entre deux eaux, mais cela revenait au même. Il avait bu le bouillon...

— Non, merci.

Metz écarta d'un geste le tablier que lui proposait le garçon, puis se mit au travail avec le couteau et la fourchette. Il découpa le homard lentement et soigneusement, tout aussi lentement et soigneusement qu'il avait assemblé les notes recueillies aujourd'hui. Ses gars avaient fait du bon boulot en suivant ses instructions ; il y aurait un complément d'enquête par la suite, mais même sans données supplémentaires l'affaire était claire.

Les affaires, plutôt. C'est ce qui rendait tout cela si compliqué, la façon dont un détournement de fonds amenait à un homicide.

Il n'y avait aucun doute à propos du détournement de fonds ; Rupert avait escroqué Ed Holmes pendant des années. L'enquête des polyvalents fournirait des détails précis, mais ce qui intéressait Metz plus encore c'étaient les faits et les chiffres que son équipe avait dénichés en ville.

Les faits. En sortant de la banque après son entretien privé avec son coffre, Ben Rupert avait fait quelques arrêts dans le coin, exactement comme Metz l'avait soupçonné. Des employés le reconnurent d'après une photographie et produisirent les renseignements sur ordinateur concernant ses transactions de l'après-midi — une dans une succursale de l'American Express, et au moins trois dans des agences d'épargne et de crédit sur une distance de deux blocs. Metz avait chargé l'un de ses hommes de se renseigner auprès des banques et des établissements d'épargne et de crédit situés à proximité, à tout hasard, juste au cas où Rupert aurait ouvert des comptes dans d'autres endroits plus commodes et effectué d'autres retraits. Il se trouva que c'était faux, mais ce qu'ils trouvèrent était exact à propos de l'argent.

Dans chacun de ces établissements, Rupert avait fait l'acquisition de traveller's checks qu'il aurait pu obtenir simplement en se présentant à un guichet de sa propre banque. C'était un effort louable pour brouiller les pistes, mais chaque fois que quelqu'un achète autant de chèques pour une telle somme en liquide, inévitablement on se souvient de lui, même si les achats sont répartis dans quatre endroits différents.

Les chiffres. Le montant global s'élevait à 392 000 dollars — exactement 98 000 dollars pour chaque achat. Rupert avait-il évité à dessein de dépasser la barre des 100 000 dollars, ce genre de transactions à six chiffres exigeant des opérations spéciales ? Ou bien était-ce tout l'argent en liquide dont disposait Rupert ? Dans les deux cas, c'était beaucoup d'argent à laisser dormir dans un coffre au lieu de le placer et de toucher des intérêts. Mais toucher des intérêts aurait attiré l'attention de certains touche-à-tout, et des chiffres comme ceux-là corroboraient les faits. Et voilà pour le détournement de fonds.

Metz trempa un gros morceau de chair de homard dans la sauce au beurre ; c'était succulent mais il savait qu'il paierait très cher ce plaisir le lendemain.

Demain. Cela avait certainement été un mot important dans le vocabulaire de Ben Rupert. Suer à grosses gouttes sur toute cette comptabilité truquée, pendant autant d'années, avait dû être une angoisse constante, suffisante pour pousser n'importe qui à boire. C'était la promesse du lendemain qui lui avait permis de continuer, ou qui lui avait permis de rester, jusqu'à ce qu'il ait liquidé les avoirs d'Ed Holmes.

D'après ce que la secrétaire de Rupert avait dit, il envisageait déjà de prendre sa retraite. Peut-être avait-il l'intention de quitter le pays à ce moment-là, mais dans des circonstances normales, il n'avait aucune raison de risquer d'éveiller des soupçons en effectuant une sortie rapide.

De toute évidence les circonstances avaient changé. Assez pour provoquer un incendie volontaire afin de dissimuler un meurtre.

Ne t'emballe pas, se dit Metz. Mais il continua d'éplucher et de décortiquer cette idée, exactement comme il était en train d'éplucher et de décortiquer sa pince de homard.

Les preuves d'un incendie criminel avaient déjà été établies ; le problème suivant était de trouver le lien entre Rupert et ce boulot. Si les tests du labo révélaient que l'une des fibres de tissu provenait d'un quelconque vêtement dans la garde-robe de Rupert, ce serait un pas supplémentaire, servant à prouver qu'il se trouvait bien sur les lieux. Vraisemblablement, si l'on trouvait une quelconque ressemblance, ce serait avec quelque chose porté par Ed ou Frances Holmes. Aussi était-ce une bonne chose que Metz ait entrepris des recherches de son côté. Suffisamment pour apprendre que Ben Rupert ne se trouvait pas à son cabinet l'après-midi, le jour où l'incendie avait eu lieu.

Bien sûr cela ne prouvait pas qu'il était allé faire une visite-surprise aux Holmes, muni d'une arme — un instrument contondant, très certainement, puisque aucune blessure par balle ou des entailles anormales n'avaient été découvertes sur ce qui restait de leurs restes. Metz était prêt à parier que l'arme avait été jetée quelque part où on ne risquait pas de la découvrir.

Mais creuser donnait des résultats. Des morceaux de chair de homard, des parcelles de preuves.

L'un des papiers que Rupert n'avait pas livrés à son destructeur était un reçu daté du lendemain de l'incendie. Il avait acheté quatre pneus neufs. Aucune déduction pour une reprise n'était indiquée, ce qui voulait dire qu'il avait gardé les pneus usagés. Qu'il les avait balancés quelque part pour empêcher toute comparaison des traces de pneus là où il s'était garé la veille.

L'endroit avait probablement été une allée, à plusieurs rues de là. Il lui avait certainement été très facile de continuer à pied sans attirer l'attention sur lui, particulièrement avec cette pluie. Et très facile de s'introduire chez les Holmes en ouvrant la porte de derrière avec un double de clé.

Jusqu'ici on n'avait pas retrouvé cette clé, ce qui voulait dire que Rupert lui avait certainement dit adieu lorsqu'il s'était débarrassé des autres objets. Mais il avait possédé un double, estimait Metz, parce que cela avait été son *modus operandi* pour s'introduire dans l'appartement de Lori Holmes.

Plus de preuves, plus de chair de homard. Metz reposa sa fourchette et s'appuya sur le dossier de sa chaise. *Modus operandi?* L'inspecteur Harry ne parlait jamais comme ça. Mais Orion Metz et Clint Eastwood étaient deux personnes bien distinctes, et Ben Rupert n'avait pas simplement été un salopard de plus parmi tous ceux qui infestaient les rues. C'était un homme qui opérait selon un plan, et c'était uniquement le changement survenu dans les circonstances qui avait motivé l'escalade — passant du détournement de fonds à l'homicide, que l'incendie criminel était destiné à dissimuler.

Retour à la case départ, une fois de plus. Metz contemplait son café, ruminait des questions. De quelle façon les circonstances avaient-elles changé pour Rupert? Etait-ce la menace de l'audit du fisc, la peur que la découverte de ses pertes puisse amener Holmes à porter plainte?

Des réponses simples. Trop simples pour expliquer les motivations d'un homme aussi complexe que le regretté Ben Rupert. De toute évidence il avait certainement prévu l'éventualité d'un audit au fil des années, et avait jonglé avec les écritures en conséquence. Même après que Ed et Frances Holmes furent décédés il n'avait pas essayé de mettre les voiles, ce qui voulait dire qu'il pensait qu'il y avait de bonnes chances pour que ses malversations ne soient jamais découvertes. *C'est bien ce que j'ai dit, Harry, malversations. Viens me voir et on s'expliquera tous les deux.*

Metz prit une deuxième tasse de café avec sa tarte au citron. Et continua de réfléchir.

Rupert avait certainement eu une autre raison de vouloir se débarrasser de la famille Holmes. Y compris la fille, qu'il avait essayé de tuer. Le fait de demander à Lori de venir à son cabinet, le fait d'écrire cette lettre bidon, cela indiquait qu'il avait l'intention d'essayer à nouveau. Mais cette fois il avait pris ses dispositions pour filer. Le vol TWA jusqu'à Londres, puis le vol Aer Lingus jusqu'à Dublin. Cette escale à Londres était un risque, le genre de risque que Ben Rupert aurait pris la peine d'éviter, s'il en avait eu la possibilité. Apparemment c'était la seule réservation disponible en un délai aussi court. Mais pourquoi une telle hâte avait-elle été aussi soudainement nécessaire... encore un changement dans les circonstances ?

Metz laissa la question sans réponse suffisamment longtemps pour décliner la suggestion de la serveuse de prendre un digestif ; il doutait fort que l'on servît de l'Alka-Seltzer ici.

Mais tandis que la serveuse et lui commençaient à exécuter le classique *pas de deux*[1] avec son addition et sa carte de crédit, il eut le temps de réfléchir à nouveau. Suffisamment de temps pour s'avouer à lui-même qu'il avait pris la tangente.

Les circonstances changent les situations : il était sûr et certain qu'elles avaient changé celle-ci. Cette affaire d'homicide aurait dû être sa principale préoccupation ; approfondir les motivations et les faits et gestes de Rupert était peine perdue, à moins qu'ils ne puissent le conduire à une solution. Et jusqu'ici ils l'avaient seulement mené dans une impasse. L'affaire était au point mort, aussi mort que Rupert. La grande question n'était pas pourquoi Rupert avait été pris de panique, mais pourquoi il était mort ? Et qui l'avait tué ?

L'employé du parking alla chercher la voiture de Metz, et il ressentit un flot de lassitude lorsqu'il se mit au volant. Par-dessus le bruit du moteur il pouvait entendre le grondement de révolte de son estomac. Entre le gros homard et la grande question il était bon pour une autre nuit blanche.

Pourquoi piétinait-il ainsi, pourquoi ne parvenait-il pas à trouver une véritable piste ? A l'heure actuelle, Angela Lansbury aurait déjà convoqué une tripotée de suspects et commencé ses explications du dernier acte sur ce qui s'était passé exactement, et identifié le coupable. Dommage qu'il ne puisse porter des vêtements de femme afin de trouver les réponses aussi facilement qu'elle le faisait. Chaque semaine un nouveau meurtre et une nouvelle solution, et le tout en une petite heure...

1. En français dans le texte (*N.d.T.*).

cinquante-deux minutes même, si on tenait compte des publicités.

En s'engageant dans la rue, Metz jeta un coup d'œil aux chiffres phosphorescents sur le tableau de bord. Neuf heures trente. Slesovitch devait reprendre son service dans une demi-heure. S'ils discutaient de l'affaire, cela l'aiderait peut-être à clarifier ses pensées. A eux deux, ils trouveraient peut-être quelque chose qui leur avait échappé. Cela valait la peine d'essayer.

De plus, il avait de l'Alka-Seltzer au bureau.

24

Certains ne dînèrent pas aussi tard ce soir-là.

Lori téléphona au Dr Leverett peu après cinq heures, exactement comme il le lui avait conseillé, et à sept heures ils étaient au restaurant, *Chez Richeys'*, étudiant le menu. Aucun des deux ne commanda du homard.

Comme le serveur s'éloignait elle tendit la main pour prendre son verre, tenant le pied fortement. Avec trop de force.

Leverett souriait, mais il s'en était aperçu.

— Des problèmes?

— Je réfléchissais, c'est tout. (Lori but une gorgée.) Est-ce qu'il n'y a pas une convention tacite selon laquelle les psychothérapeutes ne fréquentent pas leurs patients?

— Autrefois, oui, mais les temps changent. Le vice d'hier est la vertu d'aujourd'hui. (Il marqua un temps.) En outre, il ne s'agit pas d'une sortie mondaine. Comme je l'ai dit au téléphone, nous avons à discuter de certaines choses. Et tous les deux nous devons manger.

— Personne ne fait la cuisine chez vous?

Leverett secoua la tête.

— Les médecins font de piètres maris, particulièrement dans ma partie. Le nombre de femmes de thérapeutes qui finissent en thérapie elles-mêmes...

Lori l'interrompit précipitamment.

— Excusez-moi, je n'avais pas l'intention de me mêler de votre vie privée.

— Oh mais si! Autrement vous n'auriez pas posé cette question. Etant donné les circonstances, c'est une curiosité tout à fait naturelle. (Il s'appuya sur le dossier de sa chaise.) Ne parlons pas de moi pour le moment. Que vous est-il arrivé ? Encore ces rêves ?

— Pas exactement. Je suppose que je devrais appeler cela un rêve, mais il ne ressemblait pas aux autres. Pas d'images, juste une voix.

— La voix de qui ?

— La voix d'une femme. Je ne sais pas qui elle était, mais c'est comme si je le savais sur le moment. C'est difficile de me rappeler parce que ce qu'elle disait n'avait aucun sens. Tout ce dont elle parlait venait tout droit de *Alice au pays des merveilles.*

— Cela venait de vous, dit doucement le Dr Leverett. De l'une de vous.

— Personnalité multiple ?

— Pas dans le sens où vous employez ce terme. Une véritable dissociation mentale est un phénomène peu fréquent, mais lorsque cela se produit elle est parfois cloisonnée par l'amnésie. Le Dr Jekyll ne partage pas les souvenirs de Mr Hyde. Et tous les deux ne sont pas nécessairement brouillés, ils peuvent continuer de se parler.

— Alors nous revenons à votre théorie. Je me parlais à moi-même.

— Cela ne vous satisfait pas.

— Franchement, non. Pourquoi mon inconscient prendrait-il la peine de déguiser sa voix juste pour dire des choses que je suis incapable de comprendre ?

— Une situation conflictuelle. Un conflit entre le désir de savoir et la peur de découvrir. Le désir est trop fort pour qu'on puisse l'ignorer, mais la peur est trop grande pour qu'on prenne ce risque. Aussi il y a un compromis. Vous vous dites quelque chose, mais le messager et le message sont déguisés.

— Je trouve que c'est une idée stupide.

— *C'est* une idée stupide. (Leverett sourit.) Mais c'est aussi une idée clairement exprimée. Parce que vous utilisez des concepts familiers pour communiquer ce que vous voulez dire.

— La seule signification c'est que je suis comme

Alice, dans un monde à l'envers où tout est incompréhensible. Ce qui n'est pas vraiment une information de dernière minute.

— Peut-être y a-t-il autre chose. Si vous pouviez vous rappeler...

— Je vous en prie. Je ne suis pas ici pour une séance de thérapie. Vous avez dit que vous aviez quelque chose à me dire.

— Excusez-moi, simple déformation professionnelle. J'ai des choses à vous dire, effectivement. (Leverett reprit son menu.) Nous passons notre commande d'abord?

Lori lui fit un signe de tête et il fit un signe de tête au garçon. Trois minutes plus tard, Leverett tirait le calepin de la poche intérieure de sa veste et l'appuyait contre le bord de l'assiette devant lui.

— Je vais être obligé de m'en remettre à ceci, dit-il. J'ai réussi à tout noter par écrit comme cela se présentait, mais je n'ai pas eu le temps de mémoriser les détails. Ne sachant pas à quoi m'attendre, j'ai jugé préférable de ne pas enregistrer les appels, dans le cas où vous préféreriez que certaines choses demeurent strictement entre nous.

— Et...?

— Jugez par vous-même. (Leverett baissa les yeux vers son calepin comme il parlait.) Je ne pense pas qu'il y ait quoi que ce soit de secret concernant le collège Bryant. Il se trouve au nord de Riverside, et j'ai noté un numéro de téléphone au cas où vous en auriez besoin. Ou bien vous pouvez faire ce que j'ai fait, et appeler les Renseignements.

— J'aurais dû penser à cela moi-même. (Lori soupira.) Mais non, j'ai perdu tout ce temps à essayer de découvrir le nom et l'adresse de Priscilla Fairmount.

— Ce que, ainsi que vous le savez, la compagnie du téléphone n'a pas. C'est pourquoi j'ai appelé le collège Bryant. (Il baissa les yeux à nouveau.) J'ai parlé à une certaine Mlle Petrasham, une dame tout à fait charmante.

— Que savait-elle à propos de Priscilla Fairmount?

— Absolument rien. Le nom ne se trouvait sur aucune liste d'étudiants diplômés, que ce soit pour 1968 ou pour les années suivantes.

— Mais sa photographie était dans le livre !

— C'est ce que j'ai dit, et j'ai attendu, le temps qu'elle consulte leur exemplaire d'archives pour vérifier cela. Ensuite elle m'a passé son patron, un certain Mr Harvey, au secrétariat des anciens élèves du collège. Il m'a confirmé qu'une personne du nom de Priscilla Fairmount s'était inscrite en automne 64 et avait fait ses études au collège jusqu'après les vacances de mi-trimestre au début de l'année 68. (Leverett leva les yeux.) Apparemment, elle avait passé ses examens avec succès parce que sa photographie figurait dans l'annuaire lorsque celui-ci est allé à l'impression, donc on s'attendait à ce qu'elle obtienne son diplôme. Mr Harvey n'est pas certain de la façon dont on procédait à l'époque, mais d'habitude les photos pour l'annuaire sont prises des mois avant sa publication.

— Est-ce qu'il vous a dit pourquoi elle avait arrêté ses études ?

— Il a dit que je pourrais le rappeler dans un mois pour le savoir. Il semblerait que les dossiers scolaires individuels ont été envoyés à une société d'informatique à San Francisco. Tout sera mis sur ordinateur.

— Ainsi c'est tout ce que vous avez appris.

— Pas tout à fait. (Leverett examina ses notes à nouveau.) Il y avait une adresse personnelle... Clinique Fairmount, 490 South Allister Avenue, Los Angeles. Et le nom de ses parents. Mère... Genevieve Otis Fairmount, décédée. Père... Royal S. Fairmount, docteur en médecine.

— Le Dr Roy !

— Quoi ?

— Je vous en ai parlé à propos de mon rêve. Cette femme, Clara, s'adressait continuellement à quelqu'un qu'elle appelait « Dr Roy ». Est-ce que « Roy » ne pourrait pas être le diminutif de « Royal » ?

— C'est possible.

— Est-ce que vous réalisez ce que cela veut dire ? *J'étais* Priscilla dans le rêve. *Sa* fille, dans *sa* clinique...

Elle se tut brusquement comme leurs salades arrivaient. Et lorsque le garçon s'éloigna, ce fut Leverett qui parla.

— Si seulement il y avait un moyen de prouver cela...

— Mais il doit y avoir un moyen ! A présent nous avons un nom et une adresse pour continuer nos recherches.

— Ni l'un ni l'autre ne m'ont mené très loin. (Le Dr Leverett prit sa fourchette.) J'ai fait tout mon possible ce matin, durant mes heures de loisir. Il n'y avait pas de Dr Royal S. Fairmount dans les pages jaunes, aussi j'ai appelé les bureaux de l'état civil du comté. Leurs registres indiquent qu'il est décédé le 5 avril 1968. Cause de la mort, embolie coronaire. Le permis d'inhumer a été signé par Nigel Chase, docteur en médecine.

— Son nom était également dans mon rêve, vous vous rappelez ? N'est-ce pas une preuve suffisante ?

— La preuve que dans votre rêve vous avez entendu que l'on appelait quelqu'un ainsi, oui. Mais cela ne nous apprend rien de plus.

— Il y a certainement quelque chose dans les journaux... une notice nécrologique, peut-être un article.

— C'est ce que je me suis dit. J'ai téléphoné au *Times* et l'*Herald,* et je leur ai demandé de vérifier dans leurs archives. Pas d'article dans aucun des deux journaux, juste des notices nécrologiques pour le 6 avril 1968. (Leverett consulta son calepin.) Aucune mention d'un service religieux, juste un enterrement qui a eu lieu dans la plus stricte intimité, le 8, au cimetière Hopeland.

— Et concernant Priscilla ?

— Pas un mot.

— Cela ne vous paraît pas étrange ?

— Décevant, oui. Mais cela n'a rien d'anormal. Si vous consultez les notices nécrologiques dans les journaux de nos jours, vous vous apercevrez qu'un assez grand nombre ne nomment pas les parents décédés ou encore en vie. Une question de choix, je suppose.

— Le choix de qui ?

— C'est quelque chose que nous essaierons de découvrir.

— Peut-être y a-t-il encore quelqu'un à la clinique qui pourrait nous le dire.

— Elle ne figure pas dans l'annuaire. D'après les Renseignements, il n'y a pas eu de téléphone à cette adresse depuis des années. (Le Dr Leverett joua avec sa salade et avala une bouchée symbolique avant de poursuivre.) Il me restait à consulter l'annuaire médical en cours. Aucune mention ; aussi j'ai téléphoné à leurs bureaux. Leurs dossiers indiquent que la clinique Fairmount a été fermée en décembre 1968.

— Elle a peut-être été rachetée, et a changé de nom. Vous aviez cette adresse...

— Ainsi que les services de la mairie. A leur connaissance la succession du Dr Fairmount n'a jamais été soumise au tribunal et les impôts n'ont jamais été payés. Des poursuites judiciaires ont été finalement engagées en 79, date à laquelle la propriété a été déclarée vacante.

Leverett tourna une page.

— Le tribunal a prononcé un jugement en 83 mais il n'y avait personne à qui faire payer les impôts. Les services administratifs fédéraux, de l'Etat, et les contributions directes du comté se sont affrontés dans un combat à trois, portant sur la compétence de la cour, lequel s'est éternisé jusqu'à l'année dernière. A ce moment la clinique devait vraiment être en mauvais état, parce que les bâtiments ont été condamnés à être démolis. (Il leva les yeux.) D'après ce qu'ils m'ont dit, le 490 South Allister Avenue sera bientôt l'emplacement d'un nouveau mini-centre commercial.

Le serveur était revenu, cette fois avec les plats de résistance.

— Attention, les assiettes sont très chaudes. (Il les posa sur la table, fixant sur Lori un regard accusateur.) Un problème avec votre salade ?

— Laissez-la, je vous prie. Je préfère la manger avec le plat principal.

L'accusation se changea en résignation ; le haussement d'épaules du serveur fut presque imperceptible mais éloquent. *C'est pas croyable. Ici les gens mangent comme des dingues, je retourne dans l'Est vite fait.* Néanmoins il parvint à sourire.

— Et comme boisson ?

— Un café, dit Lori. Plus tard.

Bien sûr, plus tard. Ces gens sont complètement cinglés. Peut-être Kansas City, un endroit comme ça. On comprend tout de suite lorsqu'ils ne regardent pas la carte des vins.

Lori baissa les yeux vers l'assiette devant elle, puis regarda le serveur qui s'en allait. Sa sortie à elle, sa sortie à lui.

— Quelque chose ne va pas ?

Elle leva les yeux comme Leverett parlait, puis secoua la tête.

— Rien, excepté mes bonnes manières. Je ne vous ai même pas remercié pour tout ce que vous avez fait.

— Attendez d'avoir une raison de me remercier. Jusqu'ici nous sommes dans une impasse. Priscilla, ses parents, la clinique...

— N'oubliez pas Nigel Chase.

— Je ne l'ai pas oublié. Mais le temps m'a manqué. Je poursuivrai mes recherches à son sujet demain. (Il sourit.) Pour le moment, que diriez-vous d'en rester là et de dîner tranquillement ?

Et ils le firent.

Du moins Lori le fit. Et une fois qu'ils commencèrent à parler d'autres choses il parut plus détendu. Non pas que l'un ou l'autre dise quelque chose d'important ; du moins cela ne sembla pas être le cas sur le moment.

Plus tard, après le dîner et en se quittant sur le parking, Lori y repensa. Tandis qu'elle rentrait chez elle, elle put tout à loisir passer en revue leur conversation et fut surprise de constater à quel point celle-ci avait consisté principalement en questions et réponses. Elle avait été l'interrogatrice, lui posant des questions sur ses origines, comparant avec les siens ses sujets de prédilection et sa manière de voir. Ils avaient de nombreux goûts en commun — livres, musique, art. Des sympathies et des antipathies sans importance, mais d'une certaine façon elle pouvait presque prévoir ses réponses, exactement comme elle semblait prévoir ses gestes, les inflexions de sa voix. Ou bien avait-elle seulement posé les bonnes questions ? Sans en avoir conscience, elle avait établi l'une de ces situations « faisons connaissance », et la façon dont il réagissait l'avait mise à son aise. A tel point que si Tony avait été plus jeune...

Mais il n'est pas plus jeune. Et il n'est pas « Tony ». Il est le Dr Leverett, ton thérapeute. Voilà tes rapports avec lui, patient-médecin, et si tu as un peu de bon sens tu veilleras à ce que cela ne change pas.

La voix de la raison, se dit Lori. Dans l'immédiat elle avait besoin de Leverett pour ses compétences professionnelles. Une fois ses problèmes actuels réglés, c'est avec joie qu'elle l'aurait pour ami ; n'importe quoi d'autre était hors de question. C'était étrange qu'elle ait pensé à d'autres possibilités, ne serait-ce qu'un instant.

Mais pas aussi étrange que le fait de réaliser que, durant toute la soirée, elle n'avait pas pensé à Russ une seule seconde.

25

Metz ne s'était pas trompé pour l'Alka-Seltzer.

Il repéra la boîte en carton posée sur le rafraîchisseur d'eau et l'ouvrit en hâte. Durant le trajet jusqu'au bureau, le homard dans son estomac semblait avoir fait repousser ses pinces.

Remplissant d'eau un gobelet en papier, il ajouta deux comprimés — un pour chaque pince.

Une idée stupide, bien sûr. Les homards morts ne régénèrent pas leurs pinces, et Nick Charles n'avait jamais d'embarras gastriques. Pas plus que Charlie Chan, et Dieu sait le genre de tambouille orientale qu'il avait dû manger. Du potage au nid d'hirondelle, préparé avec la salive desdites bestioles. *Aujould'hui œufs pas tlès flais.*

Metz inclina son gobelet et avala des bulles. Comme il regardait par-dessus le rebord il aperçut Slesovitch franchir la porte d'un pas nonchalant. A en juger par son sourire épanoui, il était évident que lui n'avait pas mangé quelque chose qui l'indisposait ; il ressemblait davantage à un chat qui vient de gober un canari.

— Un canari ne fait pas le printemps, murmura Metz.

— Tu as dit quelque chose?

— Rien. Je pensais tout haut, c'est tout. (Il jeta son gobelet.) Alors?

— J'ai une nouvelle à t'annoncer.

Metz se dirigea vers son bureau.

— Une bonne ou une mauvaise?

— A toi de voir.

Slesovitch s'assit sur la chaise à côté du distributeur d'eau et chercha une cigarette dans sa poche.

— Je t'écoute, dit Metz. Et merci de ne pas fumer.

Le sourire de Slesovitch disparut et la cigarette fit de même.

— D'accord. Mais tu violes mes droits civils, mec.

— Trouve-toi un avocat.

— C'est déjà fait. (L'homme plus jeune hocha la tête.) Un type nommé Ross Barry.

— Connais pas.

— Il avait un cabinet dans le centre-ville, au début des années soixante. Ensuite il a pris un associé, du nom de Ben Rupert.

— Qui t'a dit ça?

— Personne. J'ai déniché ça tout seul. (Le sourire de Slesovitch réapparut.) Sans doute que tu n'es pas remonté assez loin.

— Laisse tomber. Et qu'as-tu appris?

— Pas autant que tu le voudrais. Leur association a duré un peu plus de trois ans. Puis il s'est passé quelque chose — quoi exactement, je ne sais pas — et ils se sont séparés. Rupert a continué de faire marcher l'affaire sous son nom et Barry lui en a fait voir de dures. Cette partie figure dans les dossiers, parce que Rupert a déposé une plainte pour persécution et a obtenu gain de cause.

— Et...?

— Lorsque les choses ont commencé à sentir le roussi, Barry a quitté la ville. Il est parti dans l'Oregon mais il n'a pas exercé là-bas. Je parle en ce moment de la fin des années soixante, vient ensuite une longue période dont on ne sait rien, jusqu'à il y a une dizaine d'années environ. Lorsqu'il a été arrêté pour détention de stupéfiants, deux onces de coke. Il ne se camait pas, aussi ils ont essayé de l'inculper de trafic de stupéfiants mais ça n'a pas marché.

— Pas très drôle ton histoire. J'espère qu'il y a un mot de la fin.

— En fait, Barry fourguait bien de la drogue, exactement comme ils l'avaient pensé ; et ce depuis des années.

Tout ça a refait surface en 83, après le meurtre. (Slesovitch marqua un temps, délibérément, puis poursuivit.) Il a eu une altercation avec Digby Kogan, un petit dealer, dans l'arrière-salle d'un bar des quartiers résidentiels.

— C'est ça ton mot de la fin ?

— A mourir de rire. (Slesovitch opina du chef.) Barry a cogné la tête du type contre le mur et l'a étranglé.

Metz fronça les sourcils.

— Tu l'as dit, bouffi !

— Il y avait des témoins. L'avocat de la défense a plaidé la folie mais ça n'a pas marché, et Barry a écopé de quinze ans de taule pour homicide involontaire en août 84.

— Tu as trouvé tout ça dans les archives ?

— Et en passant un certain nombre de coups de fil. On m'a mis en rapport avec un certain Dr Seldane qui avait témoigné pour la défense au cours du procès. Selon son diagnostic, Barry était un paranoïaque chronique... avec des impulsions agressives et un délire de persécution.

— Je croyais que tu avais dit qu'il avait plaidé la folie et que ça n'avait pas marché.

— Les avocats de la partie adverse avaient leur propre psy. Il a catalogué le problème de Barry comme un TCA. A savoir troubles caractériels antisociaux.

— Je sais, dit Metz. Autrefois on les appelait des psychopathes.

— Le point crucial, c'est que le jury a gobé ce truc du TCA, et le Dr Seldane a piqué une grosse colère. D'après lui, le verdict a porté atteinte à sa réputation professionnelle.

— J'ai l'impression que lui aussi est un peu parano.

— Possible. (Slesovitch haussa les épaules.) Mais il avait raison pour Barry. Après qu'ils l'eurent coffré, Seldane s'est mis en rapport avec le psy de la prison et ils ont échangé leurs impressions. Tous les six mois il lui téléphonait, et d'après ce qu'il a appris, Barry commençait vraiment à dérailler. Seldane s'est accroché comme un vieux birbe entêté, et il recherchait suffisamment de preuves pour obtenir un nouveau procès, ou au moins un pourvoi en cassation. Il est même allé là-bas pour voir Barry lui-même, au tout début de cette année. Ils ont eu un entretien plutôt animé, d'après ce qu'il m'a dit. Barry a proféré des menaces à l'encontre du DA, des gens avec qui il avait été impliqué dans cette affaire de trafic de coke, des amis personnels de jadis, bref à peu près tous ceux qu'il avait connus jusqu'à sa condamnation.

— Y compris Ben Rupert?

— Surtout Ben Rupert. Il affirmait que Rupert était le grand responsable, Rupert avait gâché sa vie, et qu'il aurait sa peau coûte que coûte.

— Alors?

— Tu veux toujours un mot de la fin? dit lentement Slesovitch. Ross Barry s'est évadé du pénitencier d'Etat de l'Oregon il y a dix jours.

26

Ecouter, et écouter attentivement. Ecouter le morse, car le moment est venu de parler de nombre de choses. De chaussures, de bateaux et de cire à cacheter, de choux et de rois.

Non, c'est inexact. *Il a dit cela autrefois, mais cela n'a plus de sens maintenant. Ecouter à nouveau.* Le moment est venu...

Le moment est venu, a dit le morse. Le moment est venu... d'agir.

Il a raison. Le morse a toujours raison. Tu n'es pas comme Alice, tu ne désires pas descendre dans le terrier du lapin, et cet enfer n'est pas le pays des merveilles.

Le pays des merveilles se trouve de l'autre côté du miroir, renonce à l'enfer pour le ciel. Et ce sera le ciel si tu agis, si tu vas jusqu'au bout. Le ciel t'appartient, ne la laisse pas t'arrêter. Laisse-la *en enfer, condamne*-la *à l'enfer qui ne saurait égaler la fureur d'une femme dédaignée. Elle t'a dédaignée, et maintenant c'est à ton tour de la dédaigner. Faire volte-face est de bonne guerre, la ruse est de bonne guerre en amour et l'amour est vénal. C'est ce qu'elle est, une prostituée, mais tu es l'enfant au front plus pur qu'un beau ciel sans nuages, pour la belle Alice au pays des merveilles, si tu agis. Le jeu est la chose importante et le dernier acte n'est que le commencement. Le monde entier est une scène et chaque homme à son heure joue de nombreux rôles. Ton heure est venue, ton rôle attend, le morse connaît les répliques, le monde est ton huître. Coquille d'huître, tu dois sortir de ta coquille également et le temps doit s'arrêter. Le faire s'arrêter, briser la glace, briser la barrière. Le temps doit s'arrêter et tu dois partir, partir pour de bon, avec l'aide du bon Dieu. Quitter le terrier du lapin, lui poser un lièvre, l'enfance de l'art,* Hare Krishna. *Il y a un grand et merveilleux monde là dehors, un monde de chaussures à mettre et de bateaux à faire appareiller, et maudite soit la cire à cacheter qui te retient ici, et au diable les torpilles, ne tirez pas avant de voir le blanc de ses cuisses, ensuite la barre toute! hurlement droit devant! Je te remercie, morse, car tu m'as montré le chemin. Le chemin pour sortir du trou, du trou perdu de l'enfer.*

L'enfer ce sont des voix que tu entends mais auxquelles tu ne peux répondre, des visages que l'on ne peut voir parce que l'enfer est fuligineux. En enfer il n'y a pas de sensations, pas de prise, pas d'avoir.

Le ciel peut attendre mais tu as attendu suffisamment longtemps, trop longtemps, et à présent le moment est venu. D'avoir et de tenir. Il y a des choux et des rois, des Reines Rouges et des Reines Blanches, mais toi aussi tu seras couronnée dans la gloire alléluia hosanna au Très-Haut et la vérité te libérera. Te délivrera du puits, le puits et le pendule qui marque le passage infini du temps. Demain et demain et demain avancent au petit pas mais tu peux accélérer l'allure, hâter le jour de la délivrance de tout mal, car ce royaume m'appartient, et la puissance et la gloire, sic transit Lori, à tout jamais.

Si tu agis.

Maintenant.

27

— Je suis désolée. Le Dr Leverett n'est pas là. (Au téléphone l'accent jamaïcain était plus perceptible.)

— Quand l'attendez-vous ?

— Cette après-midi. Est-ce que je peux prendre un message ?

Lori hésita.

— Dites-lui simplement que Mlle Holmes a appelé. J'essaierai de le joindre plus tard, merci.

Merci mais non, merci. Elle raccrocha précipitamment, regrettant d'avoir donné son nom, d'avoir téléphoné. Le dîner de la veille était un souvenir agréable, et lui aussi avait semblé y prendre plaisir. Lui parler de son cauchemar aurait seulement fait ressurgir les rapports patient-médecin.

Mais il fallait qu'elle lui en parle. Il *était* son médecin, elle était sa patiente, et le cauchemar ne pouvait pas être passé sous silence. D'accord, cette voix avait parlé à nouveau de *Alice au pays des merveilles*, mais ce qu'elle avait dit n'avait rien à voir avec Lewis Carroll. Et si, comme Leverett le suggérait, elle se parlait à elle-même, un seul message lui était parvenu clairement. *Tu as besoin d'aide.* C'était là où le Dr Leverett intervenait, seulement il n'était pas encore arrivé, et pour le moment elle devait se débrouiller toute seule, faire quelque chose pour se débarrasser du rêve dont elle venait d'émerger, trempée d'une sueur glacée.

Prendre une douche. S'habiller. Préparer le petit déjeuner, le faire descendre de force. Se maquiller dans la salle de bains, et autant en profiter pour laver ces trois paires de collants et les mettre à sécher dans la douche. S'occuper, occuper son esprit en pensant à d'autres choses. Et si elle répondait à quelques-unes des lettres de condoléances? Non, ce n'était pas une bonne idée; en ce moment elle n'avait pas besoin qu'on lui rappelle le passé. Ce qu'elle pouvait faire, et devait faire, c'était emporter tout ce linge sale à la blanchisserie.

Lori ôta les draps, rassembla chemises de nuit et corsages, fit un ballot du tout, et se rendit à la laverie automatique.

Lorsqu'elle eut terminé, c'était l'heure de parcourir les allées du supermarché afin de prendre quelques provisions pour le frigo. Et voyons voir... des mouchoirs en papier, des serviettes en papier, des serviettes hygiéniques. Et des produits d'entretien pendant qu'elle y était?

Encaustiquer. Passer l'aspirateur. Epousseter les pièces. Des meubles propres et nets, des draps propres. Si seulement elle avait pu nettoyer les souvenirs. Tant qu'elle continua de s'activer tout fut parfait, mais à présent que le ménage était terminé et que les fenêtres exposées à l'est s'assombrissaient, sa bonne humeur disparut avec le soleil. Lori consulta sa montre. Etait-il vraiment quatre heures dix? Le moment d'appeler le Dr Leverett. Elle s'assit et composa son numéro.

— Cabinet du docteur.

La voix n'avait aucun accent et était inconnue. Les opératrices du service des abonnés absents avaient toutes la même voix.

— Pourrais-je parler au Dr Leverett, je vous prie?

— Je suis désolée. Il ne prend pas d'appels pour le moment. Si vous voulez me laisser votre nom et votre numéro de...

Lori raccrocha. Une chose grossière à faire, mais la seule façon pour elle d'exprimer le ressentiment qu'elle éprouvait toujours lorsque le téléphone cessait d'être un moyen de communication pour devenir une barrière. Les services des abonnés absents étaient toujours désolés, ainsi que les répondeurs téléphoniques. *Désolé, nous ne pouvons répondre à votre appel pour le moment, mais attendez le top sonore et...*

Appeler une grosse boîte était pire. Cela pouvait vouloir dire se frayer un chemin à travers une demi-douzaine ou plus de sonneries occupées avant de tomber sur un message enregistré qui ne prenait même pas la peine d'être désolé, qui vous ordonnait simplement de *bien vouloir patienter* parce que *toutes nos standardistes sont en ligne pour le moment.* Ensuite une musique en boîte nasillarde ou bien un silence de mort. Rien d'étonnant à ce qu'on finisse par parler tout seul.

Ce qu'elle faisait en ce moment même. Se plaignant de petites choses afin de ne pas penser à la chose essentielle.

Et la chose essentielle était la peur. Parler toute seule à ce sujet ne servirait à rien ; voilà pourquoi elle avait besoin du Dr Leverett. Anthony Leverett, docteur en médecine. Est-ce que ses amis l'appelaient « Tony » ? Avait-il des amis, des gens à qui *il* pouvait s'adresser en un moment comme celui-là ? Quatre heures vingt maintenant, il avait dû partir de son cabinet de bonne heure, à moins qu'il soit toujours là avec un patient. Mais où il était n'avait pas la moindre importance ; l'important c'est qu'elle devait lui parler.

Lori contempla les ombres qui s'amoncelaient à l'autre bout de la pièce, puis les chassa en allumant les lumières. Sa main était toujours sur l'interrupteur lorsque le téléphone sonna.

Elle eut envie de dire « Dieu merci ! » mais on ne parle pas ainsi à son psychiatre, aussi tout ce qui sortit fut :

— Allô !

— A l'eau toi-même, ce qui n'est pas mon cas.

— Russ !

— Content que tu reconnaisses encore ma voix. C'est bon signe.

— Où es-tu ?

— Au *Gelson's*, dans la Vallée. Tu ferais mieux de préparer le four. Je viens d'acheter deux tournedos.

— Mais, Russ...

— J'arrive dans une demi-heure.

Le temps que Lori se change, refasse son maquillage, se donne un coup de peigne et allume le four, elle réalisa qu'elle était plus qu'un peu allumée elle-même. Etait-ce Russ, ou simplement la surexcitation de l'attente ?

Lorsque Russ sonna à la porte et qu'elle alla ouvrir, elle crut connaître la réponse à sa question. *C'était* merveilleux de le voir, d'entendre le grondement de sa voix, de sentir les vibrations de sa voix comme il la serrait contre lui. Mais ce fut seulement lorsqu'ils entrèrent dans la cuisine et qu'il posa ses sacs à provisions sur le plan de travail qu'elle se sentit pleinement rassurée. On ne pouvait se méprendre sur la réaction de Russ, et ce fut elle qui mit fin à leur étreinte.

— Affamé ? demanda-t-elle.

Il hocha la tête.

— Ça ne se voit pas ?

— Je parle de nourriture, idiot.

Mais elle n'était pas fâchée. Tandis qu'elle examinait le contenu des sacs qu'il avait apportés, elle leva les yeux vers lui, surprise par ses découvertes.

— Du champagne !

— Pourquoi pas ?

— Mais deux bouteilles...

— Nous fêtons mon retour. (A présent le sourire familier.) Du moins j'espère que c'est une fête pour toi.

Lori n'avait pas de seau à champagne mais il y avait suffisamment de place sur la tablette supérieure du frigo si elle posait les bouteilles l'une à côté de l'autre. Elle n'avait rien d'un expert culinaire — Papa disait souvent qu'elle était plus calée en linguistique qu'en linguini — mais les tournedos n'étaient pas un problème. La salade non plus, que Russ remua, mélangeant la sauce qu'il avait apportée avec les épices provenant de son étagère. Du buffet, plus exactement ; elle n'avait pas trouvé le temps d'acheter et d'installer une étagère à épices depuis qu'elle avait emménagé ici. Ce ne serait pas un problème non plus, maintenant que Russ était revenu.

En fait, après que Russ eut débouché la première bouteille de champagne, en utilisant le tire-bouchon de son couteau de l'armée suisse, tous les problèmes avaient apparemment disparu.

Les tournedos furent cuits exactement comme il le fallait, bleu pour lui et à point pour elle. Il ne mangeait jamais de pommes de terre au four, de toute façon, et elle surveillait son poids. La salade était spectaculaire ; si Russ avait ajouté furtivement une pointe d'ail, cela n'avait aucune importance parce que tous les deux pouvaient se le permettre.

Une fois qu'ils eurent fini la première bouteille de champagne — grand Dieu ! ils l'avaient déjà vidée ? — les choses devinrent un peu confuses. Un café lui éclaircirait peut-être les idées ; il y avait tellement de choses à dire à Russ, à lui apprendre, tellement de choses qu'elle voulait savoir sur son voyage, mais bizarrement les phrases commençaient pour être aussitôt interrompues par des questions.

La deuxième bouteille était meilleure que la première. Peut-être avait-elle eu plus de temps pour refroidir, mais quelle qu'en soit la raison, Lori trouva que le contenu de son verre continuait de s'améliorer. A un moment, au cours de la conversation, elle arriva à plusieurs autres conclusions : elle ne ferait pas de café finalement, Russ pourrait lui raconter en détail son aventure mexicaine une autre fois, et en ce qui concernait ses propres mésaventures, le moment était mal choisi pour le mettre au courant. Le brancher était tout autre chose.

C'est pourquoi la conclusion ultime, inévitable, fut le lit. Comment était-elle arrivée jusque-là ? Russ l'avait vraiment portée dans ses bras depuis la cuisine, sans lui cogner la tête contre le chambranle des portes ? Mais elle n'avait pas mal à la tête… elle se sentait en pleine forme. Bien dans sa peau. Cette peau que Russ était en train de caresser. Avaient-ils réellement fini cette deuxième bouteille ? L'un d'eux avait-il marché sur sa jupe lorsqu'elle était tombée par terre ? Cela n'avait aucune importance. Voilà ce qui était important, et qui continua d'être important, et continua jusqu'à sa propre conclusion inévitable.

Ce fut à ce moment qu'elle ouvrit les yeux tout grands dans la lumière ténue pour regarder fixement le visage au-dessus du sien… le visage du Dr Anthony Leverett.

28

Si la nuit avait été bonne, le lendemain matin fut encore mieux. Elle avait dormi d'un sommeil profond et sans rêves, comme cela ne lui était pas arrivé depuis longtemps. Et, pour le moment, pas le moindre signe de gueule de bois.

Mieux encore, il n'y avait pas de vaisselle à faire. C'était le bruit que faisait Russ en s'activant dans la cuisine qui l'avait réveillée ; le temps qu'elle enfile son peignoir et s'avance lentement dans le couloir, il avait déjà rangé les assiettes essuyées à leurs places légitimes dans le placard au-dessus de l'évier.

Il ne l'entendit pas arriver et, un moment, Lori fit halte à l'entrée de la cuisine, l'observant. Cela, aussi, faisait partie du lendemain matin… une partie que certaines de ses amies de collège redoutaient bien plus qu'une gueule de bois. C'était, elles étaient d'accord là-dessus, plus facile de se débarrasser d'une migraine et/ou d'un embarras gastrique que de s'accommoder de la présence assidue d'un mâle non rasé au regard embrumé qui prenait possession de votre salle de bains. Sans même parler du fait que s'il empruntait votre rasoir, la lame serait fichue.

Lori sourit, savourant l'arôme du café frais. Peut-être avait-elle de la chance. La présence de Russ n'était pas si difficile que ça à supporter ; même s'il n'était pas rasé il semblait avoir les qualités requises pour être un partenaire au présent, et non une erreur du passé. Et s'il continuait ainsi, elle était disposée à l'accepter comme le messager d'un avenir plein de promesses. Au moins je l'ai habitué à être propre dans l'appartement, se dit-elle. Et elle sourit à nouveau comme elle franchissait le seuil pour faire connaître sa présence.

Il ne perdit pas de temps à faire connaître et sentir *sa* présence, et durant quelques instants les chances furent égales, à savoir s'ils allaient ou non prendre la direction de la chambre à coucher. Ce fut elle qui en appela à la sagesse.

En fait, ce fut le Dr Leverett qui appela. Mais cela survint plus tard, après qu'elle eut pris en main les préparatifs du petit déjeuner et que tous deux eurent fini leur jus d'orange, œufs, toasts et café. Tandis qu'ils mangeaient, Lori n'éprouva pas la nécessité de modifier son précédent verdict. En fait, la présence de Russ la rassurait. Il lui *avait* manqué, en dépit de tous ses récents arguments pour se convaincre du contraire, et elle avait besoin de lui, ici et maintenant.

Le temps qu'ils aient bu leur jus d'orange, il fut évident que ce qui s'était passé à Acapulco ne nécessitait guère un compte rendu détaillé. Les problèmes avec les cameramen, les problèmes avec les autorités locales, les problèmes pour s'approvisionner en eau, en nourriture, et pour trouver un endroit où dormir, tout cela paraissait insignifiant en comparaison des difficultés vingt-quatre heures sur vingt-quatre pour localiser une cabine publique et pour réussir à téléphoner.

— Mais peu importe, dit Russ. Du moment que tu comprends pourquoi il ne m'était pas possible de rester en contact avec toi. De plus, je pensais rentrer ici beaucoup plus tôt, par le vol de nuit. Mais tout était complet et j'ai été obligé de prendre mon mal en patience et d'attendre une place libre.

— Je sais. (Lori jeta un coup d'œil au grille-pain.) Mais je commençais à m'inquiéter...

— Je me suis fait du mauvais sang tout le temps, dit Russ. Alors tu ferais mieux de me mettre au courant.

Lori fit de son mieux. Russ écoutait attentivement, faisant les réponses appropriées chaque fois qu'elle s'interrompait.

— Tu as traversé des moments pénibles, hein ? (Russ secoua la tête.) Ça va être à mon tour maintenant, avec ce sentiment de culpabilité que tu viens de me donner.

— Tu n'as pas à te sentir coupable de quoi que ce soit, dit Lori. Tu devais t'occuper de ton travail.

— Et tu as besoin qu'on s'occupe de toi. A partir de maintenant...

Ce fut à ce moment que le téléphone sonna dans la salle de séjour. Et ce fut à ce moment, en décrochant le combiné, qu'elle entendit la voix du Dr Leverett. *Le Dr Leverett. Anthony Leverett, docteur en médecine. Tony*. Les noms lui traversèrent l'esprit et disparurent, mais ce qui persista fut l'image. Le visage de Leverett, se penchant vers le sien, détaillé et net au sein du flou de la lumière et des sensations.

Cela avait été si fort, tellement saisissant. Pourquoi avait-elle oublié cela après qu'elle se fut endormie, pourquoi l'avait-elle oublié jusqu'à cet instant, en entendant la voix de Leverett ? Une bonne question... peut-être ferait-elle mieux d'en parler à son psychiatre.

Mais elle lui parlait en ce moment même, ou plus exactement, elle l'écoutait parler.

— J'espère que je ne vous appelle pas de trop bonne heure, disait-il. J'avais l'intention de vous téléphoner hier soir mais j'ai eu une urgence... l'un de mes patients a eu une attaque et ils voulaient que je vienne au Cedars-Sinai. Lorsque je suis parti de là-bas, il était près de minuit. J'espère que ce n'était rien de...

— Non.

Lori l'interrompit vivement, désireuse de calmer l'inquiétude qu'elle percevait dans la voix de Leverett. Du moins il lui semblait que c'était de l'inquiétude. A présent elle sentait qu'elle le connaissait suffisamment bien pour reconnaître ses réactions.

Et elle le connaissait maintenant.

Intimement. Au sens biblique. A la hâte, elle chassa cette pensée. Mais elle ne pouvait pas bannir le souvenir. Cette fois il ne serait pas oublié. Jamais plus.

Mais elle ne pouvait pas lui dire ça, et ce n'était ni le moment ni l'endroit pour discuter de son rêve. Elle avait déjà fait sa mauvaise action quotidienne, en donnant mauvaise conscience à Russ, et elle n'avait pas l'intention de recommencer avec le Dr Leverett.

Recommencer avec le Dr Leverett... Une nouvelle fois elle s'efforça de chasser la nuit dernière de son esprit et n'y parvint pas. Ce fut lui qui vint à son secours.

— C'est pourquoi je vous appelle maintenant. (Sa voix s'affermit comme l'inquiétude faisait place à l'assurance.) J'ai découvert quelque chose hier avant que la situation se complique. Votre Nigel Chase n'est pas quelqu'un que vous avez inventé. Il existe réellement... ou existait voilà vingt ans. J'ai trouvé son nom dans l'annuaire médical de 1968, ainsi qu'une adresse.

— Etait-ce... ?

— La clinique Fairmount ? (Il hésita seulement une fraction de seconde, mais pour Lori cela ressembla à une éternité.) Oui. Vous aviez raison... il y avait bien un Dr Chase là-bas. Mais je n'ai pas réussi à découvrir la moindre mention à son sujet après cette année-là. Son nom ne figure nulle part, que ce soit pour un cabinet privé ou en tant qu'associé.

— Vous pensez qu'il est encore en vie ?

— Je ne sais pas. J'ai pris la précaution de consulter les annuaires médicaux des années suivantes, et je n'ai pas trouvé son nom dans une nécrologie.

— Au moins c'est réconfortant de savoir que je n'ai pas imaginé tout ça. (Lori hésita.) Mais est-ce bien sûr ? Enfin, comment le nom d'une personne dont je n'avais jamais entendu parler auparavant pourrait-il surgir dans mes rêves ?

— Je pense que vous connaissez déjà la réponse, Lori. D'une manière ou d'une autre, quelque part, vous *avez* entendu prononcer son nom, et vous l'avez enregistré sans la moindre nécessité de vous en souvenir. L'inconscient fonctionne comme un ordinateur ; tout ce que vous lui donnez à avaler est automatiquement gardé en mémoire, mais nous avons souvent du mal à obtenir un accès direct ou un tirage papier.

— Alors vous pensez que le Dr Chase, le Dr Fairmount et cette Clara sont tous des gens dont j'ai entendu parler auparavant? Mais qui m'aurait parlé d'eux, et pourquoi? Et s'ils avaient la moindre importance, comment se fait-il que je ne me souvienne pas d'eux consciemment?

— Peut-être pour la même raison que vous ne vous souvenez pas de Priscilla. (Le Dr Leverett marqua un temps.) Je pense que c'est quelque chose qu'il nous faudra approfondir.

— Je le pense également, dit Lori. Mais je serais encore plus contente si nous pouvions dénicher des informations sur eux dans une véritable banque de données. L'ordinateur dans mon inconscient ne semble pas être équipé du logiciel approprié.

— Ne vous découragez pas. Nous faisons des progrès, et il y a d'autres moyens... absolument tout, depuis les actes de naissance jusqu'aux actes de décès. Il suffit de consulter les archives. J'ai quelques idées à ce sujet et si je peux me libérer cette après-midi, je vais poursuivre dans cette direction. Si jamais je tombe sur quelque chose, est-ce que vous seriez disponible dans la journée?

— Bien sûr. (Lori jeta un regard sur son compagnon de petit déjeuner avant de continuer.) Russ est ici en ce moment, mais je serai disponible à n'importe quel moment si vous avez besoin de moi.

— Votre fiancé? Quand est-il revenu?

Lori se surprit à regarder vers Russ à nouveau avant de répondre. Pourquoi hésitait-elle?

La réponse à cette question semblait lui échapper, mais elle devrait éclaircir cela par elle-même plus tard. C'était la question du Dr Leverett qui exigeait une réponse maintenant, et une réponse vraie.

— Il est revenu hier, dit Lori.

— Bien.

Sa réaction semblait sincère, et Lori pouvait seulement espérer qu'elle avait donné l'impression d'être tout aussi honnête, même si ce qu'elle lui avait dit était en fait seulement une demi-vérité. D'autre part, cela ne regardait pas Leverett, le fait que Russ eut passé la nuit ici. Mais était-ce bien sûr? Après tout, n'êtes-vous pas censé tout dire à votre psy? Peut-être bien... mais s'il insiste pour surgir et violer votre intimité, sans parler de vos parties intimes, alors que reste-t-il à lui dire?

— ... vous appellerai probablement plus tard.

— Parfait.

Mais il lui avait parlé juste maintenant et elle n'avait pas entendu un traître mot de ce qu'il disait. Au lieu de cela elle avait écouté ses propres pensées et elles ne rimaient absolument à rien. Peut-être devrait-elle prendre cet ordinateur dans son inconscient et l'échanger contre un modèle plus récent.

Puis, comme elle raccrochait, Lori chassa cette pensée. L'important à présent était ce que le Dr Leverett lui avait dit au début de leur conversation.

Lori se retourna, adressant un sourire à Russ.

— Tu as entendu ça? J'avais raison sur toute la ligne. Le Dr Leverett a découvert que Nigel Chase existait réellement, ainsi que le Dr Fairmount. A présent, si nous pouvons le localiser, ou cette Clara dont je t'ai parlé, nous aurons la preuve...

— De quoi? (Le ton de Russ était brusque et le sourire de Lori n'était pas du tout assorti à son air désapprobateur.) Même si des gens répondant à ces noms existent réellement, ce n'est pas important. Il faut que nous...

— Pas important? (La voix de Lori monta en un arc d'indignation.) Peut-être pour toi, mais c'est foutrement important pour moi! Si ces noms que j'ai entendus dans mes rêves appartiennent à des gens existant réellement, alors cela veut dire que je ne perds pas la boule, même si tu sembles le croire.

— Sois raisonnable, Lori! Tout ce que je dis c'est que je pensais que toi et moi recherchions Priscilla Fairmount. Mais à présent, depuis que ce Leverett fait son numéro, il te lance dans toutes les directions à la fois. En outre, d'après ce que tu m'as dit tout à l'heure et ce que je viens d'entendre lorsque tu lui parlais, de quelles preuves disposes-tu au juste? Il te dit qu'il a trouvé les noms sur des annuaires, mais lorsqu'on en vient à de véritables informations sur l'une de ces personnes, il se heurte à un mur. Très commode, surtout si l'on n'a pas envie d'aller plus avant. Pour ce que tu en sais, il a très bien pu ériger ces murs lui-même. Sauf qu'il ne me donne pas l'impression d'être le genre de type à se salir les mains en faisant un travail manuel.

— Qu'est-ce que tu as contre lui ? Au moins, ce qu'il a découvert peut être vérifié... tout se trouve dans les dossiers. Il essaie de m'aider.

— Ce qui veut dire que je ne t'aide pas ?

— A présent c'est toi qui fais des conclusions hâtives ! Je ne dis pas que tu ne me prêtes pas ton appui, mais seulement que le Dr Leverett mérite des remerciements pour ce qu'il a fait. Il a soulagé mon esprit d'un tas de choses.

— De beaucoup trop de choses, si tu veux mon avis. (Russ secoua la tête.) D'après ce que tu m'as dit toi-même, ou bien il te demande de rappliquer à son cabinet à toute allure, ou bien il te téléphone à longueur de journée, et au bout du compte, il ne t'a pas appris beaucoup plus que ce qu'un bon journaliste pourrait obtenir en quelques heures d'enquête.

— Mais la semaine dernière je n'avais pas de journaliste sous la main. (Lori s'efforça d'atténuer l'insinuation en souriant, mais sans beaucoup de succès.) Tu pourrais au moins reconnaître à Leverett le mérite d'essayer.

— Si tu veux mon avis, il est en train de te manipuler. Il te donne des bribes d'informations sur cette Priscilla Fairmount, ensuite il attire ton attention sur ces autres noms. C'est ce que les magiciens se produisant sur scène autrefois appelaient des indications erronées.

— Le Dr Leverett n'est pas un magicien. Il n'a pas implanté ces noms dans mon esprit. Ils étaient dans mes rêves, ainsi que celui de Priscilla.

— Mais tu ne faisais pas ces rêves jusqu'à ce que tu voies le nom de Priscilla et sa photographie dans cet annuaire.

— L'annuaire. (Lori se surprit à hocher la tête sans avoir voulu le faire consciemment, et à présent sa voix poursuivait de son propre gré.) J'ai beaucoup réfléchi à ce sujet ces derniers temps, particulièrement après avoir parlé avec le Dr Leverett et le lieutenant Metz. Tous deux semblent convaincus que c'est probablement Ben Rupert qui l'a volé, en utilisant le double de la clé qu'il avait fait faire pour l'appartement. Mais cela n'explique pas comment il savait qu'un tel livre existait et où il pouvait le trouver. (Lori se força à marquer un temps, se dit que ce serait mieux si elle cessait de parler... mais à nouveau, sans le moindre contrôle conscient, les mots vinrent spontanément.) Après que Nadia Hope fut morte, deux personnes seulement connaissaient l'existence de cet annuaire... toi et moi. Je n'ai pas dit à Ben Rupert où il se trouvait. Pourquoi l'as-tu fait ?

— Bon, d'accord, dit Russ précipitamment. Je lui ai téléphoné, juste avant de partir, mais je ne lui ai pas dit de le voler. Je ne savais même pas qu'il avait une clé de ton appartement. Sachant que tu étais à l'hôpital, j'ai pensé que ce serait mieux si une personne digne de confiance était mise au courant de ce qui se passait, à titre de précaution...

— Et tu ne m'as rien dit ? Pourquoi cela ? Parce que tu pensais que l'on ne pouvait pas me faire confiance ?

— Allons, Lori, tu étais sous sédatifs. Personne ne savait exactement à quoi s'attendre ; même Justin hésitait sur le diagnostic comme le pronostic.

— Alors tu m'as menti. Tu pensais que j'étais fêlée... peut-être le penses-tu toujours.

— Je n'ai pas dit ça.

— Pas en ces termes. (Lori se leva, et sa voix s'éleva avec elle.) Mais la façon dont tu réagis à propos du Dr Leverett, comme si j'étais une sorte d'enfant arriérée qu'on mène par le bout du nez...

— Tu ne comprends donc pas ? Tout simplement je n'aime pas ce qu'il est en train de te faire, à te mettre dans tous tes états de cette façon.

Lori lui fit face, l'amertume flamboyant dans ses yeux, se déversant de ses lèvres.

— Depuis quand es-tu devenu aussi infaillible ? Si tu t'étais occupé de moi un peu mieux, je n'aurais pas eu besoin de m'adresser à Leverett pour commencer.

Russ secoua la tête.

— D'accord, j'ai commis une erreur. Mais je pense

que *tu* en commets une en ce moment. Cet homme te fait tourner en bourrique. Si tu penses toujours que tu as besoin d'aide, demande au Dr Justin de te recommander quelqu'un d'autre. Et souviens-toi d'une chose, Leverett n'est pas ton ange gardien.

— Et toi non plus ! Alors débarrasse le plancher et laisse-moi tranquille !

Russ s'avança, tendant les bras en cet éternel geste masculin de réconciliation. *Ne t'en fais pas, petite fille. Papa comprend tout, et il est là pour te protéger.* Comme si cela résolvait quelque chose.

Lori recula, secouant la tête.

— Non... j'en ai plein le dos de cette comédie. Fiche le camp !

Russ inspira profondément, laissant ses bras retomber le long de son corps, puis il tourna les talons et se dirigea vers la porte d'entrée. Elle s'ouvrit sans bruit, et comme Russ sortait dans le couloir, elle commença à se refermer derrière lui. Ce fut seulement à ce moment, alors que la porte allait se refermer complètement, que Russ regarda par-dessus son épaule un instant et que le silence fut rompu.

— J'allais oublier, dit-il. Joyeux anniversaire.

29

Metz n'avait pas pris la peine de fermer la porte de son bureau lorsqu'il était revenu vers midi. Résultat, tout ce qui se passait dans le couloir animé au-delà était audible tandis qu'il était assis derrière son bureau. Mais il *était* assis, bon sang, et il n'avait aucune envie de se relever. Six heures de sommeil c'était peut-être plus que suffisant pour Philip Marlowe, mais d'un autre côté, à dire vrai, on ne surprenait jamais Nero Wolfe en train de faire un mouvement inutile. Metz se demanda combien de gens se souvenaient que c'était Edward Arnold qui tenait le rôle dans ce vieux film. Probablement personne à part lui-même et quelques insomniaques séniles qui avaient encore suffisamment de force pour changer de chaîne à quatre heures du matin. Dieu sait, il n'en aurait pas eu la force lui-même ce matin ; il était quasiment cette heure-là lorsqu'il était finalement rentré se pieuter, et la sonnerie du réveil s'était déclenchée ponctuellement à dix heures.

C'était dans des moments pareils qu'il avait coutume de reconsidérer les délices douteuses du célibat. Ce serait beaucoup plus agréable d'avoir une femme dans son lit ; même si elle muselait ses ardeurs, au moins elle serait là pour museler la sonnerie du réveil. Mais le mariage n'aurait pas résolu son problème actuel. Il lui aurait été difficile de demander à son épouse de rester dans le coin, ici dans son bureau, juste au cas où il aurait besoin de quelqu'un pour fermer la porte à sa place.

Alors tâcher de garder le sourire et encaisser sans

broncher. Ou s'arranger pour encaisser sans le sourire et examiner à nouveau ce fouillis de notes et de rapports. Des voix et des bruits de pas résonnèrent momentanément dans le couloir et Metz leva les yeux, cherchant leur origine. Il y eut juste assez de temps pour une identification instantanée comme ils passaient devant la porte : deux jeunes recrues des Mœurs, parlant boutique avec animation.

Metz soupira. Il se demanda quel avait pu être l'état d'esprit d'un Romain qui se fichait des courses de chars, des combats de gladiateurs, ou de regarder des lions en train de mastiquer des chrétiens.

Quelle était donc cette phrase en français disant à peu près que plus ça change, et plus c'est pareil ? Le type qui avait trouvé ça était peut-être un passionné de sports, ou peut-être pas, mais il avait raison dans les deux cas. Les intellectuels d'aujourd'hui ressemblaient aux universitaires barbus et portant des lunettes des années 1890. De grosses moustaches de joueurs de base-ball et des coiffures ébouriffées comme un siècle plus tôt. Le serpent se mordait la queue et Metz espérait qu'il finirait par s'étouffer.

Le conformisme, c'était le problème. La seule différence entre un intellectuel et un joueur de base-ball professionnel c'était que le joueur de base-ball ne portait plus de casquette de base-ball.

Le jeune homme franchissant le seuil et s'avançant dans la pièce en ce moment avait toutes les qualités requises pour faire carrière sur un terrain de base-ball — il ne portait pas de casquette mais il avait une moustache, et sûr et certain qu'il avait besoin d'une petite séance chez le coiffeur. C'était facile de l'imaginer sortant un stylo-bille de sa poche et apposant sa signature sur un ballon.

En fait, il produisit une carte, déjà imprimée. Metz lut les caractères tandis qu'ils échangeaient un bonjour. *Russell Carter.* Et en dessous à gauche, en italiques plus petites, le nom d'un périodique que Metz connaissait vaguement — l'un de ces foutus hebdomadaires qui encombrent les kiosques lorsque vous tentez de mettre la main sur un exemplaire de *Art et Antiquités*. Non pas que Metz ait jamais vraiment essayé d'en trouver un... il se contentait tout à fait des vieux numéros dans la salle d'attente de son dentiste. Seuls les dentistes ont les moyens de s'abonner à un truc comme ça. Et seuls des flics surmenés laissent leur esprit battre la campagne comme il le faisait en ce moment. Retour sur la ligne de touche ; il était temps de saisir la balle au bond. D'engager la partie avec un non-joueur de base-ball, ce Russell Carter dont la carte indiquait qu'il était journaliste.

Fatigué ou pas, il se força à se lever, mais aucun effort ne fut fait tandis qu'il marmonnait la réponse d'usage pour les membres de la profession du jeune homme.

— Si vous voulez des informations récentes sur une affaire dont ce service s'occupe en ce moment, adressez-vous au bureau des renseignements, au fond du couloir, la dernière porte à gauche...

Mais en l'occurrence le jeune homme ne cherchait pas du tout des informations. En fait, il était venu pour en donner.

A l'instant où il commença à parler, Metz se serait fichu des gifles pour ne pas avoir reconnu le nom.

Carter était le Russ dont Lori Holmes avait parlé... son fiancé, amant, relation constructive, ou quel que soit le terme qu'on utilisait cette semaine. Et il avait des informations. Il lui dit qu'il était revenu du Mexique dans la journée d'hier, et qu'il avait vu Lori hier soir. Qu'avait-il vu d'elle exactement ou pendant combien de temps, il ne le précisa pas, mais Metz se rappela que cela ne le regardait foutrement pas. Sauf si cela apportait des éclaircissements sur l'affaire Rupert.

Malheureusement, Russ Carter ne semblait pas savoir la moindre chose sur Rupert, excepté ce que Lori lui avait dit. Et la plus grande partie de ce que Lori savait, c'était ce que Metz lui avait dit lui-même. C'était certainement difficile pour les serpents d'être obligés de se dévorer la queue en guise de régime draconien.

Mais il y avait une friandise pour le dessert. Une histoire concernant un vieil annuaire de collège que Lori Holmes s'était procuré après la mort de ses parents, et qui avait sans doute été volé dans son appartement durant son séjour à l'hôpital, c'est ce qu'ils semblaient croire tous les deux, Lori Holmes et son petit ami.

— Et vous pensez que Ben Rupert était l'auteur de ce vol? demanda Metz.

Le jeune homme haussa les épaules.

— C'est vous qui avez dit à Lori qu'il avait le double de sa clé. (Il haussa les épaules à nouveau.) Et je suis l'abruti qui a parlé à Rupert de l'annuaire, et qui lui a dit où il se trouvait à ce moment-là. Il a dû s'en emparer tout de suite après. Et comme l'annuaire n'a pas été retrouvé après son meurtre, il y a de fortes chances pour que Rupert lui ait offert un aller simple dans son destructeur.

— Est-ce que vous ou Mlle Holmes savez pourquoi il aurait été aussi désireux de mettre la main sur cet annuaire?

— Rien de précis, non. (Carter hésita.) C'est une longue histoire, et je ne suis pas très sûr que tout cela ait un sens.

— J'ai tout mon temps.

Metz prit un stylo-bille et un bloc.

C'était une longue histoire, et une bonne partie de celle-ci ne semblait pas très claire... pas à la lumière des faits connus jusqu'à présent, laquelle était plutôt ténue.

Mais le jeune homme avait une intelligence lumineuse, jugea Metz, ou du moins il n'était pas aussi bête qu'il prétendait l'être. Seuls les silences de courte durée avant de répondre aux questions le trahissaient. Au fil des ans Metz avait probablement interviewé plus de gens que Johnny Carson, et il savait reconnaître les symptômes lorsque quelqu'un cherchait à gagner du temps, ou les hésitations précédant des omissions.

Tout ce truc sur l'annuaire du collège Bryant était intéressant mais il nota que Carter évitait toujours de mentionner quand et où Lori Holmes l'avait trouvé. La partie concernant Priscilla Fairmount, le sosie de Lori Holmes sur la photo, pouvait signifier quelque chose, mais quoi, il donnait sa langue au chat, et tant pis pour le serpent.

Il comprenait très bien qu'une telle coïncidence ait pu

bouleverser la jeune fille, étant donné sa disposition d'esprit après ce qu'elle venait de traverser, et la disparition du livre n'avait certainement pas contribué à dissiper ses appréhensions.

Mais de quoi avait-elle peur au juste ? Et où avait-elle trouvé ces noms que mentionnait Carter à présent ?

Royal S. Fairmount, docteur en médecine, était un lien logique tout à fait évident, mais de quelle manière ce Dr Chase intervenait-il dans tout ça, ainsi que cette Clara-tout-court, qui avait peut-être été, ou peut-être pas, infirmière dans une clinique qui n'existait plus ?

Metz considéra son visiteur, puis résuma toutes ses incertitudes dans une seule question.

— Mais de quoi diable parlez-vous ?

Cette fois l'hésitation de Russ Carter fut manifeste, mais cela valait la peine d'attendre. De toute évidence il avait l'intention de s'épancher.

Ce que, d'après ce qu'il disait maintenant, Lori avait décidé de faire lorsqu'elle était allée voir le Dr Leverett. Elle avait entendu ces noms dans des rêves... des cauchemars, suffisamment pénibles pour qu'elle se précipite chez un psy.

Metz enrichit ses notes tout en écoutant ce que Carter avait appris sur les résultats des recherches menées par Leverett. Tout cela était très intéressant pour un psychiatre d'un point de vue clinique, mais il n'y avait rien pour lui là-dedans, rien permettant d'expliquer quel avait pu être l'intérêt de Ben Rupert.

Ecartant la pointe de son stylo-bille du bloc, il leva les yeux vers son visiteur.

— Pouvez-vous me dire autre chose à propos de ces rêves ?

Russ Carter secoua la tête.

— C'est tout. Rappelez-vous que j'étais au Mexique lorsque ces séances avec Leverett ont eu lieu. Il y a peut-être quelque chose qui a échappé à Lori, ou bien qu'elle a oublié de mentionner... je vous rapporte ce qu'elle m'a dit ce matin.

Metz posa son stylo à côté du bloc. Il y avait d'autres questions qu'il pouvait poser, mais à quoi bon les coucher par écrit, puisqu'il savait qu'il n'obtiendrait pas une réponse franche. Des questions comme *Pourquoi me dites-vous cela?* et *Si vous dites que vous avez vu Lori hier soir, comment se fait-il qu'elle vous ait parlé de toutes ces choses seulement ce matin?*

En outre, il connaissait déjà les réponses. Russ Carter était venu ici pour se rencarder, apportant des informations de seconde main dans l'espoir de glaner quelques petites choses pour lui-même. Et seulement pour lui, estima Metz, parce qu'il avait la nette impression que Carter n'était pas venu ici avec la bénédiction de sa fiancée. Ni même qu'elle était au courant de sa visite. Si Lori Holmes n'avait pas été disposée à se présenter elle-même avec cette histoire de l'annuaire, il n'y avait aucune raison de supposer qu'elle ait chargé son quoi-qu'il-fût de cette mission. Et on pouvait très facilement interpréter le laps de temps qui s'était écoulé entre leurs retrouvailles d'hier soir et le départ de Russ Carter ce matin. Il avait dans l'idée que ces deux-là s'étaient sans doute disputés, mais pour quelle raison? Etait-ce à propos de cet annuaire, s'il fallait en parler ou non à la police? Apparemment, il ne s'était rien passé qui aurait pu amener Lori Holmes à rompre le silence qu'elle avait eu tant de mal à préserver l'autre nuit. Et cela ne semblait pas logique que Carter agisse à l'encontre de sa volonté à moins qu'il n'y ait eu un genre d'altercation.

A propos de quoi?

Parfois, si vous avez de la chance, il vous suffit d'ouvrir la bouche et la réponse apparaît. Cette fois, elle vint sous la forme d'une question.

— Etes-vous d'accord avec l'interprétation du Dr Leverett de ces rêves?

— Je ne sais absolument rien à ce sujet. Lori m'a seulement dit qu'elle avait indiqué ces noms au Dr Leverett et qu'il avait entrepris des recherches ultérieurement. J'aurais pu faire la même chose si j'avais été là.

Metz hocha la tête, davantage pour lui-même qu'en réponse à son visiteur. *Ainsi il y avait eu une prise de bec. Un genre de dispute entre chien et chat, le Dr Leverett étant la pomme, ou plutôt l'os de discorde.*

— Que pensez-vous du Dr Leverett?

Ce Russ Carter était vraiment du genre évasif. Très fort pour les silences, très fort pour les haussements d'épaules. Cette fois il choisit le haussement d'épaules, mais Metz avait appris à comprendre le langage du corps et il n'avait pas besoin d'un interprète.

— En fait, tout ce que je sais sur lui c'est ce que Lori m'a dit.

C'était bien un jeune homme en colère, mais cela devenait plus facile de voir où ses raisins de la colère étaient amassés.

— A votre avis, est-ce qu'il l'aide?

— Peut-être. Mais tout ce jargon de psy sur les rêves ne semble pas lui faire beaucoup de bien.

A présent vint le silence, exactement comme Metz l'avait prévu, et il en profita pour foncer.

— Il ne vous plaît pas, lui, ou bien désapprouvez-vous les psys en général?

Une façon plutôt maladroite de formuler sa question, mais cela provoqua la réaction que Metz attendait.

— Je n'aime pas son état d'esprit depuis qu'elle a entrepris cette thérapie. Au lieu de l'aider à comprendre ses problèmes, je trouve que Lori est plus désorientée qu'elle ne l'était lorsqu'elle a commencé à le consulter.

Pas très objectif, pensa Metz, mais qui était-il pour en juger? Tout bien considéré, il ne voyait guère l'utilité des psys, lui non plus, sauf s'ils faisaient une déposition au cours d'un procès.

Mais au moins une chose était clairement établie: Carter n'avait pas de griefs précis contre le Dr Leverett, pas plus que Metz n'en avait contre Carter. Et cependant, pour une raison inconnue, il s'aperçut que ce jeune homme lui était antipathique. « Antipathique » était peut-être trop fort, mais il y avait quelque chose chez lui que Metz trouvait irritant. Les réponses évasives, suivies à présent de questions.

— Officieusement, lieutenant, est-ce que votre enquête avance dans cette affaire?

Officieusement. Metz parvint à faire disparaître le froncement de sourcils de son front, mais il fut incapable de refréner son irritation. Qu'est-ce qui permettait à ce petit malin de croire qu'il pouvait s'amener ici et jouer les journalistes en quête d'un scoop?

— J'ai déjà informé Mlle Holmes à ce sujet. Pour l'instant, tout ce que je peux vous dire elle le sait déjà.

Cela devrait lui clouer le bec. Tout en parlant, Metz réalisa brusquement ce qui lui déplaisait chez son visiteur. Ses façons de journaliste — cette attitude tacite mais tout à fait évidente, selon laquelle tout le monde, depuis les chefs d'Etat tout en haut de l'échelle jusqu'aux lieutenants de police à la mission exaltante, se devait d'être rien moins qu'accommodant envers tout représentant des médias qui avait envie de fourrer son nez dans leurs affaires. De fait, Metz s'avoua à lui-même, il n'aimait pas plus les journalistes qu'il n'aimait les psychiatres... et pour les mêmes raisons. Trop de questions, trop d'élitisme.

Cependant, arriver à ces conclusions lui permit de se détendre, et il parvint même à sourire comme il se levait pour faire comprendre à son visiteur qu'il était temps de partir.

— Merci pour les renseignements que vous m'avez fournis. Je vais faire des recherches sur ces noms et voir ce que je peux trouver.

Et il le ferait, se promit Metz. Au moins il voulait savoir pourquoi Ben Rupert avait volé cet annuaire — s'il l'*avait* volé — et pourquoi Lori Holmes obtenait des noms dans ses cauchemars, s'ils provenaient vraiment de là.

Metz attendit que Carter soit presque arrivé à la porte avant de parler à nouveau.

— Pendant que j'y pense, il y a encore une chose. Mlle Holmes n'a pas mentionné d'autres noms, hormis ceux que vous m'avez donnés?

— Pas que je me souvienne.

— Elle n'a rien dit au sujet d'un certain Walter Kestleman?

Carter secoua la tête.

— Et Ross Barry?

— Non... les seuls noms qu'elle a mentionnés étaient

ceux que je vous ai indiqués. Plus ceux du collège et de la clinique, bien sûr.

Metz hocha la tête et lui adressa ce qui subsistait de son sourire.

— Merci d'être venu. J'apprécie votre aide.

— Si je peux faire quelque chose pour vous, n'hésitez pas à m'appeler.

Ce que tu peux faire pour moi c'est me lâcher les bretelles avant que je m'arrache les cheveux... ce qu'il en reste. Metz attendit que le jeune homme ait refermé la porte derrière lui, puis il alla jusqu'à son bureau et décrocha le combiné.

— Envoyez-moi Kestleman, dit-il.

30

Lori déjeuna avec Tansy (*Gr.* — « tenace ») Travis. Ce prénom lui convenait tout à fait, parce que si Tansy n'avait pas été aussi foutrement obstinée au téléphone, Lori aurait sauté le repas. A la réflexion, il lui semblait que durant la semaine passée elle avait passé la plus grande partie de son temps à donner des coups de fil, à se rendre dans des bureaux et autres cabinets, ou à manger au restaurant. Elle n'avait plus d'appétit pour aucun de ces passe-temps, mais Tansy était très obstinée. Après tout, elles ne s'étaient même pas parlé depuis la remise des diplômes. Et la voir permettrait peut-être d'entériner cette occasion comme le jour de la remise des diplômes. Jusqu'à présent, en dépit de tous ses efforts, Lori pouvait seulement y penser comme le jour de l'incendie.

En fait, c'était justement à cela qu'elle pensait lorsque Tansy avait téléphoné et insisté pour qu'elles se retrouvent au *Romero*. A cela, et à tous les autres souvenirs pénibles que sa dispute avec Russ avait réveillés. Mieux valait manger comme un goret avec Tansy que se vautrer dans l'apitoiement sur soi-même. Heureusement, Tansy ne savait pas que c'était son anniversaire, aussi elle couperait à la sérénade, tout aussi traditionnelle que discordante, donnée par la serveuse et les garçons au grand complet.

Le déjeuner lui-même, à sa grande surprise, s'avéra très agréable, bien que Lori limitât sa goinfrerie à une salade César et à un thé glacé. Tansy, par contre, était au paradis des gorets chaque fois qu'elle s'asseyait pour manger, ce qui lui arrivait fréquemment. Sa corpulence rappela à Lori l'habituel programme de Tansy après les cours — un dîner en bonne et due forme, composé des dernières nouveautés en matière d'aliments trop riches, suivi d'une virée jusqu'au drive-in du coin qui proposait les plus grands Coke et les plus gros sachets de pop-corn, et se terminant par l'obligatoire casse-croûte de minuit. Pour Tansy, se mettre au régime consistait à ne pas commander un supplément de frites.

Néanmoins, d'une façon ou d'une autre, elle avait appris l'art d'allier la mastication à la conversation, et Lori s'aperçut qu'elle prenait plaisir à ces retrouvailles. Cela lui avait toujours fait du bien de parler avec quelqu'un qui ne partageait pas ses inhibitions. Les autres appétits de son amie n'étaient pas en reste ; si elle en avait eu la possibilité, elle aurait dévoré ses petits amis avec autant de délectation qu'elle dévorait hors-d'œuvre et plat de résistance. Malheureusement, ses occasions d'imiter une mante religieuse avaient toujours été un tant soit peu limitées, bien qu'elle parût miséricordieusement inconsciente de ce fait et miséricordieusement consciente de toute présence masculine dans les parages.

Et aujourd'hui ne fut pas une exception. Alors que leur déjeuner approchait de la fin, Tansy se pencha au-dessus de sa mousse au chocolat et baissa la voix jusqu'à un murmure de conspirateur.

— Ne regarde pas tout de suite, mais il y a un type là-bas à cette table près de la fenêtre dans le coin derrière toi qui ne nous quitte pas des yeux. Je crois qu'il essaie de me draguer.

Même sans ses connaissances en philologie, Lori aurait compris que « Ne regarde pas tout de suite » était en fait une invitation plutôt qu'une interdiction.

Lori ouvrit son sac et prit ses clés de voiture, qu'elle parvint à faire tomber par terre à côté d'elle. Comme elle se baissait pour les ramasser, elle entrevit l'occupant de la table pour deux se trouvant derrière elles et sur leur gauche.

Le sourire de Tansy indiquait une approbation, à la fois de la manœuvre habile de Lori et de l'objet de son intérêt.

— Un sacré morceau, hein? dit-elle.

Lori acquiesça, mais plus par politesse que par conviction. Elle ne trouvait rien de particulièrement comestible à ce jeune homme. Se rappelant son regard furtif, elle l'enregistra dans son esprit sous forme de fiche en couleurs. Moustaches et cheveux grisonnants, poivre et sel, teint de la blancheur du ventre d'un poisson, dépourvu du hâle californien, des jeans et une chemise hawaïenne, probablement achetée dans une boutique exotique, inondée de soleil. Au cours de son examen rapide, Lori n'avait pas remarqué la couleur de ses yeux, mais c'était parce qu'ils avaient été baissés sur le menu qu'il tenait dans ses mains. Tansy se considérait peut-être comme un plat savoureux, mais apparemment les goûts de ce type se situaient ailleurs.

Non que cela eût la moindre importance, dans un sens ou dans un autre. Son amie s'emparait déjà de l'addition, laissant un pourboire et se préparant à s'en aller. Il ne restait plus que le rituel habituel.

Tansy s'excusa de filer comme ça, mais il était déjà deux heures passées et elle ferait mieux de rentrer chez elle et de se changer parce que le barbecue devait commencer à cinq heures et peut-être parviendrait-elle à éviter les embouteillages. Non pas qu'elle fût une fanatique des barbecues ; elle était plutôt du genre à picoler entre quatre murs. La prochaine fois qu'elles se verraient elles pourraient vraiment se parler, faisons ça très bientôt, promets-moi de me faire signe. La contribution de Lori incluait des remerciements, mais j'aimerais que tu me laisses payer ma part, tu es dans une forme superbe, je t'appelle bientôt, et d'autres phrases d'adieu.

Comme c'est généralement le cas à Los Angeles, l'employé du parking semblait avoir une préférence pour les blondes, aussi la voiture de Lori fut-elle la première à arriver. Tout en démarrant, elle sourit à l'image de Tansy dans le rétroviseur.

Lori tourna à droite et l'image de Tansy disparut, à la

fois du rétroviseur et de ses pensées. Le déjeuner avait été une distraction agréable, mais maintenant c'était terminé et Russ était revenu. Revenu dans son esprit.

La nuit dernière, il avait été sur son corps. Mais était-ce bien sûr? Naturellement, cela avait été Russ, champagne ou pas champagne, qui d'autre cela aurait-il pu être?

Mais ce n'était pas la véritable question.

La véritable question — et elle ne pouvait pas l'éluder plus longtemps — était: qui d'autre aurait-elle *voulu* que ce soit, et pourquoi?

Regarde les choses en face, faire l'amour était agréable, cela avait toujours été agréable avec Russ. Pas nécessairement des rapports sexuels géniaux, si cette phrase voulait vraiment dire quelque chose, mais satisfaisants. Il y avait toujours une sensation de sécurité avec Russ, jamais l'impression d'une partie de jambes en l'air sans lendemain. Alors pourquoi avait-elle flashé sur Anthony Leverett? Après tout, il n'était que son docteur, son thérapeute.

Thérapeute. Celui qui sonde votre esprit.

Le voyeur, le voleur.

Le violeur?

Hé, mais où allait-elle chercher ça? Le Dr Leverett n'était pas un violeur. Elle ne voulait pas être violée par lui, et elle n'avait pas le sentiment, de façon tout à fait catégorique, d'avoir été violée la nuit dernière. Pas trois fois de suite.

Lori se souvint de ce qu'elle avait éprouvé en se réveillant ce matin. Elle s'était sentie bien, détendue, en paix avec le monde... et, beaucoup plus important, avec elle-même. Pourquoi cette sensation n'avait-elle pu durer? Pourquoi avait-il fallu qu'elle se dispute avec Russ, qu'elle lui dise de ficher le camp?

Réaction excessive. Maintenant qu'elle avait le temps de considérer cela calmement, elle pouvait comprendre pourquoi Russ avait parlé de l'annuaire à Ben Rupert. Elle était à l'hôpital, il allait partir, il ne savait pas ce qui pouvait se passer, et en de telles circonstances c'était seulement une précaution pleine de bon sens. Rupert étant son avocat, c'était un choix logique ; à ce moment il n'y avait eu aucune raison de le suspecter.

Et aucune raison de s'emporter comme elle l'avait fait ce matin. Ou bien y avait-il d'autres raisons? Se pouvait-il qu'elle ait cherché un prétexte pour se brouiller avec Russ parce qu'elle était amoureuse de Tony?

Une bonne question. Mais des mauvaises réponses furent tout ce qui lui vint à l'esprit. Une chose était certaine: si elle était vraiment amoureuse du Dr Leverett, ni une partie de jambes en l'air ni même tout un week-end radieux à Las Vegas ne règleraient la situation. Elle savait fort peu de choses sur sa *persona* privée, mais elle était tout à fait sûre de cela. Néanmoins, l'idée d'une relation plus durable la troublait. Ce n'était pas facile de s'imaginer mariée à un homme de son âge. Auraient-ils des enfants?

Il y aurait des enfants avec Russ, elle le savait. D'une manière ou d'une autre elle l'avait toujours su, dès le premier jour — cela faisait presque deux ans, lorsqu'il était venu sur le campus pour faire ces interviews. Depuis lors, ils étaient ensemble.

« Ensemble »... qu'est-ce que cela voulait dire vraiment? Il avait pris l'habitude de venir la retrouver durant la plupart des week-ends de l'année scolaire, et ils s'étaient vus beaucoup plus souvent au cours des deux derniers étés.

Mais « être ensemble » impliquait plus que de partager des conversations, des repas, des moments de détente, des divertissements, ou un lit. A peu près pour la première fois, Lori se retrouva confrontée au fait qu'elle ne savait pas beaucoup plus de choses sur Russ qu'elle n'en savait sur Tony Leverett.

Bien sûr, elle avait passé des week-ends avec Russ dans son appartement de Wilshire, mais l'endroit lui-même offrait peu de renseignements sur celui qui l'occupait. Des meubles en plastique et des ustensiles ménagers Thrifty Drug ne servaient guère d'indices pour découvrir les goûts de quelqu'un, encore moins le personnage lui-même. Cette Reebok solitaire sur le siège arrière de sa voiture fournissait probablement un meilleur indice que tout ce que contenait l'appartement meublé.

Lori en était venue à connaître certaines de ses habitudes, bien sûr ; ses préférences en ce qui concernait la nourriture, la boisson, le sexe. Mais, chose curieuse, elle ignorait tout de ses convictions personnelles, s'il en avait, sur une quantité de sujets, y compris la politique et la religion.

A l'exception de sa première rencontre avec lui lorsqu'il l'avait interviewée sur le campus, Lori n'avait jamais vu Russ au travail, et elle n'avait jamais été invitée à lui rendre visite en ville. D'accord, la plupart de ses reportages l'éloignaient de son bureau, habituellement juste pour une journée, mais parfois pour une période aussi longue que ce voyage au Mexique. C'est pourquoi l'inconscient de Lori avait peut-être eu une longueur d'avance sur elle, en provoquant leur dispute ; s'ils étaient mariés et fondaient une famille, combien de temps pourrait-il passer avec les gosses ?

C'était une question qui n'avait jamais été abordée, quelque chose dont ils n'avaient jamais pris la peine de discuter. Peut-être n'était-ce pas vraiment de leur faute ; les gens ne semblaient plus aussi proches de nos jours, et le plus souvent les relations intimes se limitaient à la chambre à coucher.

La chambre à coucher, ou le cabinet du thérapeute. Etrange, elle n'était jamais allée au bureau de Russ, mais elle était allée au cabinet de Leverett. Et elle savait plus de choses sur son travail, sa manière de voir, ses convictions, au bout de quelques jours qu'elle n'en avait appris sur son fiancé au cours de ces deux dernières années.

Et peut-être ceci ne faisait-il pas simplement partie du modèle culturel en vigueur au jour d'aujourd'hui. Russ cachait peut-être quelque chose délibérément, exactement comme il lui avait fait des cachotteries à propos de Rupert et de l'annuaire jusqu'à ce matin.

Mais pourquoi agirait-il ainsi ? Et maintenant, s'apprêtant à se garer, pourquoi un regard machinal vers son rétroviseur l'amenait-il à penser que le conducteur de la Honda grise derrière elle était l'homme que Tansy lui avait montré au restaurant ?

Parce qu'elle était toujours paranoïaque, voilà pourquoi. Russ ne lui faisait pas de cachotteries, et il devait y avoir au moins cent mille hommes aux moustaches et aux cheveux grisonnants dans l'agglomération de Los Angeles qui avaient choisi de porter une chemise hawaïenne à manches courtes par cette journée chaude et humide.

Tout cela était très rassurant, mais cela ne l'empêcha pas de jeter un coup d'œil à gauche pour s'assurer que la Honda grise avait continué son chemin vers le haut de la rue.

Se garer, prendre le courrier et sortir ses clés d'appartement lui servit d'activité thérapeutique, mais lorsqu'elle pénétra dans l'appartement, ce fut impossible d'échapper à un moment d'appréhension automatique. Seulement un moment, parce que l'endroit était désert et que rien n'avait été dérangé. Excepté elle-même, bien entendu. Après tout ce qu'elle avait enduré, et ce qu'elle endurait...

Arrête ça ! Les choses pourraient être pires. Tu pourrais être à ce barbecue avec Tansy.

Avec les fenêtres fermées toute la journée, l'appartement aurait très bien pu servir de foyer de barbecue lui-même. Tandis que les ombres commençaient à s'allonger, Lori fit le tour de l'appartement, ouvrant les fenêtres. L'air commença à circuler, abaissant la température mais ne faisant rien pour lui remonter le moral. Otant ses chaussures, elle s'installa à la table de cuisine et commença à faire le tri de son courrier. Aucun problème... les factures étaient soigneusement empilées sur la table à sa droite, les imprimés étaient laissés de côté pour remplir plus tard la poubelle sous l'évier. Mais il n'y avait pas de lettres personnelles aujourd'hui. Et pas de cartes d'anniversaire.

En principe, le jour de vos vingt et un ans est un événement qui se produit une seule fois dans votre vie. Bien sûr, il en va de même pour chaque anniversaire, mais celui-ci était spécial ; ils ne le savaient donc pas ?

Ils le savaient... mais *ils* étaient morts. Papa, Maman, Ben Rupert. Il n'y avait aucune raison pour que Tansy ou d'autres camarades de collège se souviennent de son anniversaire, pas plus qu'elle ne se souvenait des leurs. La date était probablement inscrite dans son dossier à l'hôpital et sur les fiches médicales tant du Dr Justin que du Dr Leverett, mais il n'y avait aucun règlement dans l'industrie de la santé publique prévoyant que les médecins devaient envoyer des cartes Hallmark à leurs patients. Seul Russ avait pris la peine de lui souhaiter son anniversaire, mais dans des circonstances telles que cela avait ressemblé davantage à un sarcasme qu'à des félicitations.

D'accord, ainsi il n'y aurait pas de défilé. Elle s'en passerait fort bien, et elle n'insisterait pas pour avoir un feu d'artifice... surtout pas le genre de pétard qui avait explosé ici ce matin.

Le jour commençait à s'éteindre de façon perceptible, et sa vivacité ne valait guère mieux. Oter ses chaussures avait été une bonne idée et se défaire de cet ensemble tout chiffonné serait encore mieux. Elle aurait tout le temps de songer au dîner plus tard. Pour le moment, tout ce qu'elle avait envie de faire c'était de s'allonger un peu tandis que la température dans l'appartement commençait à se rafraîchir. C'était une chose dont elle devrait s'occuper ; dans son soulagement, lorsque Rupert lui avait trouvé un appartement aussi rapidement, elle n'avait pas du tout pensé à la climatisation, ou plus exactement à l'inconvénient de ne pas en avoir. Elle pourrait peut-être faire installer un climatiseur dans la cuisine, ou ici dans la chambre à coucher.

Mais cela pouvait attendre. Elle pouvait attendre. Juste tout mettre en attente et s'allonger sur le lit. Ferme les yeux, ferme ton esprit, imagine que tu es un *gisant*.

Gisant (*Fr.* — participe présent de *gésir*, « être couché à plat »). C'est ainsi qu'on appelait ces formes sculptées, étendues sur une tombe, les bras croisés.

Tombes. Pourquoi pensait-elle à des choses pareilles juste maintenant ? Maintenant, alors que tout se rafraîchissait. Mais les nuits sont toujours plus fraîches, particulièrement lorsqu'une légère brise se lève. Les branches et les rameaux formant une voûte au-dessus du sentier ondoyaient doucement et le bruissement des feuilles confirmait la source de leur mouvement.

Il faisait noir ici à l'ombre des arbres et il faisait nuit tandis qu'elle suivait le sentier qui montait et serpentait à flanc de coteau. La lune — elle se souvenait vaguement qu'il y avait eu une lune — se cachait derrière le voile effiloché des nuages.

Mais lorsqu'elle parvint au faîte de la colline et contempla l'étendue en contrebas, le voile s'entrouvrit, et brusquement Lori reconnut l'endroit où elle se trouvait. La dernière fois qu'elle était venue ici elle était arrivée en voiture, de jour, franchissant cette entrée lointaine, là-bas sur sa droite ; cette nuit, elle était venue par un chemin différent, mais à la fin toutes les routes reviennent à leur commencement. Et c'était ici que tout avait commencé. Ici, au cimetière Hopeland.

Alors qu'elle commençait à suivre la pente du versant opposé, elle tenta de se représenter visuellement l'endroit où Papa et Maman reposaient. S'ils reposaient vraiment, ou si les cimetières étaient un lieu de repos pour quiconque. Lori n'était pas venue ici pour apprendre cela, et elle ne se reposait certainement pas. Les *gisants* reposent, mais elle se hâtait vers le bas de la colline, son pas s'accélérant tandis qu'il la conduisait au-delà des pierres tombales de part et d'autre qui se dressaient telles des rangées de dents brillant au clair de lune. *Hors du trou béant des tombes.*

Des tombes, pas des monuments funéraires. Elle cherchait une tombe. Ou était-ce la tombe qui la cherchait ? Difficile de le savoir, difficile de le dire, et maintenant c'était difficile de voir quelque chose, car la lune se voilait à nouveau.

Salomé. La Danse des Sept Voiles. C'était étrange de penser à cela en un pareil moment. Encore plus étrange était la possibilité que cette pensée ne fût pas la sienne. Mais comment cela se pourrait-il ? Qui pensait pour elle ? Qui guidait ses pas à présent, le long du sentier qui sinuait et menait directement à un autre bouquet d'arbres, et pourquoi cet endroit lui semblait-il familier ? Elle savait pertinemment qu'elle n'avait jamais vu cette partie du cimetière auparavant, et pourtant cette certitude était loin d'être absolue. Rien n'est sûr à part la tombe.

Et elle était là, légèrement en retrait du sentier sur sa gauche, où des arbres sombres gardaient le tombeau de granit s'élevant au-delà. Des arbres sombres au-dessus, des monceaux sombres de terre au-dessous, mais à présent le voile sombre était à nouveau écarté de la lune dans le ciel. Un rayon argenté effleura la surface de la pierre tombale devant elle... la pierre tombale et l'inscription qu'elle portait.

Royal S. Fairmount
1913-1968

Ainsi *il* était enterré là également ! Ils étaient tous enterrés ici, et elle-même était au bord de la tombe.

Non, pas encore, parce qu'on l'appelle à présent. La voix l'appelle, lui ordonne de s'approcher de la tombe à côté de celle du Dr Fairmount et de scruter les ombres qui recouvrent la dalle envahie par les mauvaises herbes, les ombres qui se courbent au gré de la brise tandis que la lumière augmente, que le son de la voix s'intensifie, et qu'une plaque s'effritant révèle l'identité de celle qui gît au-dessous. Le nom et les dates :

Priscilla Fairmount
1947-1968

Et la voix. La voix étouffée s'élevant vers elle depuis la tombe... l'appelant, lui disant de venir, de venir vers les ténèbres au-dessous.

Mais au moins elle n'avait pas oublié. « Joyeux anniversaire ! » murmura la voix. « Jour de ta naissance et jour de ta mort ! »

31

C'était l'heure de pointe et la circulation était un cauchemar. Mais à vrai dire, tout semblait être un cauchemar, depuis le *Joyeux anniversaire* de Russ jusqu'aux mots chuchotés par la voix. *Sa* voix, venant de sa tête.

Jour de la mort. Etait-ce là que la mort se cachait... dans sa tête ?

Lori devait savoir. Appeler le Dr Leverett ne lui fut d'aucune aide parce que l'autre voix, la voix réelle à l'accent jamaïcain, fut seulement en mesure de lui dire que le docteur n'était pas là. « Il espère faire un saut ici vers les six heures avant de rentrer chez lui », lui dit la réceptionniste. « Vous pourriez essayer de le joindre à ce moment-là. Si vous voulez laisser un message... »

Mais Lori ne laissa pas de message ; c'était quelque chose qui ne pouvait pas attendre. Elle ne pouvait pas attendre, pas le jour de son anniversaire, pas le jour de sa mort. Si la voix avait raison, il ne lui restait plus que quelques heures à vivre. Et si la voix se trompait, alors elle devenait vraiment cinoque, malgré tous leurs efforts pour tenter de la rassurer.

Et si elle présentait des troubles de la personnalité, un dédoublement de la personnalité, elle devait absolument parler au Dr Leverett avant que la voix lui parle à nouveau. Ou bien tout ceci n'était-il qu'un prolongement de son cauchemar ?

Si c'était le cas, l'homme à la chemise hawaïenne semblait avoir quitté son rêve ; une file de voitures pare-chocs contre pare-chocs était visible dans son rétroviseur après qu'elle se fut engagée sur l'autoroute, mais pas de Honda grise. Si une Honda grise l'avait vraiment suivie.

Si. Chaque chose était un *si* à présent. Si elle pouvait parler à Leverett, s'il pouvait trouver une explication logique, si elle n'était pas folle... et si elle parvenait à supporter de faire de sur place, coincée dans ces embouteillages, avant de *devenir* folle, alors peut-être le cauchemar n'était-il qu'un cauchemar après tout.

Une seule chose était certaine : elle ne pouvait pas attendre. Et même si elle réussissait à le joindre pendant qu'il était à son cabinet, ou qu'il la rappelait dans la soirée, cela ne serait pas suffisant. C'était trop facile d'être évasif au téléphone, exactement comme Russ l'avait été à propos de Ben Rupert et de l'annuaire. Ou avait-il eu réellement l'intention de lui en parler lorsqu'il avait appelé d'Acapulco ? C'était encore une chose dont elle devrait parler avec Leverett, face à face.

C'est pourquoi elle espérait arriver au cabinet de Leverett avant lui ; lorsqu'il entrerait, elle serait prête, l'attendant. Parce qu'elle devait savoir maintenant, et il n'y avait plus de temps pour d'autres *si*. Lorsqu'elle atteignit finalement la bretelle de sortie de l'autoroute de San Diego, se traîna à une allure d'escargot le long de Santa Monica Boulevard, et tourna à droite sur Bedford, les voitures continuaient de se déverser des parkings à étages, et elle n'eut aucune difficulté pour trouver un emplacement au deuxième niveau du parking situé juste en face du cabinet du Dr Leverett.

Mais après s'être faufilée témérairement entre les voitures se dirigeant vers le sud qui attendaient au feu rouge, et avoir goûté le luxe d'un ascenseur complètement vide, elle fut confrontée à un problème.

La porte du cabinet du Dr Leverett était fermée à clé.

Frapper et secouer la poignée ne changea rien. Lori consulta sa montre ; il était exactement six heures trente. Elle n'avait pas prévu que le trajet lui prendrait aussi longtemps. Leverett était-il venu et déjà reparti ? Pourquoi n'avait-elle pas eu la présence d'esprit de laisser un message ? Parce qu'elle avait perdu l'esprit, et c'était le fait de s'en rendre compte qui l'avait amenée ici. A présent elle allait devoir livrer bataille pour rentrer chez elle et appeler le service des abonnés absents de Leverett. Elle pouvait le faire depuis la cabine téléphonique au rez-de-chaussée, mais il lui était impossible de donner une heure précise après laquelle il pourrait la rappeler à l'appartement.

Rien n'est facile. A quand remontait la dernière fois où elle avait vu un film ou un téléfilm dans lequel le héros ou l'héroïne composait un faux numéro ou recevait un appel qui ne lui était pas destiné ? Cela n'arrivait que dans la réalité... ainsi que les centaines d'autres petites contrariétés, les petits ennuis de la vie quotidienne, et le climat de confusion générale qui la différenciaient d'un cauchemar, seulement jusqu'à un certain point.

Tout cela ne l'aidait absolument pas en ce moment. Et elle avait besoin d'aide, mais pas de la part de voix au téléphone, de voix dans sa tête, de voix provenant de la tombe. *Tony, où es-tu?*

Elle se retourna, secouant la tête. Mieux valait formuler autrement cette question. *Lori, où es-tu?* D'où viens-tu, où vas-tu, et quand cesseras-tu de te comporter comme une version féminine de *Hamlet*?

Ce moment était aussi bon qu'un autre pour commencer. Et pendant qu'elle y était, elle ferait tout aussi bien d'apprendre à être patiente lorsqu'elle était confrontée aux petits désagréments qui sont le lot quotidien de chacun.

C'était une bonne résolution, et elle la tint pendant qu'elle s'éloignait dans le couloir et retournait vers l'ascenseur. Ce fut là qu'elle appuya sur le bouton « Descente » et obtint une réponse immédiate : le tintement d'un signal *pas libre* et le voyant allumé montrant une flèche pointée vers le haut.

L'histoire de ma vie. Ça ne rate jamais. Lori secoua la tête. *Mais moi, je rate tout.*

Elle s'apprêtait à appuyer de nouveau sur le bouton lorsque l'ascenseur arriva à son étage et s'immobilisa. Les portes s'ouvrirent en coulissant et le Dr Leverett s'avança dans le couloir, souriant comme il l'apercevait.

— Quelle coïncidence ! dit-il. Cela fait une heure que j'essaie de vous joindre. J'ai appelé trois fois avec le téléphone de ma voiture en venant.

— En venant ?

— C'est exact. (Leverett hocha la tête.) Vous vous rappelez ce que je vous ai dit à propos de la clinique Fairmount, condamnée à être démolie en 83 ? Eh bien, j'y ai repensé ce matin et j'ai décidé de m'en assurer. J'ai découvert quelque chose de très intéressant. Les travaux de démolition ont été ajournés, le temps que soit réglé le point en litige, à savoir qui était le propriétaire légitime. A mon avis, feu votre avocat a sans doute essayé d'entrer en possession de la propriété pour lui-même, mais une chose est sûre... le bâtiment est toujours debout.

Lori le dévisagea, fronçant les sourcils.

— Comment le savez-vous ?

— Parce que je suis allé là-bas, cette après-midi.

32

Tout ça commença peut-être lorsque les mouchoirs en papier se mirent à s'en aller à vau-l'eau.

Autrefois, il y en avait deux cents dans une boîte. Ensuite le prix augmenta mais le nombre de mouchoirs descendit à cent soixante-quinze. Avant même que vous vous en rendiez compte, le prix augmenta à nouveau, même si certaines boîtes en contenaient seulement cent cinquante. Comme si cela ne suffisait pas, ils doublèrent leurs torts d'un affront en faisant des mouchoirs plus petits. Et plus fins. Ils pensaient probablement que la plupart des consommateurs ne s'en apercevraient pas, mais on ne l'avait pas aussi facilement. Elle n'était pas née d'hier.

N'importe qui, en la voyant, pouvait s'en rendre compte. L'ennui, c'est qu'elle ne pouvait pas les voir. Au train où allaient les choses, c'en était arrivé à un point où elle ne pouvait plus distinguer Phil de Oprah[1]. Mais elle ne regardait plus beaucoup la télévision à présent, depuis que sa cataracte avait empiré.

Ces derniers temps on parlait beaucoup des progrès de la chirurgie, les lasers et tout le bataclan, mais elle ne voulait pas en entendre parler, pas avec le genre de jeunes prétentieux qui pratiquaient les opérations de nos jours. Entre parenthèses, ils ne faisaient même plus d'opérations. Des interventions, voilà comment ils les

1. Présentateur et présentatrice de deux des plus populaires émissions de la TV américaine.

appelaient depuis que les honoraires avaient grimpé. Il n'y avait pas que les mouchoirs en papier qui étaient devenus plus chers. L'assurance maladie ne couvrait pas tout, pas à cent pour cent, et cela ne valait pas la peine de dépenser une petite fortune juste pour voir ces sièges de W.-C. parlants à la télévision.

De plus, les sièges de W.-C. ne parlaient pas assez fort pour elle à présent. Elle s'était rabattue sur la radio à peu près à l'époque où elle avait fait l'acquisition du trépied. C'était juste après sa deuxième chute, il y avait un an de cela. Dieu merci, elle ne s'était rien cassé, mais elle ne voulait prendre aucun risque. Mieux valait rester à la maison, seule avec la radio pour toute compagnie, que d'aller dans l'une de ces maisons de convalescence avec tous ces gens atteints de la maladie d'Alzheimer et tous les autres incurables. La majorité du personnel dans ces mouroirs étaient des incurables, eux aussi ; ces as du pistolet ne reconnaîtraient même pas une véritable infirmière s'il s'en présentait une pour leur tapoter le dos avec un thermomètre rectal.

Non, ce n'était pas la solution. Pas pour Clara Hopkins, infirmière diplômée.

Aussi, une fois par semaine, l'assistance sociale lui envoyait une personne bénévole pour faire un peu de ménage et mettre dans la machine à laver quelques chemisiers, ainsi que des serviettes de toilette et des draps en coton. Clara avait toujours une liste de commissions toute préparée, et le Ralph le plus proche se trouvait seulement deux rues plus loin, aussi l'aide bénévole pouvait y aller et être revenue pendant que le programme de la machine à laver faisait encore de drôles de bruits. Ces derniers temps, Clara n'entendait plus ces bruits aussi distinctement, mais ce qu'elle entendait de la radio était plus que suffisant pour l'aider à passer le temps.

Et parfois c'était agréable de rester tranquillement assise et de réfléchir. Réfléchir à un tas de choses. Combien de jours s'étaient écoulés depuis que la dernière liste de commissions avait été dressée, quels articles restaient encore sur les étagères du placard à provisions, et lesquels elle pourrait choisir pour confectionner un plat. En un sens, c'était ironique de ne pas avoir un très grand choix. Durant toutes ces années où elle avait été une infirmière diplômée en exercice, Clara avait rarement disposé de suffisamment de temps pour cuisiner de façon décente. Maintenant elle avait le temps mais pas l'argent.

C'est pourquoi elle aimait composer ses repas à l'avance. D'accord, elle ne pouvait plus lire des livres de cuisine, mais elle pouvait encore improviser, se débrouiller avec ce qu'elle avait et penser à quelque chose qui apporterait un peu de variété, du moins pour son repas du soir. Bien sûr, cela aurait été agréable d'avoir quelqu'un à qui parler, assis en face de vous, mais il y a des choses pires dans le monde que d'être seule.

Du moins c'est ce qu'elle essayait de se dire maintenant, assise là dans le salon et attendant que le chat vienne gratter à la porte-moustiquaire de l'entrée. Il était apparu tout d'un coup, il y avait une dizaine de jours, et elle avait commis sa première erreur en lui donnant à manger. Après cela, il était devenu un visiteur régulier, tous les soirs. Il venait toujours au coucher du soleil, ou presque toujours, et Clara devait tendre l'oreille pour entendre les grattements, tout comme elle devait plisser les yeux pour accommoder sur les contours indistincts de son corps et sa queue grise en forme de point d'interrogation. Mais au moins il lui tenait compagnie pour le dîner, et longtemps après qu'elle eut décidé quoi préparer, la radio demeurait silencieuse jusqu'à ce qu'elle puisse percevoir l'arrivée de son hôte.

C'était étrange, pensa-t-elle alors, qu'elle n'ait pas décidé comment appeler cet animal perdu, à présent qu'il l'avait adoptée. En fait, cela n'avait pas la moindre importance. Comme dit le proverbe, la nuit tous les chats sont gris. Bien sûr c'était une allusion à deux personnes se retrouvant dans un lit, et non autour d'une table, mais cela revenait à peu près à la même chose finalement. Peut-être était-ce un dérèglement endocrinien, mais Clara ne s'était jamais beaucoup préoccupée de sa vie sexuelle, ou plutôt de son absence. Autrefois, à l'époque où elle faisait ses études d'infirmière, il y avait toujours un interne ou un autre qui essayait de l'attirer dans un placard à balais pour tirer un coup vite fait, mais elle aurait préféré de beaucoup qu'on la traîne dans un fast-food. Ou même avant. Séance tenante, elle avait décidé que tous les internes se ressemblaient dans un placard à balais, et au diable tout ça.

Aussi, pendant très longtemps, avant même qu'elle devienne tout juste bonne à jeter à la poubelle, il n'y avait pas eu d'homme dans sa vie ; le seul homme qui venait dîner était un chat sans nom.

C'est pourquoi ce fut un tel choc lorsqu'elle entendit sonner. Le son était ténu, parce que la sonnette avait autant besoin d'être réparée que ses oreilles, mais cela la fit sursauter. Les chats ne sonnent pas à la porte.

— Il y a quelqu'un ?

Une voix d'homme. Les représentants faisant du porte à porte venaient rarement par ici, pas dans un quartier minable comme celui-ci. De temps en temps il y avait un témoin de Jéhovah ou un illuminé faisant partie de quelque secte religieuse, mais pas très souvent. Qui que ce soit, elle espérait qu'il ne la retiendrait pas trop longtemps car elle devait préparer son dîner.

— J'arrive, dit-elle, tirant le trépied vers elle et le tenant fermement pour se lever.

Traversant le salon jusqu'à la porte d'entrée, elle plissa les yeux vers la silhouette qui se tenait derrière la porte grillagée. Un homme de grande taille, ce qui n'était pas du tout exceptionnel de nos jours. Portant une veste, ce qui l'était.

— Mlle Hopkins ?

Un jeune homme probablement ; du moins, sa voix donnait cette impression. Il lui semblait presque qu'elle avait déjà entendu cette voix, peut-être à la radio, dans une de ces émissions de bavardages à bâtons rompus.

— Oui.

— Mlle Clara Hopkins ?

— C'est exact.

— Ravi de vous rencontrer. Je m'appelle Russ Carter.

Elle essayait toujours de le situer.

— Vous travaillez pour une station de radio ?

— Non, mais vous brûlez. Je suis journaliste...

— Je vois.

Mais elle ne voyait pas ; en fait, elle n'entendit même pas le nom du magazine lorsqu'il le lui indiqua.

— Parlez plus fort, jeune homme, dit-elle. Je suis un peu dure d'oreille.

— Désolé.

— Je le suis également.

Russ Carter parut hésiter avant de parler à nouveau.

— Cela ne vous dérange pas si j'entre un moment ?

Oh mais si, cela la dérangeait énormément. Même sans ses problèmes, le simple fait de vivre seule dans un quartier pourri comme celui-ci était une raison suffisante pour ne pas laisser entrer des inconnus dans la maison. Mais bien sûr elle ne voulait pas qu'il s'en aperçoive. C'est pourquoi elle dit :

— Et si vous me disiez de quoi il s'agit ?

— Naturellement. (Il hocha la tête vers elle de derrière la porte grillagée qui les séparait.) Il se trouve que je suis tombé sur certaines informations récemment, et mon rédacteur en chef voudrait que j'écrive un article là-dessus.

Du baratin, voilà ce que c'était. Juste du baratin pour s'introduire chez elle. Eh bien il devrait trouver mieux que ça. Elle était peut-être âgée, mais elle n'était pas sénile.

— Quel genre d'article ?

— A propos d'un homme qui était votre employeur. Le Dr Royal S. Fairmount.

— Roy ! (Clara laissa échapper le nom avant de pouvoir s'en empêcher.)

Au-delà de la porte grillagée, Russ Carter hocha la tête à nouveau.

— Alors, vous avez travaillé pour lui ?

Clara agrippa les accoudoirs de son trépied.

— Comment m'avez-vous trouvée ? Où avez-vous eu mon nom ?

— En consultant la liste des infirmières dans un

annuaire médical... un vieil annuaire. Bien sûr, j'étais déjà au courant pour la clinique.

Ce qui voulait dire qu'il devait savoir d'autres choses également. Clara tendit la main, cherchant à tâtons le loquet de la porte grillagée.

— Entrez, dit-elle.

Il entra, et elle referma la porte au loquet derrière lui.

— Merci, dit-il. J'essaierai de ne pas vous importuner trop longtemps. Juste quelques questions. En y répondant, vous m'aiderez énormément. J'aimerais en particulier que vous me parliez d'un incident qui s'est produit à la clinique Fairmount...

— Pas ici.

Faisant demi-tour, Clara s'avança aussi vite que le trépied le lui permettait, et l'homme à la moustache et aux cheveux châtains la suivit.

— Pourquoi ne pas vous asseoir là dans le coin où vous serez à votre aise?

En réalité, c'était à son propre confort qu'elle songeait, et non à celui de Russ Carter. Elle ne voulait pas fermer la porte d'entrée au cas où le chat viendrait gratter au grillage, mais elle ne voulait pas que les voisins ou quiconque passant par là entendent ce que ce Russ Carter avait à dire. Et quoi qu'il puisse avoir en tête, il allait faire les frais de la conversation ; elle l'avait déjà décidé.

Il traversa la pièce, puis resta debout près du canapé, attendant qu'elle se fût installée dans le fauteuil placé en face de celui-ci. Tout en s'asseyant, il regarda vers la lampe dans le coin.

— Voulez-vous plus de lumière?

Elle secoua la tête.

— Je n'en ai pas besoin. Cela me fait mal aux yeux lorsqu'elle est trop vive. Photophobie.

Lorsqu'il s'adossa au canapé, son visage fut dans l'ombre mais elle crut déceler un sourire sous la moustache.

— Quand on a été infirmière, on le reste pour la vie.

— C'était il y a longtemps. J'ai pris ma retraite en 82.

— Et vous avez emménagé ici. (Il hocha la tête.) Mais

durant la période qui m'intéresse, vous habitiez la clinique Fairmount.

— En 1967.

— Et 68. (Carter se pencha en avant.) Avec le Dr Chase et le Dr Fairmount.

— Seulement quelques mois, en 68, le reprit Clara. Le Dr Fairmount est mort début avril.

— Mais d'après ce que j'ai appris, la clinique est restée ouverte jusqu'à la fin de l'année, à peu de chose près.

Clara secoua la tête.

— Je ne savais pas cela.

Apparemment le ton de sa voix avait été convaincant, parce qu'il ne fit pas de remarque.

— Et pour le Dr Chase ?

— Je ne savais pas non plus.

— Alors je suppose que vous n'avez eu aucun contact avec lui depuis ? dit-il.

Du moins, c'est ce qu'elle pensa qu'il disait ; c'était difficile de l'entendre distinctement, difficile de le voir distinctement tandis que les ombres s'amoncelaient dans ce coin de la pièce. Non qu'elle eût vraiment envie de le voir ou de l'entendre, particulièrement lorsqu'il posait des questions comme celles-là.

Acquiescer de la tête c'est ce qu'elle avait de mieux à faire, mais cela ne l'arrêta pas.

— En fait, c'est là que je veux en venir : sauriez-vous par hasard où on peut maintenant joindre le Dr Chase ?

— Je n'ai eu aucune nouvelle le concernant depuis plus de vingt ans.

— Vous n'avez pas une idée de l'endroit où il est allé, ou de ce qu'il est devenu après que la clinique a fermé ?

— Pas la moindre idée. (Clara marqua un temps, puis délivra le reste du message.) Et je ne veux plus parler de ça.

— Très bien. Passons à autre chose. Si j'ai bien compris, le Dr Fairmount était veuf ?

— Oui, depuis de nombreuses années. Sa femme est morte en couches, et il ne s'est jamais remarié.

— Il avait une fille, n'est-ce pas ?

A nouveau Clara se sentit plus en sécurité en acquiesçant.

— Est-ce que vous vous souvenez de son prénom?

Cette fois, hocher la tête ne servirait à rien et secouer la tête ne serait pas suffisant.

— J'ai bien peur que non.

— Est-ce que ce ne serait pas Priscilla?

Ce qui voulait dire qu'il le savait depuis le commencement. Jouer au chat et à la souris, voilà ce qu'elle devait faire à présent. L'astuce, c'était de lui en dire juste assez pour qu'il soit obligé de poser d'autres questions... des questions qui lui montreraient ce qu'il savait exactement. Autant commencer la partie tout de suite. A elle de jouer.

— C'est ça, dit-elle. Son prénom était Priscilla. La raison pour laquelle je ne m'en souvenais pas c'est que je ne la voyais pas beaucoup. La plupart du temps, lorsque je travaillais à la clinique, elle n'était pas là. Elle faisait ses études.

— Au collège Bryant.

Tandis que Carter répondait, elle se rendit compte qu'il ne consultait même pas de notes. Il était impossible de savoir combien d'autres choses il avait déjà apprises... mais elle devait le lui faire dire, c'était tout le but du jeu. Ce qui signifiait prendre des risques. Des risques comme de dire la vérité, ou du moins une partie de la vérité.

— Maintenant que j'y pense, je l'ai vue un peu plus souvent après qu'elle eut laissé tomber ses études.

— C'était à la fin de l'hiver ou au début du printemps 68, n'est-ce pas?

— A peu près à cette époque. Difficile de s'en souvenir. Cela s'est passé il y a si longtemps.

— Comment était Priscilla?

Clara choisit ses mots avec soin.

— Intelligente. Mais indisciplinée. Elle était gâtée, pourrie par son père.

Russ Carter se pencha en avant.

— Que lui est-il arrivé après que le Dr Fairmount fut décédé?

— Je ne sais pas.

— Je pense que vous le savez.

Bien sûr qu'elle le savait, mais elle n'allait pas le lui dire. Il savait déjà trop de choses. Le jeu du chat et de la souris donnait des résultats, mais c'était elle qui perdait.

— Pourquòi continuez-vous de me poser toutes ces questions ? Je vous ai dit que je ne voulais pas en parler.

— Vous n'avez aucune raison d'avoir peur, pas après tout ce temps. Il y a prescription depuis longtemps.

— Je n'ai pas peur, lui dit-elle. Je ne me souviens pas, c'est tout.

Mais elle se souvenait.

33

Clara se souvenait de tout ; comment aurait-elle pu oublier la clinique après ce qui s'était passé là-bas ?

Cela avait commencé avec Priscilla, bien sûr. Au début, le travail lui avait semblé idéal ; un bon salaire, et être logée chez son employeur lui laissait plus de temps libre, du temps qu'elle ne perdrait pas en se rendant en voiture à son travail et en en repartant. Le Dr Fairmount avait ce petit appartement au-dessus du garage, derrière la clinique, juste deux pièces, meublées, mais cela lui suffisait amplement. Et une fois qu'elle avait terminé son travail, ni le Dr Fairmount ni le Dr Chase ne la dérangeaient jamais, sauf s'il y avait une urgence. C'était agréable de travailler avec eux, pas comme les chirurgiens à qui elle avait généralement affaire dans les grands hôpitaux. Elle s'entendait bien avec les infirmières travaillant à temps partiel qui assuraient les autres gardes ; elles allaient et venaient, bien sûr, aussi elle avait rarement l'occasion de les connaître vraiment. Elle était la seule infirmière diplômée, et du moment qu'elles suivaient ses directives, tout allait bien. Il y avait quelques opérations chirurgicales pour des malades venant consulter à la clinique, principalement sous anesthésie locale, aussi on pouvait très bien se débrouiller avec des infirmières stagiaires. La plupart des patients venaient pour un diagnostic ou une consultation, et il n'y avait pas toute cette foutue paperasserie dont la Sécurité sociale ou les compagnies d'assurances privées vous inondent aujourd'hui.

Et puis Priscilla revint à la maison, et ce fut l'enfer.

Car Priscilla était vraiment une créature infernale. Une enfant gâtée, et une nymphomane par-dessus le marché. Mais on ne pouvait rien lui dire, pas avec Roy prenant toujours sa défense. Il avait un fichu caractère, et peut-être en avait-elle hérité, mais lorsqu'il s'agissait de sa fille le Dr Fairmount était une nouille.

C'est le terme qu'on emploie aujourd'hui, mais à l'époque, lorsque tout cela arriva, Clara avait employé d'autres termes, un tas d'autres termes, s'efforçant de faire entendre raison à Roy Fairmount dans son propre intérêt. Peut-être était-ce là qu'elle avait commis une grosse erreur. Pendant quelque temps, après qu'ils en furent venus à s'appeler par leurs prénoms, Clara se dit qu'elle allait peut-être avoir une liaison avec Roy, mais Priscilla réduisit tout cela à néant.

Ils ne se disputèrent pas vraiment à cause d'elle, mais tout simplement il ne voulait pas entendre raison. Allons, c'était sa fille, son enfant unique, sur le point de passer brillamment ses examens, et puis elle laissait tomber ses études, sans même un mot d'explication. Le moins qu'il pouvait faire, c'était d'exiger qu'elle lui dise pourquoi.

Mais il ne le fit pas, même lorsqu'il avait l'occasion de lui parler, ce qui n'arrivait pas souvent. La plupart du temps, elle n'était pas là, rodant cette petite Jaguar d'un prix exorbitant qu'il lui avait offerte à Noël. Bien entendu, Son Altesse ne prenait jamais la peine de dire à Papa où elle allait, mais Clara entra par hasard dans le bureau de Roy une ou deux fois alors que Prinscilla était au téléphone. D'après ce qu'elle entendit, elle comprit que la jeune fille faisait de fréquentes virées jusqu'au collège. Son petit ami du moment, Rick Corey, était toujours inscrit là-bas, du moins pendant les cinq premiers jours après qu'elle fut rentrée à la maison.

Cinq jours? Difficile de croire que cela n'ait pas été plus long, mais en réfléchissant bien, les dates concordaient. Priscilla arriva un vendredi, avec ses bagages et sans la moindre explication. Si le Dr Fairmount était trop lâche pour en exiger une, il aurait pu appeler le collège pour obtenir des précisions, mais pas durant le week-end. Donc le vendredi, le samedi et le dimanche, elle resta à la maison. Le lundi également, parce que Roy dut prendre l'avion jusqu'à Scottsdale et témoigner en faveur de l'un de ses anciens patients dans un litige l'opposant à une compagnie d'assurances. Il aurait probablement téléphoné le mardi matin à la première heure, mais ce fut à ce moment que Priscilla apprit la nouvelle.

En fait cela était arrivé très tard dans la soirée de samedi, mais les parents de Rick Corey attendirent jusqu'au mardi matin pour téléphoner et dire à Priscilla que l'enterrement aurait lieu le mercredi, un enterrement dans la plus stricte intimité.

Clara ne parvint jamais à découvrir les détails de l'affaire ; le père de Rick était un sénateur d'Etat qui avait certainement un tas de relations, parce qu'on n'en parla jamais dans les journaux ou à la radio. D'après ce que dit Priscilla, le gosse avait apparemment été la victime de l'un des premiers tireurs fous en voiture. Difficile à croire, mais cela ne se produisait pas souvent à cette époque. Quant à savoir ce qu'il faisait dans un bar chicano pour commencer, cela ne regardait par Clara, bien sûr, mais personne ne pouvait l'empêcher de penser que peut-être il n'était pas seul et que quelqu'un avec une bagnole et une arme l'attendait à la sortie.

Quoi que les flics aient fini par apprendre, cela ne fit jamais la une des journaux. Pas plus que l'enterrement.

Priscilla pleurait encore lorsqu'elle partit pour le cimetière le mercredi après-midi, mais lorsqu'elle revint juste avant la tombée de la nuit, les larmes avaient séché.

Clara ne se rappelait pas l'heure exacte, mais cela devait avoir été après cinq heures parce que le dernier patient était déjà parti. La journée avait été très chargée, avec trois opérations chirurgicales dans la petite salle du premier étage, et c'était probablement une bonne chose. Roy et le Dr Chase étaient très tendus depuis qu'ils avaient appris la nouvelle au sujet du petit ami de Priscilla, et en voyant comment elle avait réagi ; au moins, pendant qu'ils opéraient, ils avaient d'autres choses à penser.

Maintenant il n'y avait plus rien pour distraire leur attention. Le Dr Chase était dans une pièce du fond, se changeant et se préparant à sortir ; il y avait un dîner organisé par une amicale de médecins à Santa Monica. Mais le Dr Fairmount attendait près de la porte d'entrée lorsque sa fille arriva, et à partir de ce moment Clara se souvenait parfaitement de tout ce qui s'était passé.

Trop nettement.

Comment Priscilla avait traversé le vestibule, ignorant son père, et avait monté l'escalier sans dire un mot. L'expression dure et crispée sur son visage. L'expression de stupeur sur celui du Dr Fairmount, et ensuite la façon dont son expression avait changé comme il se retournait pour la suivre. Clara se dirigeait vers le vestibule lorsque cela se produisit, et elle arriva au moment précis où la porte d'entrée s'ouvrait. Quelque chose lui dit de s'arrêter et elle se tint derrière l'escalier, sans attirer l'attention sur elle.

Ce fut alors qu'elle vit l'expression du Dr Fairmount se modifier, et son regard devenir dur et furieux, exactement comme celui de Priscilla. Tandis qu'il suivait sa fille dans l'escalier, Clara comprit que cette fois un affrontement était imminent.

Des bruits retentirent dans la cage d'escalier. Une porte claqua. Des poings martelèrent le panneau. Encore maintenant elle pouvait se rappeler la colère dans la voix de Roy. « Ouvre la porte ! Tu m'entends ? Ouvre la porte… »

Impossible de dire combien de temps cela dura ; Clara se tenait figée au bas de l'escalier, et à partir de ce moment, le temps sembla se figer également.

Tout ce qu'elle savait c'est que Priscilla finit par ouvrir la porte et ce dut être Roy qui la fit claquer après qu'il fut entré. A cette époque Clara n'avait pas de problèmes d'audition, mais la porte de la chambre à coucher étouffait les sons ; il y avait des éclats de voix derrière le panneau, mais elle ne pouvait pas distinguer les mots.

Pas plus que le Dr Chase. Clara se souvint combien

elle avait été surprise de le trouver brusquement à côté d'elle dans le vestibule, habillé et prêt à se rendre à son dîner.

— Que se passe-t-il là-haut ? demanda-t-il.

— Je ne sais pas, lui dit Clara.

Et elle ne savait pas ; et lorsqu'elle sut, il était trop tard. Autrement, tous deux auraient monté cet escalier en courant au lieu de rester là comme des imbéciles, à écouter ces cris assourdis provenant de derrière la porte close de la chambre à coucher.

Puis, tout d'un coup, la porte fut ouverte. D'une poussée brutale, parce que tu as entendu le bruit de la poignée cognant violemment contre le mur. Tu les as entendus crier tous les deux. A tue-tête et si vite que tu avais du mal à distinguer une voix de l'autre.

« *Où crois-tu aller comme ça ma petite je ne te le dirai pas oh mais si tu vas me le dire ôte-toi de là tu ne sortiras pas de cette pièce tant que je n'aurai pas reçu des explications laisse-moi passer merde reviens tout de suite ici...* »

Mais Priscilla n'obéit pas parce qu'à ce moment tu l'as aperçue sur le palier, se dirigeant vers l'escalier. Tu as vu le sac passé en bandoulière à son épaule et la façon dont le petit sac de voyage qu'elle portait cognait contre sa jambe droite tandis qu'elle marchait.

Ce fut Roy qui l'arrêta juste comme elle atteignait le haut de l'escalier. Tu t'en souviens à présent, comment aurais-tu pu oublier ?

« *Je ne te laisserai pas partir tu as compris laisse-moi passer seulement lorsque tu m'auras dit la vérité ne me touche pas je suis ton père j'ai le droit de savoir lâche-moi salaud retire tes sales pattes...* »

Tu as vu cela se passer alors. Tu l'as vue se dégager d'un mouvement brutal. Tu l'as vue trébucher, tu l'as vue perdre l'équilibre et tomber dans l'escalier la tête la première, puis dégringoler et rouler et tomber encore et encore. Et tu te souviendras toujours de cela et tu le reverras encore et encore et encore.

Etrange, cette partie était si nette et la suite était si confuse. Tu étais en état de choc, voilà la raison. Ramassant automatiquement les effets qui s'étaient répandus du sac de voyage lorsqu'il avait roulé au bas de l'escalier. Ce fut le Dr Chase qui souleva Priscilla et la prit dans ses bras. Même alors, Clara devina ce qui était arrivé à la façon dont la tête de la jeune fille était tordue contre son épaule droite.

Brouillard. Le Dr Fairmount s'exclamant : « Oh mon Dieu ! » Le Dr Chase l'appelant, lui disant de monter, nous avons besoin de vous, il faut que nous l'opérions tout de suite.

Un brouillard, le brouillard complet, jusqu'à ce qu'elle sente une douleur cuisante sur sa joue gauche et réalise que le Dr Chase venait de la gifler.

Mais cela produisit son effet, et elle fut efficace, ils furent tous efficaces.

Roy était éperdu. « Il faut que nous la sauvions. » Il répéta ça continuellement, durant toute la nuit. En fait, ce fut le Dr Chase qui prit les choses en main, il donnait les ordres, elle et Roy les exécutaient. Et au matin il semblait qu'ils l'avaient sauvée, du moins ce qui restait d'elle.

Une nuque brisée était responsable de la paralysie, et aucune opération chirurgicale ne pourrait remédier à cela. Priscilla avait eu un arrêt cardiaque et même si les signes vitaux se stabilisaient, elle était dans le coma. Son cerveau avait cessé de fonctionner. Elle avait été placée sous respirateur artificiel et c'est ce qui permettait de maintenir les fonctions cardiaques et respiratoires.

A nouveau le brouillard, probablement dû à la fatigue. En y repensant Clara se dit que tous trois n'avaient probablement pris aucun repos durant les trente-six heures qui suivirent, parce que tout ce temps fut nécessaire pour faire un diagnostic de l'état de Priscilla. En attendant, bien sur, les rendez-vous furent annulés, sauf pour des patients venant pour des piqûres ou pour un renouvellement d'ordonnance, des tâches de routine dont pouvaient se charger les infirmières travaillant à temps partiel et les stagiaires.

Trente-six heures sans se reposer. Avaient-ils même pris le temps de manger un morceau ? Ils l'avaient certainement fait, à un moment ou à un autre, mais elle ne s'en souvenait pas. Lorsque le vendredi soir arriva et que la clinique put légitimement fermer ses portes pour le weed-end, elle était complètement épuisée. A tel point qu'il lui fallut une minute pour comprendre ce que le Dr Chase disait à Roy maintenant.

« Enceinte. »

« Non... » La voix de Roy était stridente.

« Un peu plus de trois mois, à quelques jours près. C'est un miracle qu'elle n'ait pas fait une fausse couche lorsqu'elle est tombée. Mais le fœtus est vivant... il semble indemne, normal. Nous allons devoir faire appel à un spécialiste pour prendre une décision.

« Non ! » Cette fois, la réponse fut ferme. « A quoi cela nous avancerait-il ? Autant regarder les choses en face. Les lésions cérébrales sont irréversibles, ce qui veut dire que c'est seulement une question de temps. Dans quelques jours ou dans quelques semaines elle va mourir, alors pourquoi prolonger cette situation ? Je ne veux pas rester assis ici et la regarder, sans pouvoir rien faire. La meilleure chose c'est de tout débrancher tout de suite. Légalement, elle est déjà morte. »

« Mais le fœtus est encore en vie. »

« Cela ne m'intéresse pas. »

« Pourtant, cela vaudrait mieux. Au regard de la loi, si vous débranchez ces fils maintenant, vous pourriez être inculpé de meurtre. »

En y repensant, Clara comprit qu'il avait sans doute dit la vérité ; de telles lois étaient en vigueur, voilà vingt ans, et elle avait entendu parler d'affaires où des médecins avaient été inculpés et poursuivis en justice.

« Je regrette maintenant que vous ayez signalé l'incident à la police », dit Roy.

« Je ne l'ai pas fait. »

Ça, c'était du nouveau pour Clara, ainsi que pour le Dr Fairmount.

« Mais je me souviens parfaitement que je vous ai dit de téléphoner... »

« J'ai décidé de n'en rien faire. »

« *Vous* avez décidé ? »

« Aucun de nous n'était en état de réfléchir normalement à la situation lorsque cela est arrivé. Si j'avais donné ce coup de fil, nous serions à présent au beau milieu d'une enquête de la police. Au lieu de soigner Priscilla, vous et moi passerions notre temps au poste de police à faire des dépositions. »

« Mais ce qui est arrivé était un accident, nous le savons tous les deux ! »

« Alors pourquoi quelqu'un d'autre devrait-il en être informé, du moment que nous avons la conscience tranquille ? »

C'est à ce moment que Clara aurait dû intervenir ; elle le comprenait à présent, mais cela venait trop tard.

D'ailleurs, le Dr Chase ne lui avait pas laissé le temps de réfléchir.

« Personne ne sait ce qui est arrivé excepté vous, moi et Clara. Laissons les choses ainsi, au moins pendant quelques jours. En attendant, je suggère que nous interdisions l'accès de cette pièce à quiconque — personne ne sait que Priscilla est ici et il n'y aucune raison pour que quelqu'un l'apprenne. En ce qui concerne le personnel, on nous a amené d'urgence une personne victime d'un grave accident de la route durant le week-end. Si des gens vous interrogent au sujet de Priscilla, répondez qu'elle a quitté le collège pour des raisons de santé, et qu'elle est partie en vacances... quelque chose comme ça. »

Le Dr Fairmount secoua la tête. « Mais pourquoi ? Tôt ou tard... »

Ce fut à ce moment que Chase demanda à Clara de sortir, et elle le fit, parce qu'une bonne infirmière obéit toujours aux ordres d'un docteur. Mais rien n'empêche une bonne infirmière de rester dans le couloir et d'écouter ce qui se passe derrière une porte close. Ou d'essayer d'écouter.

Aujourd'hui, après coup, Clara était en mesure d'assembler exactement tout ce qui s'était dit. Mais sur le moment elle entendit seulement des bribes et des fragments de phrases.

« Vous ne comprenez donc pas... pense qu'il nous reste une chance... la maintenir en vie et sauver l'enfant... »

« ... fou même de proposer une telle chose... ma fille ne vous servira pas de cobaye... »

« Réfléchissez bien... au moins une chance si nous essayons... soit cela, soit nous prévenons la police... à vous de choisir... »

Le choix de Roy ne faisait pas le moindre doute, et il n'y eut pas de doutes ni de repos durant les jours qui suivirent. Apparemment, l'histoire à propos de soins intensifs vingt-quatre heures sur vingt-quatre fut acceptée par le personnel ; de toute façon, elle fut encore plus plausible après la livraison de tout ce matériel sophistiqué que le Dr Chase avait commandé. Cela avait dû coûter une petite fortune, mais Roy ne fit aucune objection, pas plus qu'il ne dit quelque chose lorsque les consultations commencèrent à diminuer parce que lui et Chase passaient tout leur temps au premier étage, derrière des portes verrouillées.

Clara était très occupée également, et c'était une bonne chose ; au moins ses tâches la tenaient éloignée du personnel, et il lui était plus facile d'éviter les questions. Elle dormait seulement cinq ou six heures par nuit et, à part les pauses pour les repas, elle passait la plus grande partie de son temps dans la chambre fermée à clé.

Mais elle était dans sa propre chambre, profondément endormie, la nuit où Roy eut son embolie fatale.

Jusqu'à ce jour elle ne savait pas exactement ce qui s'était passé, mais elle pouvait le deviner. Voir ainsi Priscilla dans le coma, reliée à tous ces appareils, cela avait été une épreuve trop pénible pour un père. Aussi y avait-il eu une nouvelle dispute, et à nouveau Clara avait une idée assez précise de ce que Nigel Chase avait dit à Roy.

Cette certitude lui venait du fait que Chase employa la même tactique avec elle plus tard, lorsqu'il lui annonça qu'il laissait Priscilla sous respirateur artificiel.

Toute cette histoire selon laquelle c'était une occasion unique de faire progresser la médecine contenait sans doute une part de vérité, mais apparemment cela n'avait pas convaincu Roy et cela ne la persuadait pas, maintenant qu'il n'était plus là... mort et enterré après des obsèques faites à la hâte et dans la plus grande discrétion, une fois le permis d'inhumer signé par Nigel Chase, docteur en médecine. Il avait réglé tous les problèmes, se mettant en rapport avec les autorités concernées et prenant les dispositions nécessaires pour l'enterrement, mais il n'avait pas prévu qu'il y aurait un problème avec Clara.

« Faire progresser la médecine ne m'intéresse pas, lui dit-elle. Et je ne veux plus être mêlée à cela. »

« Cela signifie-t-il que vous avez l'intention de prévenir la police ? »

« Non, tout ce que je veux c'est m'en aller. Je vous ai donné ma parole que je ne leur dirai rien. »

« Mais moi, je n'ai rien promis. »

« Que voulez-vous dire ? »

« Je veux dire que si vous partez d'ici contre mon gré, c'est moi qui irai trouver la police. Je suis prêt à affirmer sous serment que l'état de Priscilla n'est pas le résultat d'un accident... que j'ai assisté à une violente dispute entre vous deux, à une bagarre qui a pris fin lorsque vous l'avez poussée dans l'escalier. »

Ce devait être ainsi qu'il avait menacé Roy et provoqué sa crise cardiaque ; elle ne pouvait pas le prouver mais elle en était à peu près certaine.

« Vous ne me faites pas peur », dit-elle.

Mais il lui avait fait peur et il le savait, parce qu'il n'exerça pas d'autre pression sur elle. « Vous n'avez rien à craindre », lui dit-il. Nous sommes solidaires dans cette affaire. Tout ce que je vous demande c'est votre coopération. »

Coopérez, sinon... voilà ce qu'il voulait dire. S'il mettait sa menace à exécution, tous deux savaient ce qu'il en résulterait. Sa parole contre celle de Clara.

Paroles. L'une des choses dont Clara avait gardé un souvenir très net jusqu'à ce jour, c'était la façon dont Chase parlait à la jeune fille dans le coma, exactement comme si elle était une future mère tout à fait normale. C'était ce qu'il essayait de faire, expliqua-t-il ; veiller à ce que le fœtus soit traité tout à fait normalement. Lorsque Chase n'était pas présent, il y avait toujours le son d'une musique douce sortant des haut-parleurs stéréo.

L'une des principales tâches de Clara était d'alimenter Priscilla par perfusion ; une alimentation spéciale, enrichie aux hormones, s'ajoutant au sucre, protéines et graisses injectés par intraveineuse. Le Dr Chase se préoccupait tout particulièrement des hormones parce que les lésions cérébrales avaient atteint l'hypophyse.

La respiration de Priscilla était contrôlée vingt-quatre heures sur vingt-quatre, réglée de façon à maintenir l'apport en oxygène nécessaire pour le sang du bébé. Et c'était un bébé à présent, vivant et bougeant dans l'abdomen que Chase caressait de la main tout en murmurant des paroles apaisantes. Sur le moniteur on pouvait voir les pulsations du cœur du bébé augmenter en réponse à tout bruit extérieur.

Comment le Dr Chase parvenait-il à tenir le coup, c'était presque plus que Clara ne pouvait comprendre. Presque, mais pas complètement, une fois qu'elle eut compris à quel point il était obsédé par son projet. A un moment ou à un autre, il avait dû puiser dans le fonds de réserve, correspondant à son capital investi dans la clinique, parce qu'il ne semblait pas se soucier du fait que le nombre des consultations s'amenuisait au fur et à mesure que les semaines passaient. En fait, il avait adressé à d'autres médecins les quelques nouveaux patients et la plupart des malades en cours de traitement. Lorsque vint le week-end du Memorial Day[1], il lui sembla parfaitement logique de licencier tout le personnel avec une compensation pour perte d'emploi et de vagues promesses concernant la recherche d'un nouvel associé et la réouverture de la clinique à l'automne.

Clara aurait dû partir avec les autres, même si cela signifiait risquer des ennuis avec la police. Même s'il avait été en mesure de mettre sa menace à exécution et de faire retomber toute la faute sur Clara, cela ne l'aurait pas sauvé. A présent, le premier venu aurait pu se rendre compte, exactement comme elle le faisait, que Chase était sous l'emprise d'une obsession incontrô-

1. Ou *Décoration Day*: le 30 mai, fête nationale pour honorer les soldats morts pour la patrie (*N.d.T.*).

lable. Ce fut à cette époque qu'il installa un lit de camp dans la chambre et qu'il commença à dormir là, et il passait la plus grande partie de ses heures de veille à scruter les moniteurs et à observer.

Clara ne se souciait pas vraiment de ce qu'il faisait, aussi longtemps qu'il était là, parce que, lorsqu'il s'absentait, elle devait le remplacer, continuant de veiller sur une femme qui était cliniquement un cadavre.

C'était ainsi que Clara se souvenait de Priscilla: un cadavre. Encore maintenant, il y avait des moments où elle se sentait hantée par ces souvenirs. Le pire, c'était lorsque Chase avait exigé qu'elle applique un nouveau maquillage sur le visage cireux de Priscilla tous les jours, et qu'elle la coiffe. Peigner les cheveux d'un cadavre, d'une morte dont le corps contenait un être vivant.

Cela parut continuer ainsi pendant une éternité mais l'éternité dura seulement onze semaines. Le soixante-dix-septième jour, le balayage ultrasonique confirma que la croissance du bébé s'était ralentie à tel point que l'inévitable ne pouvait être différé plus longtemps.

Le minuscule bébé vint au monde par césarienne, une petite fille née deux mois avant terme, et pesant un peu plus de trois livres. Le Dr Chase la plaça sous respirateur artificiel et elle survécut.

Mais aucun respirateur n'aurait pu sauver Priscilla; elle était morte avant l'accouchement.

Et le chat grattait à la porte.

Le bruit était léger, mais il couvrit les voix du passé. Clara battit des paupières, ses yeux scrutant le présent. Combien de temps lui avait-il fallu pour se souvenir? Peut-être seulement quelques secondes... n'est-ce pas ce que l'on dit à propos de quelqu'un qui se noie, que toute votre vie défile devant vos yeux?

Probablement une absurdité ; lorsque vous vous noyez vous êtes morte et vous ne revenez pas pour dire ce qui s'est passé durant vos derniers instants. Tout ce qu'elle savait c'est que Priscilla était morte, mais les souvenirs étaient encore vivants.

Ainsi que Russ Carter. Comme elle accommodait de nouveau, elle vit qu'il était assis avec raideur sur le canapé, regardant vers la porte.

— Quel est ce bruit ? demanda-t-il.
— Le chat veut entrer.
Clara tendit la main vers le trépied tout en parlant mais son visiteur était déjà debout.
— Je vais le chercher.
Il s'éloigna vers la porte et revint un moment plus tard, tenant le chat dans ses bras. S'asseyant de nouveau, il caressa la tête de l'animal avec sa main gauche.
— Une mignonne petite chatte, dit-il. Comment s'appelle-t-elle ?
— C'est un mâle, et il n'a pas encore de nom.
— Vous pourriez peut-être l'appeler Roy. Ou Nigel.
Elle s'efforça de garder une voix ferme.
— Mais de quoi parlez-vous ?
— De certaines des choses que vous dites ne pas vous rappeler. (C'était difficile de l'entendre parce que sa voix se confondait avec le ronronnement du chat sur ses genoux.) Mais vous n'avez pas besoin d'en parler, Clara. Je pense que j'en sais déjà suffisamment.
Ses doigts continuaient de caresser le chat et le chat continuait de ronronner ; le chat qu'il avait laissé entrer, la vérité qu'elle avait laissé échapper. Carter savait qu'elle savait, ce qui voulait dire que le jeu du chat et de la souris était terminé. Ou presque terminé.
— Je n'en ai plus que pour une minute, disait-il. Encore quelques détails que vous pourriez me donner.
Elle secoua la tête en hâte.
— Je n'ai rien à ajouter.
— Dans ce cas, c'est moi qui vais parler. Tout ce que je vous demande de faire c'est de hocher la tête, oui ou non.
Sa main s'immobilisa, tenant délicatement la tête du chat tandis qu'il attendait sa réponse.
— Non... je ne veux pas...
— Inutile de crier, Clara. (Ses doigts se refermèrent autour du cou du chat.) Parce que si vous ne le faites pas, quelque chose va arriver à ce chaton, quelque chose qui ne vous plaira pas.
Clara se pencha en avant.
— Je vous en prie, vous ne feriez pas ça...

— Ne me mettez pas à l'épreuve. (Le cou du chat était si petit et sa main était si grosse.) Rappelez-vous ce que j'ai dit, juste un signe de la tête, oui ou non.

Elle ferma les yeux, mais cela ne fit pas disparaître sa voix.

— La naissance de l'enfant n'a pas été déclarée, est-ce exact?

Clara était assise, immobile. Puis les doigts de l'homme commencèrent à serrer le cou du chat et elle hocha la tête.

Elle ouvrit les yeux, se rendant vaguement compte que le réverbère au coin de la rue s'était allumé bien que sa lueur lointaine filtrât à peine à travers les lames du store baissé de sa fenêtre. Mais la lumière ici dans la pièce était suffisante. Elle voyait la main et le chat tout à fait distinctement. Le chat ne ronronnait plus à présent, et elle entendait distinctement également.

— Pendant que l'enfant était en couveuse, vous et Chase êtes restés à la clinique, seuls?

Hochement de tête.

— Combien de temps? Deux ou trois mois, jusqu'à ce que l'enfant ait atteint une taille et un poids normaux?

Clara hocha la tête à nouveau.

— C'est à ce moment que Chase s'est occupé de l'adoption?

Cette fois, Clara ne hocha pas la tête. Elle était assise là, observant, observant les doigts se raidir, observant l'autre main se lever pour saisir l'arrière-train minuscule, empêchant tout mouvement.

Mais pas les mouvements de Clara. Elle hocha la tête, une fois de plus.

— Alors vous étiez au courant pour l'adoption? (Il marqua un temps, attendant le hochement de tête, et lorsqu'il vint, sa réaction fut rapide.) Mais vous n'en avez jamais parlé à quiconque, n'est-ce pas? Chase vous a probablement flanqué une frousse terrible en disant que vous seriez arrêtée pour complicité. Cela a dû se passer juste avant qu'il mette les voiles, et vous avez pris ce travail à Riverside pendant un an, exact?

Hocher la tête. Hocher la tête, mais essayer de ne pas

lui montrer que tu trembles. Tu trembles intérieurement parce que maintenant ce n'est plus un secret, pas lorsqu'un journaliste peut divulguer l'histoire dans tous les kiosques.

— Inutile de vous inquiéter. (Est-ce qu'il pouvait également lire dans ses pensées?) Vous n'avez rien à craindre parce qu'il ne reste personne qui pourrait déposer contre vous. Ils sont tous morts...

C'était sa voix qui tremblait à présent, mais il fallait qu'elle parle.

— Et le Dr Chase? Il est parti en même temps que moi, mais il ne m'a jamais dit où il allait. Comment pouvez-vous être sûr qu'il est mort?

— Lisez mon article lorsqu'il sera publié.

Il se leva, sa main gauche tenant toujours l'arrière-train du chat, sa main droite enserrant toujours le cou de l'animal. Comme la queue du chat cinglait frénétiquement sa poitrine, il durcit sa prise.

— Je vous en prie! (Clara plissa les yeux vers sa silhouette se découpant sur la lumière de la lampe.) Ne lui faites pas de mal... vous avez promis de ne pas lui faire de mal si je répondais à vos questions...

— Et vous l'avez fait, Clara.

La tête indistincte dodelina au-dessus d'elle.

— Alors lâchez-le!

Le chat sauta et se sauva comme les doigts dans l'ombre relâchaient leur prise sur l'arrière-train et le cou.

Lorsqu'ils serrèrent à nouveau, ce fut autour de la gorge de Clara.

34

Lori s'assit tandis qu'Anthony Leverett allait jusqu'à son bureau, allumait et posait son attaché-case à côté de la lampe. Elle se força à demeurer silencieuse jusqu'à ce qu'il se fût installé derrière le bureau.

— Vous n'allez pas me dire ce qui s'est passé? demanda-t-elle.

— C'est bien mon intention. (Dans la lumière de la lampe les yeux de Leverett scrutèrent les siens.) Mais vous n'êtes pas venue ici par hasard. Lorsque j'ai appelé, la réceptionniste a dit que vous aviez essayé de me joindre. Et vous ne seriez pas ici maintenant à moins que vous ne jugiez que c'est important.

— Plus tard. (Lori se pencha en avant.) D'abord je veux que vous me parliez de la clinique.

Comme elle se penchait en avant, Leverett se carra dans son fauteuil.

— C'est très étrange, vous savez, ce penchant que nous avons à considérer des informations de source autorisée comme des faits établis. Simplement parce que la clinique avait été condamnée à être démolie, tout le monde était persuadé que les bâtiments avaient été rasés depuis longtemps. Non pas que quiconque ait eu la moindre raison de s'en assurer, en dehors de vous-même et de votre ami le journaliste.

Lori secoua la tête.

— S'il l'avait fait, il me l'aurait dit.

Le moment était venu de parler au Dr Leverett, de lui parler de sa dispute avec Russ, de lui parler de l'homme qui la suivait, de lui parler du rêve. *Le jour de ta mort*. Mais non, cela pouvait attendre. La clinique était plus importante. Elle ne savait pas pour quelle raison, mais quelque chose lui disait qu'il en était ainsi.

— Pourquoi me faites-vous attendre? dit-elle.

Et il *temporisait*, exactement comme tous les autres — Ben Rupert, le lieutenant Metz, même Russ — la harcelant de questions, lui disant des choses dans son intérêt, ne lui disant pas des choses dans leur intérêt. Et maintenant, si elle ne pouvait pas avoir confiance en Leverett...

Il lui souriait.

— Vous êtes très perspicace.

— J'en ai plus qu'assez de tenir le rôle de la femme passive, lui dit-elle.

— Bien. C'est ce que je désirais entendre. (Il ne souriait plus à présent.) La passivité a été l'un des problèmes depuis le commencement. Dépendant entièrement d'autres personnes, obéissant aveuglément aux ordres que vous donnaient vos rêves, recherchant des images de l'autorité comme Russ et moi-même. J'aimerais croire que cette phase est terminée avant que nous allions plus avant.

— Pourquoi?

— Parce que la passivité est un symptôme d'immaturité, et qu'il est temps de grandir. C'est ce que toute thérapie peut espérer accomplir, vous aider à devenir adulte, à vous débarrasser des phobies et des traumatismes de l'enfance afin que vous puissiez vous accepter dans le rôle d'un adulte responsable.

— Vous continuez de temporiser.

— Non, Lori. Mais avant que nous allions plus avant, je tiens à répéter encore une fois ce que j'ai essayé de vous dire auparavant. Vous n'êtes pas une psychotique, et étant donné ce que vous avez traversé, vous n'avez pas réagi de façon excessive. Et je ne veux pas que vous le fassiez maintenant, tout simplement.

— Parlez-moi de la clinique, dit Lori.

— Je suis allé là-bas après mon dernier rendez-vous en fin d'après-midi. Je ne m'attendais pas du tout à cela. Je m'étais imaginé l'un de ces immeubles de bureaux à un étage qu'on construisait à la fin des années vingt et au début des années trente, mais d'après son extérieur, le 490 South Allister a dû être à l'origine une maison particulière. Une vaste demeure avec un grand terrain entre les bâtiments et la clôture métallique s'étendant sur trois côtés de la propriété. Pas d'allée pour les voitures ; je pouvais apercevoir un garage tout au fond, donc on devait y accéder par la ruelle.

« A part les bardeaux manquant sur le toit et la façon dont la peinture s'était écaillée au fil des années, il n'y avait pas beaucoup de traces de dégradation, vu du dehors, mais, bien sûr, la cour, tant sur le devant que sur les côtés, disparaissait sous une masse compacte de végétation. Même ainsi, l'endroit avait meilleure apparence que le dépotoir sur le lotissement de gauche. Il y avait peut-être eu une maison à une certaine époque, mais plus maintenant... seulement des ordures. Le lotissement faisant l'angle de la ruelle, de l'autre côté de la clinique, était à bâtir. Une agence immobilière avait mis un écriteau « A Vendre » mais cela faisait certainement un bon bout de temps, parce que je n'ai pas réussi à déchiffrer l'inscription. Les maisons de l'autre côté de la rue étaient dissimulées en grande partie par des arbres, mais d'après ce que j'ai pu en voir, elles étaient beaucoup plus petites que la clinique, et la plupart étaient délabrées. Deux d'entre elles avaient des voitures garées sur le devant, bonnes à mettre à la ferraille ou à rejoindre le dépotoir d'en face, mais je n'ai aperçu aucun résident. Et j'espère qu'ils ne m'ont pas vu.

— Vous avez essayé d'entrer dans la propriété ?

— Vous ne l'auriez pas fait ? (Le sourire du Dr Leverett réapparut un instant tandis qu'il haussait les épaules.) Après être passé devant la clinique, j'ai tourné le coin et je me suis garé de l'autre côté du bloc, puis je suis revenu à pied. D'après le coup d'œil que j'avais eu en passant, il me semblait qu'il n'y avait pas de cadenas sur la grille de l'entrée, et je ne m'étais pas trompé. Pénétrer dans la cour fut facile ; le vrai problème fut de trouver l'allée sous les mauvaises herbes. Pensez donc ! certaines arrivaient presque à hauteur de ma tête. Les marches du perron étaient quelque peu risquées ; celle du haut a commencé à céder lorsque j'ai fait porter mon poids dessus, et j'ai été obligé de m'agripper à la balustrade pour ne pas tomber.

« Il y avait quatre fenêtres, deux de chaque côté de la porte d'entrée ; toutes étaient condamnées. Apparemment, on n'avait pas essayé de forcer les planches pour entrer. La porte n'était pas condamnée ; elle était fermée par un cadenas et, bien sûr, quelqu'un avait cloué un avis officiel de démolition sur le panneau. Bien que le porche l'abritât en partie du soleil ou de la pluie, l'inscription était quasiment illisible, tout autant que l'écriteau de l'agence immobilière sur le lotissement voisin. J'en ai déchiffré juste assez pour avoir la confirmation de ce que c'était, puis j'ai ouvert la porte.

Lori fronça les sourcils.

— Mais vous venez de dire qu'il y avait un cadenas !

— C'est exact. Mais quelqu'un avait réglé ce problème pour moi. Le cadenas était cassé.

— Et vous êtes entré, comme ça ?

— J'ai oublié de vous dire... j'avais pris la torche électrique que je laisse toujours dans ma voiture. Il n'y avait pas d'électricité dans la maison, bien sûr, et il faisait noir comme dans un four, mais je disposais de suffisamment de lumière pour voir où je posais le pied.

— Cela ne vous aurait pas servi à grand-chose si celui qui avait forcé le cadenas était dissimulé quelque part à l'intérieur.

— D'après ce que j'avais constaté, le cadenas avait dû être forcé voilà longtemps. Il y avait des traces de pas dans la poussière recouvrant le plancher au rez-de-chaussée, mais à peine visibles... ce qui m'a amené à supposer que personne n'était entré ici depuis pas mal de temps.

— Avec tous ces reportages au journal télévisé sur les sans-abri, c'est étonnant que des clochards ne s'y soient pas installés provisoirement.

— Aucun signe d'une occupation récente, autant que j'ai pu en juger. Bien entendu, il n'y avait plus un seul meuble... l'endroit avait été complètement vidé. Chase a probablement tout vendu avant de partir, le mobilier aussi bien que le matériel médical. Je suis allé dans ce qui était le bureau, je suppose, mais c'était seulement des murs nus avec quelques étagères vides sur une cloison.

— Alors vous n'avez absolument rien trouvé ?

Leverett tendit la main et l'attaché-case s'ouvrit avec un bruit sec.

— Rien, excepté ceci.

Lori regarda le morceau de papier qu'il tenait dans sa main. Comme il l'approchait de la lumière, elle put voir des plis révélateurs. La feuille de papier avait été pliée en quatre.

— Seule l'extrémité d'un coin de la feuille dépassait, juste assez pour que je l'aperçoive lorsque j'ai dirigé le faisceau de ma torche vers l'étagère du bas. Cette feuille de papier a dû glisser d'un classeur ou d'une chemise sur l'une des étagères supérieures, tomber et se loger dans l'interstice en bas, où personne ne l'a remarquée.

Il présenta la feuille de papier à Lori.

— Tenez. Voyez par vous-même.

Elle baissa les yeux vers ce qu'il venait de lui donner.

— On dirait que cela a été tapé sur l'une de ces vieilles Selectric.

— Les caractères n'ont pas une grande importance. Par contre, j'aimerais beaucoup avoir votre avis sur le contenu lui-même.

Lori commença à lire. La lecture était malaisée ; en dépit de sa culture générale, une partie de ce langage lui était totalement inconnue.

Contractions ventriculaires localisées observées.
Examens labo pré-opératoires ont montré :
Glucose 1,10
Potassium 3,7
Créatinine de 10 mg/l
Pulsation carotidienne normale, sans bruit.
Poumons clairs à l'auscultation.
Pas de dilatation veineuse de la jugulaire.
Muqueuses présentant une coloration normale.
Température cutanée normale.

Cœur non hypertrophié à la palpation.
Premier et deuxième cœur normaux à l'auscultation, pas de bruit de galop ni de souffle.
Abdomen souple sans apparence d'une hypertrophie du foie.
Pas d'œdème périphérique.
SCVP sans preuve d'autres problèmes.

Lori finit de lire et fut confrontée à un problème qui lui était propre.

— De quoi s'agit-il? demanda-t-elle.

— Manifestement de la transcription dactylographiée de notes pour une fiche médicale, lui répondit Leverett.

— C'est ce que j'avais pensé, mais j'aurais besoin d'un dictionnaire médical pour comprendre ce que cela veut dire.

— Pas nécessairement. (Le Dr Leverett posa ses coudes sur le rebord du bureau.) Cette ligne à propos d'examens labo préopératoires devrait vous mettre sur la voie.

— Vous pensez qu'ils pratiquaient des opérations chirurgicales à la clinique?

— Je le pense, en effet... des opérations d'importance secondaire, des interventions ne nécessitant pas une hospitalisation. Mais ce cas est différent.

— Comment cela?

— Les notes sur l'examen médical, en particulier la référence aux « premier et deuxième cœurs normaux à l'auscultation » nous apprend que la patiente était enceinte. Ce qui veut dire que l'opération envisagée était probablement une césarienne.

— Je vous tire mon chapeau! (Lori sourit.) Vous *êtes* un Sherlock Holmes.

Leverett secoua la tête.

— Je ne suis pas un Holmes, dit-il lentement. Et vous non plus.

— De quoi parlez-vous?

— Vous avez seulement lu un côté. Regardez au verso.

Lori s'exécuta, puis leva les yeux, fronçant les sourcils.

— Il n'y a rien d'écrit.

— Regardez à nouveau. Dans le coin supérieur droit.

Elle baissa les yeux à nouveau, tenant la feuille de papier différemment afin que son pouce ne dissimule plus l'annotation au crayon. Les lettres s'étaient ternies mais elle lut les deux lignes distinctement.

La première ligne était un nom qu'elle connaissait. La seconde comportait seulement des chiffres indiquant le jour, le mois et l'année. Cela également lui était familier... voilà exactement vingt et un ans, la date de sa naissance.

Et le nom...

— C'est exact, dit doucement Leverett. Vous êtes une Fairmount. Priscilla Fairmount était votre mère.

35

Quand il était gosse, Orion Metz avait eu deux ambitions : il voulait devenir suffisamment vieux pour se coucher très tard, et suffisamment grand pour pisser dans l'évier.

Une fois adulte, il comprit avec amertume qu'il ne pourrait jamais atteindre son deuxième but à moins de monter sur une caisse. En fait, il fut presque obligé de monter sur une caisse pour répondre à la taille requise par l'école de police. Mais après qu'il eut été admis dans la police, satisfaire la première de ses aspirations fut très facile. Se coucher très tard était la règle du jeu.

La semaine qui venait de s'écouler était un bon — ou mauvais — exemple. En ce moment, il était huit heures passées et il était toujours assis à son bureau, essayant d'assembler ces informations faites de bric et de broc. Trop de bric, pas assez de broc, c'était le problème.

Ce n'était pas étonnant que les détectives dans les films et dans les romans réfléchissent hors caméra, hors texte, ou hors d'eux. Cela n'avait rien de palpitant de regarder, ou de suivre page après page, un balourd exténué en train de se colleter avec un monceau de notes et de mémos qui n'avaient pas le moindre sens. Les détectives classiques ne semblaient jamais prendre de notes, griffonner des pense-bêtes pour eux-mêmes sur des bouts de papier, lire des rapports, des mémos ou des éditions maculées de taches. C'était beaucoup plus simple, selon la phrase immortelle du regretté Claude Rains, d'arrêter les suspects habituels. Une fois qu'ils étaient réunis sur le même plateau ou la même page, c'était facile pour n'importe quel limier de leur faire son numéro. Quelqu'un comme Hercule Poirot pouvait consacrer dix minutes ou dix pages simplement à accuser tour à tour chacune des personnes présentes, puis régler le tir sur le coupable.

Un exemple difficile à suivre, et cela ne l'aiderait certainement pas de faire de même dans cette affaire. Ou ces affaires. Il y en avait trois, reliées entre elles chronologiquement mais pas logiquement — la mort des Holmes au cours d'un incendie criminel, la tentative d'assassinat perpétrée sur la personne de Lori, et le meurtre de Ben Rupert. La solution la plus simple était de tout coller sur le dos de Rupert, avec le détournement de fonds comme mobile évident, mais cela n'expliquerait pas où était l'argent à présent, ou pourquoi il avait décidé de commettre ces meurtres et de prendre ses cliques et ses claques, et à coup sûr cela ne fournissait aucune réponse quant à savoir qui avait tué Rupert.

Arrêter les suspects habituels. Mais qui étaient-ils ? La jeune fille n'avait pas assassiné son avocat ; elle était sa future victime. Russ Carter se bronzait au soleil du Mexique et Anthony Leverett, docteur en médecine, découvrait le charme de la brume de Santa Barbara, alors à quoi bon les réunir tous dans une même pièce pour une séance de questions et de réponses ? Pour le moment, la seule personne à qui il avait vraiment envie de parler c'était l'ancien associé de Rupert, devenu maboul, présentement en fuite et recherché par la justice.

Les mains de Metz entreprirent une course d'obstacles sur son bureau. Quelque part dans l'une de ces piles il y avait un fax du signalement de Ross Barry. Et un numéro de téléphone que Slesovitch lui avait donné, le numéro de téléphone de ce Dr Selkirk, Seldane, ou quel que soit son foutu nom. On aurait pu s'attendre, après trois tentatives et avoir décliné sa fonction d'officier de police au service des abonnés absents, à ce qu'il ait la politesse ou au moins la curiosité morbide de rappeler.

Juste au cas où il aurait oublié qu'il avait faim, l'estomac de Metz gargouilla pour le lui rappeler. Mais il ne pouvait pas partir maintenant, pas avant d'avoir localisé ce fax à la con. Et s'il n'entendait pas parler de ce docteur, il continuerait de passer des appels longue distance, tant pis pour le budget du service, jusqu'à ce qu'il le trouve. Au train où allaient les choses maintenant, cela promettait de se transformer en une nouvelle nuit blanche pour nous autres les grandes personnes.

Tout en farfouillant dans le fatras sur sa droite, Metz repéra un morceau de papier jaune et ligné de bleu, arraché à un bloc de format réglementaire et portant le numéro de téléphone de l'Oregon, qu'il avait si soigneusement classé à mi-hauteur de la pile après avoir donné le dernier de ses coups de fil, plusieurs heures auparavant. Bon, s'il parvenait à mettre la main sur le fax...

Il chargea ses doigts d'une nouvelle mission de reconnaissance, et ce fut à ce moment qu'il reçut l'appel. Mais pas de l'Oregon.

Automatiquement, il s'empara du bloc-notes réglementaire et griffonna dessus ce qu'il entendait ; uniquement pour plus de sécurité, il répéta le message en guise de réponse.

— 528 South Coburg. Clara Hopkins? Compris.

Il avait compris mais il ne comprenait pas. Seul le prénom lui semblait familier. Puis il se rappela où il l'avait entendu.

— C'est une infirmière, non? Ou c'était?

— C'était. Elle est morte.

Metz voûta les épaules.

— Qui êtes-vous? demanda-t-il.

— Vous ne reconnaissez pas ma voix, lieutenant? Ici Russ Carter.

36

— Buvez ceci.

Lori but le cognac d'un trait sans poser de questions. Mais pourquoi aurait-elle mis en question la présence d'alcool dans le cabinet d'un docteur ? Paracelse était médecin, et il avait créé ce néologisme. Ou l'avait emprunté aux Arabes. *Al-kuhl* était leur mot pour le fard à paupières jusqu'à ce qu'il change son orthographe et sa signification. Tout comme il avait changé son propre nom ; il était né Theophrastus Bombastus von Hohenheim. Tout comme elle venait de changer de nom.

Non, elle n'en avait pas changé. Qu'est-ce qui lui faisait penser cela ? Et pourquoi se rappelait-elle ces sottises sur Paracelse tout droit sorties de ses manuels scolaires ? Parce que c'était plus facile à supporter, plus facile que de se souvenir qu'elle était...

— Lori. (La voix de Leverett était douce.) Lori ? Est-ce que vous m'entendez ?

— Oui.

Elle entendait sa voix, et elle n'avait pas peur. C'était l'autre voix qu'elle redoutait. *Jour de ta mort.*

Elle lui raconta ce qui était arrivé... tout, excepté ce moment culminant, la nuit dernière, le moment où le visage de Russ avait disparu et où celui de Leverett était apparu. Elle ne pouvait pas lui dire ça, pas maintenant, et de plus, les autres choses étaient plus importantes : l'homme qui la poursuivait à travers les rues ensoleillées et la voix qui la trouvait dans les ombres de son rêve.

Il écouta sans l'interrompre, puis il demeura silencieux un long moment avant de parler.

— Premièrement, l'homme à la chemise hawaïenne. Est-ce qu'il vous a suivie jusqu'ici ?

— Je n'en suis pas certaine. Je pense que je l'ai semé sur l'autoroute. Peut-être étais-je trop préoccupée pour m'en apercevoir.

— A quoi pensiez-vous en venant ici ?

Lori s'agita sur sa chaise.

— Rien d'important.

— Peut-être pas, mais apparemment c'était suffisant pour distraire votre attention.

— Puisque vous tenez à le savoir, je pensais à la façon dont ils m'avaient menti... Ben Rupert, Russ, même le Dr Justin. Il a dit que c'était seulement une réaction normale à un traumatisme, mais il m'a conseillée de vous voir, ce qui veut dire qu'il se doutait de la vérité.

— Quelle vérité ?

Lori se força à soutenir le regard de Leverett.

— Il y a un nom pour les gens qui pensent qu'on les espionne, qu'on les suit, des gens qui pensent que tout le monde leur ment et leur cache des choses, des gens qui ne se fient à personne...

Leverett se pencha en avant, les yeux fixés sur elle.

— Vous avez peut-être des réactions phobiques, mais d'après ce que vous me dites, elles sont fondées sur la réalité, et non sur des hallucinations paranoïdes. Il est tout à fait possible que quelqu'un vous suive ou vous ait suivie. Et d'après ce que vous m'avez dit, il est évident que votre avocat vous a menti et que Russ Carter et le Dr Justin sont au moins coupables de ne pas vous avoir dit toute la vérité sur leurs actes ou leurs motifs. Dans ces circonstances, vous aviez des raisons logiques de vous méfier.

« Je veux que vous vous souveniez d'une chose, Lori : quoi que vous puissiez ressentir à propos d'autres personnes, vous devez avoir confiance en vous-même.

— Et les rêves ?

Le Dr Leverett inspira profondément.

— Peut-être ai-je commis une erreur, dit-il. Jusqu'à

présent, nous avons essayé de trouver leur origine en recourant à une analyse. Il se peut que les causes soient physiologiques.

« Cliniquement parlant, c'est la zone visuelle de votre cortex qui transmet des messages sensoriels au lobe limbique entourant le diencéphale. Des liaisons avec l'hypothalamus envoient un message à votre hypophyse. En langage clair, si un choc ou un traumatisme provoque un dérèglement glandulaire...

— Vous aussi ! (Lori ne fit aucun effort pour dissimuler sa réaction ou pour la contrôler.) Vous vous attendez vraiment à ce que je croie que mes rêves ne sont que la conséquence d'un problème hormonal ? Pourquoi me mentez-vous ?

— Je ne mens pas, Lori. Je vous demande seulement de m'écouter, au lieu d'écouter des voix imaginaires.

— Mais elles ne sont pas imaginaires ! Vous avez dit que les rêves sont un moyen de se parler à soi-même, et je vous crois sur ce point. Ce qui signifie que la voix doit être moi, ou du moins une partie de moi, et que ce qu'elle dit et ce qu'elle me montre est vrai.

Leverett secoua la tête.

— Ce que la voix vous a dit c'est du charabia, des associations de mots, une logorrhée, un monologue intérieur incohérent, et ce que la voix vous a montré est purement imaginaire.

— Pas « la voix »... *elle* ! Vous ne comprenez donc pas ? (Probablement pas, réalisa Lori, parce qu'elle-même commençait juste à comprendre tandis qu'elle parlait.) La voix que j'ai entendue dans certains de ces rêves était celle de Priscilla. Ces rêves étaient ses pensées, ses mots. Si je me parlais à moi-même, alors Priscilla est une partie de moi. Et il y a une chose qui ressort de tout ce charabia, comme vous l'appelez... sa haine. Ma mère me haïssait avant même que je sois née. Si vous tenez absolument à des causes physiologiques, vous pourriez dire que sa haine m'a contaminée.

Le Dr Leverett secoua la tête.

— Je ne puis accepter cela.

— Alors que reste-t-il d'autre à accepter ? dit Lori. La

réincarnation ? Il y a plus que ma ressemblance avec Priscilla. A présent je comprends que dans certains des autres rêves, ceux sans la voix, j'ai partagé les souvenirs de ma mère.

Le Dr Leverett se pencha en avant de nouveau, s'apprêtant à répondre, mais le geste rapide de Lori lui imposa silence tandis qu'elle poursuivait.

— Je sais ce que vous pensez, dit-elle. Ce rêve concernant la chapelle et le cadavre sortant du cercueil était un fantasme. Mais c'était son fantasme, parce que même s'il était déformé, il provenait de ses souvenirs, et non des miens.

— Lori, réfléchissez à ce que vous dites. Il est absolument impossible de vérifier cela.

Le froncement de sourcils de Leverett accentuait l'inquiétude perceptible dans sa voix.

— Je croyais que vous m'aviez dit d'avoir confiance en moi.

— C'est toujours valable. Et j'ai confiance en vous également, lorsque vous êtes dans votre propre *persona*. Mais la voix dans ces rêves, la jeune fille dans ces cauchemars...

— Le dernier rêve était différent. J'étais moi-même... Lori. Et le décor était réel. Je me trouvais dans un endroit que je connaissais, le cimetière Hopeland.

— Est-ce que cela ne semble pas normal que vous rêviez d'un endroit où vous êtes déjà allée effectivement, un endroit associé si fortement à la perte de ceux que vous croyiez être vos parents ?

— Justement ! C'est seulement ce soir, en venant ici, que j'ai appris qui était ma vraie mère. Si je me parlais à moi-même et me montrais des choses, pourquoi suis-je allée vers la tombe de Priscilla Fairmount dans mon rêve ?

— Vous vous êtes identifiée à Priscilla Fairmount depuis le moment où vous avez vu sa photographie dans cet annuaire de collège.

— Mais cela n'explique pas comment je savais où la trouver. Je ne savais même pas qu'elle était morte.

Le Dr Leverett se renfrogna.

— Et si elle n'était pas morte ?

— Mais elle est morte ! J'ai vu sa tombe...

— Dans un rêve. (Il hocha lentement la tête.) Cela ne signifie pas nécessairement que cette tombe existe réellement.

— Vous avez raison. (Prenant son sac posé sur ses genoux, Lori se leva.) Et il n'y a qu'une seule façon de le savoir.

37

Metz se gara en double file devant le 528 South Coburg. Il n'avait pas le choix ; trois voitures de patrouille, trois voitures banalisées et l'ambulance étaient garées le long du trottoir. Tandis qu'il descendait, il reconnut l'une des voitures banalisées, une Datsun dernier modèle appartenant au sergent Torrenos.

En fait, Torrenos lui-même sortait justement de la maison. Des groupes de riverains, maintenus à distance par des officiers de police en uniforme, regardaient bouche bée depuis les pelouses attenantes, de part et d'autre de la maison de Clara Hopkins. Torrenos, conscient de son public, repéra Metz qui remontait l'allée, et il vint à sa rencontre. Il avait l'air aussi ravi qu'un exhibitionniste en costume de père Noël.

— Il est à vous, lieutenant, dit Torrenos.

— Carter ?

Torrenos acquiesça et fit demi-tour, accompagnant Metz jusqu'à la porte.

— Nous l'avons trouvé à l'intérieur lorsque nous sommes arrivés ici.

— A quelle heure ?

— Huit heures vingt-quatre. Le service a envoyé deux autres voitures de patrouille. Ils se sont pointés peut-être une minute ou deux après moi, mais nous n'avions pas besoin d'eux. Pour mémoire, le suspect n'a opposé aucune résistance lorsque Hennig et moi sommes entrés et l'avons appréhendé.

— Vous avez procédé à une arrestation ?

Torrenos secoua la tête tout en ouvrant la porte.

— Garde à vue. Les ambulanciers ont rappliqué juste à temps pour mettre en émoi tout le quartier avec leur foutue sirène. Ces abrutis insistent pour faire leur boulot, mais ils ne font que tout saloper...

— Premières constatations?

— Homicide. Par strangulation, apparemment. Voyez par vous-même.

Pénétrant dans le salon, Metz accepta l'invitation. Cela avait toujours été la partie qu'il détestait le plus, le moment où il se trouvait face à face avec la victime. Certaines fois, l'état des corps était difficile à supporter, mais les visages étaient toujours le pire. Particulièrement lorsque leurs yeux étaient ouverts.

Les yeux de Clara Hopkins étaient ouverts, sa bouche l'était également. Elle gisait là, à côté de son trépied renversé; les meurtrissures marbrées laissées par les doigts du meurtrier entouraient sa gorge comme un collier pourpre.

Metz ignora les ambulanciers accroupis de part et d'autre du corps, ignora les policiers en uniforme postés dans le vestibule et près de la porte de derrière qu'il aperçut dans la cuisine au-delà du couloir. Mais il ne pouvait ignorer le bourdonnement croissant des conversations tandis qu'il traversait la pièce et se dirigeait vers le coin où Russ Carter était assis. Un officier de police de l'une des voitures de patrouille se tenait debout près de la chaise. Manifestement il avait été chargé de surveiller le suspect mais pour le moment il était accaparé par une discussion bruyante avec un policier en civil que Metz reconnut.

— Lieutenant...

La voix de Russ Carter se fit entendre au-dessus du brouhaha, mais lorsqu'il commença à se lever ce fut le sergent Torrenos qui lui répondit.

— On ne bouge pas! dit-il.

Sa main se montra encore plus éloquente tandis qu'elle se déplaçait vers sa hanche. Carter se laissa retomber sur sa chaise, et l'officier de police se retourna pour affronter le regard menaçant du sergent.

— Dis donc, abruti, en principe ce type est placé sous ta surveillance. Mais qu'est-ce que tu fiches?

— Excusez-moi, monsieur. Ce gars voulait me dire quelque chose concernant le prisonnier.

— Cet homme n'est pas un prisonnier, dit Metz. Pas encore, en tout cas. (Il fit un signe de tête au policier en civil.) Allez-y, Kestleman, que se passe-t-il?

— Je ne savais pas si vous deviez venir ou non, aussi je me suis dit que je ferais mieux de mettre les choses au point avant que quelqu'un fasse une boulette. C'est ce que j'étais en train d'expliquer à l'officier de police. J'ai essayé de parler au sergent lorsque je suis arrivé, mais il n'a pas voulu...

— Il s'est approché de moi au moment où je jetais un premier coup d'œil au corps. (Le froncement de sourcils de Torrenos s'accentua.) Je lui ai dit de se calmer, et que nous aurions un entretien plus tard.

— Ce ne sera peut-être pas nécessaire. (Metz baissa les yeux vers Russ Carter tout en parlant.) Racontez-moi votre histoire.

— Que voulez-vous savoir?

— Tout d'abord, comment avez-vous trouvé cet endroit? Lorsque nous avons parlé ce matin, vous avez mentionné quelque chose à propos de quelqu'un s'appelant Clara mais vous ne connaissiez pas son nom de famille. Où l'avez-vous appris?

— Dans un annuaire médical, un vieil annuaire. A tout hasard, j'ai consulté la liste des infirmières pour voir si je pouvais trouver quelqu'un se prénommant Clara. Il y en avait seulement deux, et l'adresse de l'autre infirmière était au diable Vauvert, à Duarte, aussi j'ai décidé d'essayer ici en premier.

— Je vous écoute.

— J'ai sonné lorsque je suis arrivé mais personne n'est venu ouvrir la porte. Il y avait de la lumière dans la pièce de devant, aussi j'ai continué de sonner, au cas où quelqu'un se serait assoupi et n'entendrait pas la sonnette. C'est à ce moment que le chat a commencé à miauler.

— Je ne vois pas de chat ici.

— Il s'est sauvé lorsque j'ai ouvert la porte. (Carter leva les yeux.) En entendant le chat faire un tel raffut, je me suis dit qu'il y avait peut-être quelque chose qui clochait. J'ai essayé d'ouvrir la porte, et je me suis aperçu qu'elle n'était pas fermée à clé.

Metz regarda fixement l'homme assis devant lui.

— Ensuite, qu'est-il arrivé ?

Au lieu de soutenir son regard, Carter détourna les yeux vers l'autre côté de la pièce, sa voix dominant le brouhaha provenant du coin opposé.

— Ce que je vous ai dit au téléphone, poursuivit-il. Je l'ai trouvée gisant là, exactement comme elle est en ce moment.

— Ensuite, qu'avez-vous fait ?

— Rien, sinon regarder suffisamment longtemps pour être sûr de comprendre ce que je voyais.

— Vous n'avez touché à rien... vous n'avez pas été dans les autres pièces ?

— C'est exact. (Carter hocha la tête.) Naturellement, j'ai regardé autour de moi, à la recherche d'un téléphone. Comme je n'en trouvais pas, je suis sorti et je suis allé à pied deux rues plus loin, jusqu'au coin de Sumnter Street. Je vous ai appelé depuis la cabine téléphonique qui se trouve devant la station-service là-bas.

— Quelle heure était-il lorsque vous êtes arrivé ici, à la maison, la première fois ?

— Environ huit heures et quart.

Metz lança un coup d'œil au policier en civil du nom de Kestleman.

— Vous confirmez ?

Kestleman opina du chef.

— Huit heures treize pour être précis. Il était huit heures quinze lorsqu'il est sorti, huit heures dix-huit lorsqu'il est arrivé à la cabine téléphonique et a téléphoné. Il était revenu et rentré dans la maison à nouveau à huit heures vingt-deux, soit deux minutes avant que le sergent se présente ici.

Russ Carter leva les yeux vers Metz, fronçant les sourcils.

— Il me filait ?

— Depuis le moment où vous êtes sorti de mon bureau ce matin. (Metz hocha la tête.) Et c'est une sacrée veine pour vous qu'il l'ait fait. Sans quoi, il n'y aurait eu personne pour confirmer votre histoire selon laquelle vous êtes allé en ville pour chercher le nom de la victime dans un annuaire, ou pour nous confirmer l'heure exacte à laquelle vous êtes arrivé ici, la première fois. (Il coula un regard vers Torrenos.) Satisfait ?

Le sergent substitua un haussement d'épaules à son air renfrogné.

— Tout ce que vous avez c'est un horaire. Il est entré et il est sorti seul. Comment pouvez-vous savoir que ce n'est pas lui qui a buté la vieille dame lorsqu'il est entré, la première fois ?

— L'horaire, comme vous dites, répondit Metz. Je ne pense pas que vous ayez jamais étranglé quelqu'un jusqu'à ce que mort s'ensuive, sergent, mais le bon sens devrait vous dire que ce n'est pas un boulot qui se fait en deux minutes. Et même si vous étiez capable de mener cela à bien aussi rapidement, je ne pense pas que vous sortiriez en courant pour partir à la recherche du téléphone le plus proche, avertir la police, puis revenir sur le lieu du crime.

Le sergent avait peut-être l'intention de répliquer quelque chose, mais il n'en eut pas le temps parce que Russ Carter intervint à ce moment.

— Alors je suis tiré d'affaire ?

— Pas complètement. Nous allons devoir enquêter et voir s'il y a d'autres témoins, peut-être des voisins ou quelqu'un passant par là, susceptible de nous renseigner sur les allées et venues dans le coin. Pour le moment, même la cause de la mort n'est pas officielle. Cela aurait pu être une crise cardiaque survenue avant ou pendant la strangulation. De toute façon, vous êtes toujours un témoin essentiel.

Metz se tut un moment, se demandant pourquoi il avait changé d'avis au sujet de Carter. Ce matin même, au bureau, le jeune homme semblait à la fois un adversaire et un suspect possible... suffisamment pour justifier le fait de le faire suivre. Ce soir, Russ Carter était devenu un allié, mais cela n'expliquait toujours pas entièrement ses motivations.

— Supposons que vous ayez trouvé Clara Hopkins en vie lorsque vous êtes venu ici, dit-il. Quelles questions comptiez-vous lui poser ?

— Je crois que vous connaissez la réponse à cela, lieutenant. Je pensais qu'elle pourrait peut-être me fournir des renseignements concernant Priscilla Fairmount.

— D'autres raisons ?

S'il y en avait, Metz ne les entendit jamais. Ce fut à ce moment qu'on l'informa de l'appel radio.

38

La grille à deux battants apparut dans la lueur des phares. Assise à côté de Leverett, Lori regarda au-delà de lui vers l'ombre qui émergeait du cabanon situé à gauche de l'entrée et se glissait vers la vitre baissée de la voiture.

L'ombre avait une voix.

— Puis-je vous aider, monsieur?

— Oui. Nous cherchons une concession de famille qui est probablement enregistrée au nom de Royal S. Fairmount. Vous serait-il possible de nous indiquer où elle se trouve?

— Désolé, monsieur, pas à cette heure. Le cimetière est...

La voix se tut brusquement comme le Dr Leverett présentait sa carte. Pendant ce temps, l'attention de Lori vagabonda, vagabonda au-delà de la grille et vers les ténèbres plus loin. Quelque part, Leverett et l'ombre parlaient, leurs mots se mêlant confusément... *docteur, c'est exact, une urgence, ma patiente était en voyage et vient de rentrer, parente du défunt, important qu'elle vérifie, plan à l'intérieur, je pourrais regarder, est-ce que cela ne suffirait pas? j'ai bien peur que non, elle tient absolument à la voir, prendra seulement une minute, accompagnez-nous si vous voulez, ne sera pas nécessaire si vous m'accordez une minute docteur je vais vous indiquer l'emplacement d'après le plan...*

Pourtant tout cela parvint à s'inscrire vaguement dans son esprit, même si les pensées de Lori étaient lointaines, s'avançant parmi ces ténèbres plus profondes où les ombres ne parlent pas et où les grilles ne s'ouvrent jamais.

Mais cette grille, la grille dans la réalité, s'ouvrait à présent ; les battants de chaque côté pivotèrent et s'éloignèrent du faisceau des phares. Et la voiture repartit, descendant le sentier qui sinuait devant eux.

— Des problèmes?

Leverett la regarda, de la sollicitude dans sa voix et dans ses yeux.

Elle secoua la tête.

— Non, ça va. Mais je ne suis jamais entrée dans un cimetière la nuit, c'est tout. Pas dans la réalité, en tout cas.

— Mais vous reconnaissez celui-ci, le cimetière dans votre rêve?

Lori regarda par la vitre côté passager tandis que la voiture tournait à gauche.

— Pas vraiment. Il me semblait le reconnaître, mais je ne sais plus, à présent. Peut-être vous êtes-vous trompé de direction.

Leverett ôta sa main droite du volant et jeta un coup d'œil sur le petit plan que le gardien du cimetière lui avait donné.

— D'après ce plan, la concession devrait se trouver juste devant, sur notre droite. (Tandis qu'il se garait sur le bas-côté du sentier étroit, il regarda Lori à nouveau.) Eh bien, vous vous rappelez?

Lori regarda fixement par le pare-brise, mais sans l'assistance des phares, c'était difficile de trouver des points de repère dans l'obscurité environnante.

Il y avait eu un clair de lune dans son rêve mais cette nuit le ciel était sombre. Leverett avait fait le tour de la voiture pour ouvrir la portière de Lori, et lorsqu'elle descendit, il tendit le bras derrière elle et prit une torche électrique dans la boîte à gants. Tenant le plan dans sa main gauche et la torche dans sa main droite, il appuya sur le bouton, faisant courir le faisceau lumineux parmi les alignements de pierres tombales au-delà. Puis le faisceau s'immobilisa.

— C'est là, dit-il. Venez, mais faites attention de ne pas tomber.

Il braqua la torche sur l'étendue herbue devant eux, guidant leurs pas vers les tertres surmontés de dalles.

— Ce n'est pas ici, c'est impossible. (Les yeux de Lori scrutaient les ombres proches.) Je suis descendue d'une colline et je suis arrivée derrière le tombeau, je m'en souviens très bien. Et il y avait des arbres juste de ce côté des tombes.

— C'était un rêve, dit doucement le Dr Leverett. Ceci est la réalité.

Ceci était la réalité, les deux tertres s'élevant l'un à côté de l'autre, au sein des ombres, le faisceau de la torche décrivant un arc de cercle sur la surface de la pierre tombale se trouvant sur la gauche. Et ce fut à ce moment, tandis qu'elle baissait les yeux vers l'inscription, que rêve et réalité se confondirent. Ici était la preuve, gravée dans le granit :

Royal S. Fairmount
1913 — 1968

— Vous voyez ? murmura-t-elle. Mon imagination a peut-être ajouté des détails dans ce rêve, mais ce qu'il m'a dit est vrai. Lui et Priscilla sont enterrés...

Comme elle parlait, le faisceau de la torche se déplaça vers la pierre tombale se trouvant sur la droite, et lorsqu'il s'arrêta, il n'y eut pas besoin de mots supplémentaires. L'inscription sur la pierre tombale était suffisamment explicite.

Genevieve Otis Fairmount
1919 — 1947

— Sa femme. (Leverett hocha la tête.) La mère de Priscilla.

— Mais ce n'était pas ici auparavant ! (L'exclamation de Lori conjuguait conviction et défiance.) Le nom que j'ai vu sur cette pierre tombale était Priscilla Fairmount. Et c'est la vérité.

— Je vous crois, Lori. Mais il faut que vous compreniez qu'il y a plus d'une sorte de vérité. Ce qui est vrai pour nous dans les rêves peut être une déformation de ce que nous percevons dans la vie, lorsque nous sommes éveillés.

— Comment pourrais-je déformer quelque chose que je n'ai jamais vu ? (Elle regarda au-delà du faisceau lumineux vers le voile de ténèbres.) Dans mon souvenir il y avait des arbres ici et un tombeau au pied d'une colline... mais je me trompe peut-être. (Se faufilant entre les tertres, elle commença à s'avancer.) Il doit y avoir une autre tombe là-bas.

Ce fut la main de Leverett sur son épaule qui l'arrêta ; sa main et la vue du terrain nu et plat, éclairé par la torche électrique, qui s'étendait sur une dizaine de mètres au-delà des deux pierres tombales.

Puis le faisceau pivota et son cercle lumineux forma un demi-halo autour du visage inquiet du Dr Leverett.

— Pas de troisième tombe, dit-il. De cela nous pouvons en être tout à fait sûrs.

— Mais j'ai vu sa pierre tombale dans mon rêve. Qui pourrait être une déformation de la réalité, selon vous ? Il est possible que j'aie imaginé certaines choses à propos de cet endroit. Mais j'ai vu la pierre tombale du Dr Fairmount exactement comme nous la voyons en ce moment. Celle de Priscilla était peut-être une illusion, un moyen que mon imagination a trouvé pour mettre en valeur le fait.

— Quel fait ?

— Que Priscilla Fairmount est morte.

— Nous ne pouvons pas être certains de cela !

Lori secoua la tête.

— Vous peut-être, mais moi j'en suis certaine. La voix me souhaitant un joyeux anniversaire... de ma mort... venait de la tombe de ma mère.

— Je vous en prie, Lori, dit le Dr Leverett d'un ton ferme. Vous et moi savons qu'il n'y a pas de tombe ici.

— Alors elle a été enterrée ailleurs.

— Mais où ?

Le Dr Leverett eut un moment d'hésitation, puis il regarda fixement le jeune fille comme il comprenait.

— Conduisez-moi là-bas, dit Lori.

39

Où étaient-ils maintenant?

Quelque part au nord de Culver City, estima Lori ; ils venaient de traverser Venice Boulevard. Les noms des rues dans cette partie de la ville lui étaient inconnus mais cela n'avait aucune importance. Une seule chose importait : qu'ils arrivent là-bas, et qu'ils y arrivent bientôt. Le jour de la mort était devenu la nuit de la mort, et il ne restait plus beaucoup de temps. Ne pouvait-il donc pas comprendre cela?

— Je comprends très bien pourquoi vous ne voulez pas mêler la police à cette affaire, disait-il. En fait, il n'y a aucune raison de les prévenir, à moins que vous ne désiriez me dénoncer pour effraction et violation de domicile. (Il se tut un instant, son attention distraite comme il tournait à gauche et s'engageait dans une rue transversale mal éclairée.) Par contre, je suis sûr que nous pourrions demander à un inspecteur des travaux publics de venir, peut-être pas demain mais aussi tôt que possible.

Lori secoua la tête.

— Il ne saurait pas ce qu'il faut chercher.

— Et vous?

— Pas de façon précise. Seulement qu'il y a quelque chose que je dois trouver...

— Alors attendons jusqu'à demain matin et effectuons nos recherches de jour. Ce n'est pas prudent de se déplacer dans l'obscurité complète avec seulement une torche électrique pour nous éclairer, surtout dans une maison qui a été condamnée à la démolition voilà des années. (Sa voix se fit pressante.) Je vous en prie, Lori. Attendons jusqu'à demain.

— Il n'y aura pas de demain. (Sa voix était pressante également.) Ceci est le jour de ma mort.

Le jour de sa mort. Et la nuit de sa mort prendrait bientôt fin. La voiture était le carrosse, la maison était le château, et lorsque les douze coups de minuit sonneraient Cendrillon perdrait beaucoup plus qu'une pantoufle de vair. Ne pouvait-il donc pas comprendre cela ? Tout serait perdu à moins qu'elle puisse arriver là-bas à temps. En temps et lieu, dans le sombre domaine où le temps et l'espace ne règnent plus et où seule la mort est reine...

— Lori !

Elle sursauta en entendant la voix de Leverett, se rendant brusquement compte qu'elle tremblait.

— Ce n'est rien, dit-elle.

Ou essaya de dire ; les mots ne furent guère plus qu'un chuchotement.

La voix de Leverett était assurée.

— Vous avez eu suffisamment de stress pour aujourd'hui. Je vais vous reconduire chez vous et je ne veux entendre aucune objection...

— Non ! (A présent elle ne chuchotait plus, et c'était beaucoup plus qu'une objection, c'était une question de vie ou de mort ; elle défendait chèrement sa vie, ou ce qu'il en restait, avant que vienne minuit.) Nous ne pouvons pas nous arrêter maintenant. Personne d'autre ne m'a crue lorsque je leur ai parlé de mes rêves... vous êtes le seul à ne pas avoir pensé que je devenais folle. Même moi je le pensais, jusqu'à ce que vous m'aidiez à découvrir la vérité. Et vous et moi savons que ces rêves sont vrais.

— Pas entièrement. (Le Dr Leverett secoua la tête.) Rappelez-vous ce que je vous ai dit au cimetière. Certaines parties de ce que vous avez rêvé sont symboliques, certaines parties sont un pur cauchemar...

— Mais une autre partie est réelle. Sans ces rêves je n'aurais jamais su pour la clinique. Je n'aurais même jamais appris ma véritable identité.

— Vous avez raison, c'est un grand progrès. S'il y a d'autres choses à découvrir, je vous promets que nous les découvrirons en temps voulu.

— Nous n'avons pas le temps d'attendre, dit Lori. Il faut que vous m'aidiez maintenant !

Ses yeux cherchèrent ceux de Leverett en une prière. Un moment, il soutint son regard, puis détourna vivement les yeux, scrutant la perspective sombre devant eux.

— Je ne sais pas, dit-il. Je ne sais pas.

40

Le nombre de décibels augmentait. Mais à vrai dire cela se passait toujours ainsi, songea Metz. A peu près chaque nouvelle recrue arrivant dans le service veut être affectée à la Criminelle ou aux Mœurs. S'ils y parviennent, ils s'aperçoivent qu'il y a plus d'éclats de voix que d'éclat tout court. Particulièrement lorsqu'il y a un cadavre. Metz ne savait pas comment les Mœurs réglaient les problèmes avec les vivants, mais des situations impliquant la découverte de cadavres suivent habituellement le même topo. Et quel que soit l'endroit où cela se produit, c'est toujours une situation bruyante. Rugissements d'hyènes, cris perçants de vautours, et un flic silencieux ça n'existe pas.

L'officier de police qui était entré pour l'informer de l'appel radio fut presque obligé de hurler son message, et Metz éleva la voix en retour.

— Qui me demande ?

— Harold Mills. Matricule...

Metz eut un geste d'impatience.

— Aucune importance. Retournez à la voiture et dites-lui de vous communiquer le renseignement. Dites-lui que je suis très occupé pour le moment.

Le flic se dandina d'un pied sur l'autre mais resta à la même place.

— Il a dit qu'il voulait vous parler en personne. Quelque chose concernant une jeune fille.

— Lori Holmes ?

— C'est ça.

En entendant prononcer le nom de Lori, Russ Carter se leva d'un bond.

— Que se passe-t-il ?

— Surveillance. (Metz essaya de minimiser la nouvelle, mais ce n'est pas facile de crier négligemment.) J'ai chargé Mills de la filer aussitôt après avoir dit à Kestleman de vous suivre comme votre ombre. Rien d'exceptionnel, simple précaution de routine.

D'après l'expression sur son visage, Carter n'en croyait rien. Metz l'ignora et se tourna vers l'officier de police.

— Où avez-vous dit que vous étiez garé ?

— Dans la ruelle, derrière la maison.

— Très bien. (Metz hocha la tête.) Allons-y.

Russ Carter s'avança.

— Je vous accompagne.

Metz secoua la tête. C'était plus facile que de crier, bien que Carter semblât prêt à fournir cet effort.

— Lori est ma fiancée, bon Dieu, j'ai le droit de savoir...

Des droits. N'importe qui avait des droits aujourd'hui. On les enlevait aux flics pour les donner aux malfrats. Metz était sur le point de suggérer à Russ Carter ce qu'il pouvait faire de ses droits lorsqu'il repéra l'agitation de l'autre côté de la pièce. La voix du sergent Torrenos ne portait pas jusqu'à lui, mais sa pantomime exprimait clairement ce qui se passait à la porte d'entrée. C'était reparti pour un tour. Le cirque. A défaut de clowns il y avait un cadavre. D'abord les hyènes, ensuite les vautours, et maintenant les journalistes.

Torrenos pourrait peut-être les repousser, ou peut-être ne le pourrait-il pas, mais pour l'instant Metz n'avait pas l'intention de prendre des risques. La police avait encore quelques droits, et il se proposait de faire un communiqué officiel à la presse avant de les laisser mettre le grappin sur Carter.

Il se tourna vers l'officier de police.

— Passez devant, dit-il. (Et à Carter :) Venez.

Le policier en uniforme jouant les attaquants, ils atteignirent le couloir, le remontèrent, traversèrent la cuisine et sortirent par la porte de derrière. C'était plus calme dans la ruelle mais personne ne parla jusqu'à ce qu'ils eurent atteint la voiture de patrouille pour prendre place à l'intérieur.

— Ici Metz. Que se passe-t-il ?

Tout en posant cette question, il se demanda s'il avait commis une erreur. Mills était un bon flic, consciencieux et connaissant son boulot, mais il avait tendance à devenir un tant soit peu verbeux, exactement comme d'autres vétérans, se rappela Metz, avaient tendance à devenir impatients.

Cette nuit-là, Mills le surprit.

— Si vous n'y voyez pas d'inconvénient, je vais sauter ce qui s'est passé jusque vers les six heures et quart. C'est à ce moment qu'elle a quitté son appartement et s'est rendue à Beverly Hills. Il était sept heures dix lorsqu'elle est entrée dans le parking souterrain de l'Immeuble Kiereck sur Bedford.

— Le cabinet de Leverett, dit Russ.

— Je sais. (Metz hocha la tête.) Alors taisez-vous et écoutez.

Il suivit son propre conseil tandis que Mills poursuivait. Il s'était garé devant l'immeuble jusqu'à ce que Lori en ressorte à sept heures cinquante-huit, mais il avait foutrement failli ne pas la voir parce qu'à présent elle se trouvait dans une autre voiture, en tant que passagère... une Caddie bleue, modèle 87.

— J'ai relevé le numéro d'immatriculation à votre intention, dit Mills.

— Pas la peine. Un homme entre deux âges, cheveux grisonnants, bien habillé.

— Exact.

— Anthony Leverett, docteur en médecine. Où sont-ils allés ?

— Vous n'allez pas me croire, mais ils se sont rendus au cimetière Hopeland.

A présent Metz était disposé à écouter les détails. Heure d'arrivée... huit heures cinquante-cinq.

Destination, la concession de la famille Fairmount ; Mills n'avait pas eu besoin de les suivre dans le cimetière parce que l'entrée était également la seule sortie possible. L'information concernant l'emplacement de la sépulture provenait du gardien après que Mills eut laissé sa voiture garée un peu plus loin dans la rue. La Caddie bleue, modèle 87, était ressortie à neuf heures vingt et une.

— Et ensuite? (Metz regarda sa montre tout en parlant. Il était exactement neuf heures cinquante.) Où êtes-vous maintenant?

— J'appelle du coin près d'une maison abandonnée sur South Allister. Ai pas pu repérer le numéro.

— 490?

— La maison est située dans le bloc quatre cents. Ça se pourrait bien.

— Ils se sont garés là-bas?

— Au début, oui.

— Au début? Que voulez-vous dire?

— C'est pour cette raison que j'appelle. Comme je l'ai dit, c'est une maison abandonnée ; de toute évidence personne n'a habité là depuis des années. Pourtant c'est là qu'ils sont tous les deux en ce moment... à l'intérieur.

41

Lori s'avança dans le vestibule tandis que la torche électrique de Leverett scrutait l'obscurité de son œil unique.

Ils remontèrent le couloir nu et poussiéreux, bordé d'embrasures de portes festonnées de toiles d'araignée. L'œil au regard fixe jeta un regard dans les pièces comme ils passaient à leur hauteur, des pièces vides, habitées seulement par des ombres.

— Ce devait être une clinique pour des consultations externes, lui dit Leverett. A mon avis, ces pièces étaient des bureaux et des cabinets de consultation.

— Et au premier étage?

— Plus ou moins la même chose, je suppose.

— Vous n'avez pas été voir?

— Je n'en ai pas eu le temps, et je voulais rentrer. De plus, à en juger par le délabrement de la maison, il serait sans doute dangereux d'emprunter cet escalier.

— Je vais prendre ce risque.

Faisant demi-tour, Lori dépassa la cage d'escalier, le faisceau de la torche de Leverett la suivant. Des lattes du plancher craquèrent sous leurs pas et des murs lézardés gémirent, protestant contre le vent nocturne.

Des craquements. Des gémissements. Et la voix de Leverett les dominant.

— Lori!

Elle fit halte au bas de l'escalier, se tournant vers lui comme il s'approchait.

— Rappelez-vous ce que vous m'avez promis, dit-il.

Vous vouliez seulement jeter un coup d'œil et vous rendre compte par vous-même...

Il s'interrompit comme la main de Lori se tendait vers la torche qu'il serrait dans ses doigts.

— Donnez-la-moi, dit-elle.

Un instant, Lori se demanda ce qui se passerait s'il la prenait au mot. Allait-elle devoir monter au premier, seule ? Et si elle le faisait, serait-elle seule là-haut ? Ou est-ce que quelque chose l'observait, quelque chose attendant dans l'obscurité plus profonde en haut ?

Mais Leverett ne lui donna pas la torche. En fait, il la prit par le bras et ils commencèrent à gravir l'escalier, montant lentement, prudemment. La moquette recouvrant les marches s'était effilée en un motif de formes arachnéennes et les lattes ployaient sous leurs pas. Mais elles tinrent bon.

La couche de poussière semblait plus épaisse dans le couloir au-delà du palier. L'obscurité semblait plus dense également, mais Lori n'était pas effrayée. Bien qu'elle n'ait jamais vu ce long couloir sans lumière et les pièces aux entrées sombres s'ouvrant de chaque côté, elle n'éprouvait aucune peur.

Ce qui l'étreignait à présent était pire... l'impression, l'impression atroce de *familiarité.*

Cela s'accrut comme ils s'avançaient dans le couloir, faisant halte momentanément lorsque la torche de Leverett parcourait les pièces vides, de part et d'autre.

— Cet étage était vraisemblablement réservé au personnel habitant la clinique, dit-il. Des appartements...

— Taisez-vous ! (Lori s'arrêta devant l'embrasure de la porte sur sa droite.) J'ai entendu quelque chose. Là-dedans.

Leverett hocha la tête, dirigeant l'œil lumineux vers la pièce plongée dans l'obscurité au-delà. Lori regarda en même temps. Il y eut un couinement soudain et le bruit d'une course éperdue. Un rat, ses yeux rouges luisant au-dessus d'un museau marron, couvert de poils, détala, fuyant le faisceau indiscret, et disparut par un trou béant dans la plinthe de la cloison opposée.

Leverett balaya la pièce de sa torche, scrutant les cloisons et le plancher.

— Le rat a filé, c'est clair, dit-il.

Mais ce n'est pas clair, se dit Lori, pas clair du tout. Pourquoi réagissait-elle ainsi à la pièce vide?

Leverett saisit la question dans son regard.

— Probablement juste une chambre à coucher, à en juger par les dimensions de la pièce. (Il braqua la torche vers le coin opposé.) Voilà la porte du placard. Et ceci était peut-être une salle de bains particulière.

Familiarité. D'une manière ou d'une autre elle connaissait cette pièce. Et la pièce la connaissait. Parce qu'elle chuchotait.

Leverett fit demi-tour, la prenant par le bras à nouveau et la reconduisant vers le couloir.

— Partons. Il n'y a rien d'autre à voir.

Rien d'autre à voir. Mais quelque chose à entendre. Lori l'écoutait à présent, tandis qu'ils s'éloignaient dans le couloir et qu'elle ralentissait le pas.

— Ne bougez pas, murmura-t-elle.

Il hocha la tête.

— D'autres rats...

— Non, écoutez! (Les chuchotements semblaient plus forts maintenant.) C'est la voix de quelqu'un...

Leverett demeura silencieux un moment.

— Je n'entends absolument rien. (Sa prise se durcissant sur le bras de Lori, il l'entraîna vers l'escalier.) Il est temps de sortir d'ici.

Sortir d'ici. C'est ce que la voix chuchotait, ce qu'elle demandait. Et pourquoi ne pouvait-il pas l'entendre, maintenant qu'ils se dirigeaient vers l'escalier? Il *devait* l'entendre nécessairement parce que la voix provenait d'en bas, de quelque part au-delà du palier. La voix s'élevant, pressante, qui résonnait. *Sortir d'ici, laissez-moi sortir d'ici...*

Ce fut à ce moment que Lori dégagea son bras d'un mouvement brusque. Elle courait à présent, elle courait le long du couloir vers l'arrière de la maison, courait vers la voix qui venait de derrière la porte sombre, tout au fond. La porte fermée à clé.

— Attendez!

C'était Leverett qui criait. Il était derrière elle à

présent, mais elle ne s'arrêta pas, elle ne pouvait pas s'arrêter, maintenant qu'elle était arrivée devant la porte. Devant la porte, tirant frénétiquement sur la poignée, tandis que la voix poussait des cris perçants... seulement ce n'était pas la voix, la porte elle-même produisit cette plainte aiguë comme elle s'abattait vers l'extérieur, et Lori s'écarta d'un bond, juste à temps. De derrière elle, le faisceau de la torche de Leverett révéla les rangées de clous argentés enfoncés tout du long, sur les deux côtés du panneau tombé par terre ; on avait condamné la porte.

Mais la voie était ouverte à présent.

Une odeur fétide de moisi vint à leur rencontre tandis que la torche électrique les guidait vers la pièce vide. Vide, à l'exception des contours indistincts de ce qui se dressait au milieu de la pièce. Leverett leva la main et le faisceau lumineux courut sur la surface nue d'une dalle de marbre cimentée au plancher, et Lori la reconnut pour ce qu'elle était.

La voix prenait son essor à présent, et les mains de Lori se portèrent à ses oreilles pour ne plus l'entendre. Mais cela ne fit pas disparaître la vue de la table devant elle, la table d'opération sur laquelle elle était née. *La table d'opération sur laquelle elle était morte...*

Elle ferma les yeux et la vision disparut, mais tout disparaissait comme elle sentait qu'elle tombait. Elle tombait vers les ténèbres. Les ténèbres silencieuses. Les ténèbres glacées.

C'est là où elle est maintenant. Gisant dans le noir. L'odeur est plus forte. La puanteur de la corruption et de décomposition l'enveloppe, mais elle peut seulement la sentir. Elle ne peut pas voir, car ses yeux ont disparu, rongés par les créatures qui rampent pour festoyer. Elle ne peut pas avoir de sensations tactiles, car sa chair s'est détachée de son corps depuis longtemps, et seule une mince pellicule visqueuse recouvre les os fragiles, la moisissure moussue de son crâne. Mais elle sait maintenant ; sait où et ce qu'elle est.

Et l'horreur suprême survient lorsqu'elle comprend qu'elle sera toujours consciente, consciente pour l'éternité qu'elle est morte et enterrée et encore vivante et que quelque part la voix — sa propre voix — hurle.

42

Le lieutenant Metz ne perdit pas beaucoup de temps à s'interroger sur ses options parce qu'il n'en avait aucune. D'après ce que Mills avait rapporté, il ne trouverait pas le moindre motif d'inculpation valable, à l'exception d'une simple violation de domicile. Et c'était un prétexte plutôt mince pour composer le 911, encore plus pour demander un détachement du SWAT. En fait, ce n'était même pas suffisant pour demander des renforts. Pour couronner le tout, le 490 South Allister ne se trouvait pas dans son secteur. Essayer d'expliquer la situation au capitaine posait un problème supplémentaire parce qu'il n'avait aucune explication à offrir.

— Vos instructions?

C'était Mills à la radio, s'efforçant de paraître professionnel.

Metz regarda sa montre à nouveau, puis consulta un plan mentalement.

— Je pars maintenant... devrais arriver dans environ quinze minutes. Retournez là-bas et attendez-moi. N'essayez pas d'entrer avant que je vous rejoigne.

Terminé et en route. Metz se tourna vers le policier en uniforme, désignant de la tête Russ Carter sur le siège arrière.

— Conduisez cet homme à l'intérieur et remettez-le au sergent Torrenos...

Il s'attendait à une vive discussion mais Carter ne protesta pas. En fait, il descendit de la voiture de patrouille, regardant vers l'autre bout de la ruelle.

— Que désirez-vous que je leur dise? demanda-t-il.

— A qui?

— Sauf erreur de ma part, nous allons être la principale information des journaux télévisés, lui dit Russ. Apparemment, la Sept est arrivée. Ce qui veut dire que la Deux et la Quatre ne vont plus tarder.

Comme il parlait, le van freina et s'arrêta juste derrière la voiture de patrouille. Metz se retourna vivement; à l'arrière-plan il aperçut l'équipe technique en émerger, et une jeune femme qu'il reconnut — c'était une journaliste-productrice — s'approchait déjà au pas de charge pour se planter devant lui.

— Salut... nous sommes ici pour *Témoins Oculaires En Direct* et j'aimerais avoir...

Metz pivota sur ses talons, attrapant Russ Carter par l'épaule, et le poussa vers le siège arrière de la voiture tout en disant:

— Désolé, nous partions.

Il monta devant et s'installa sur le siège du passager. Un instant plus tard, le policier en uniforme se glissait derrière le volant, claquant la portière et démarrant simultanément.

Tandis qu'ils partaient en trombe vers le bout de la ruelle, Metz coula un regard vers le flic.

— Beau travail. Comment vous appelez-vous?

— Gilroy, monsieur.

— Vous savez où se trouve South Allister Street?

— J'en ai une idée assez précise. Si nous contournons Century City...

— Je me moque de la route que vous suivrez. Voyons dans combien de temps vous pouvez arriver là-bas.

Cela leur prit treize minutes, sans la sirène.

Metz ne connaissait pas ce quartier, mais un seul coup d'œil suffit pour le convaincre que ce n'était pas Brentwood. Deux coups d'œil, en réalité, parce que les maisons des deux côtés du bloc quatre cents sur South Allister étaient plongées dans l'obscurité. De même que les réverbères aux deux extrémités du bloc. Ampoules grillées, peut-être même brisées à coups de flingue, songea Metz. Un moment, il se remémora le quartier sordide où était située la maison de Clara Hopkins. Pourquoi la plupart des films et romans policiers avaient-ils pour décor les demeures luxueuses de milliardaires, abritant meurtres et atrocités en tous genres ? Et pourquoi perdait-il son temps à se poser cette question ?

Il regarda Gilroy, lui faisant signe.

— Rangez-vous. C'est lui.

Mills descendit de sa voiture comme ils se garaient derrière lui, puis il vint rapidement vers eux.

— Du nouveau ? demanda Metz.

— Ils sont toujours dans la baraque. (Mills se retourna, faisant un geste.) Vous voulez examiner la Caddie ? Elle est garée juste devant moi.

— Sans importance.

Il se tourna un moment vers la voiture de patrouille, vérifiant que Gilroy était toujours au volant et que Russ Carter continuait d'occuper le siège arrière.

Mills attendit que son supérieur lui prête attention à nouveau, puis il eut un petit signe de tête vers la droite.

— C'est là, dit-il. D'après ce que j'ai pu voir lorsqu'ils sont entrés, la porte n'était pas fermée à clé... il a simplement poussé le battant pour l'ouvrir. Selon toute probabilité elle n'est toujours pas fermée à clé.

— Laissez tomber les probabilité, dit Metz. Nous ne prenons aucun risque.

— Ce qui veut dire que vous allez demander des renforts ?

— Vu ce que vous avez observé jusqu'ici, c'est ce que vous feriez ?

— Par conséquent, nous y allons nous-mêmes.

— Par conséquent, nous attendons. (Metz secoua la tête.) Nous n'avons aucun motif pour intervenir, à moins qu'il se passe quelque chose.

Mills fronça les sourcils.

— A votre avis, qu'est-ce qu'ils fabriquent là-dedans ?

Metz n'eut pas besoin de répondre, parce que, à cet instant, tous deux entendirent le hurlement assourdi.

43

La conscience réapparaît, et elle s'éveille pour s'apercevoir qu'elle se tient debout parmi le ombres d'une pièce inconnue.

Encore plus déroutant, le fait de se rendre compte qu'elle *peut* se tenir debout... et voir et entendre. Et elle peut sentir la chaleur et la pression des bras qui la tiennent.

— C'est fini maintenant.

La voix est familière, ainsi que le visage de l'homme qui la tient dans ses bras, à demi entrevu dans l'ombre.

— Tu es libre, dit-il.

Et tandis qu'il parle, les souvenirs affluent brusquement.

— J'étais morte, chuchote-t-elle.

— Tu ne dois pas dire ça ! Tu ne dois même pas y penser...

— Je ne comprends pas.

— Tu comprendras. Mais l'important pour le moment, c'est que tu es revenue, saine et sauve, et vivante.

Elle le dévisage.

— Tu as changé.

— Toi aussi. Cela fait si longtemps.

Elle baisse les yeux vers les formes sveltes de son corps.

— L'enfant ?

— Est née, murmure-t-il. Il y a vingt et un ans, jour pour jour. Ton enfant... et le mien.

Elle regarde le visage de Nigel Chase et il sourit.

— Plus de questions, pas maintenant. Nous sommes ensemble et j'ai fait des projets pour nous deux...

Il se retourne soudain, alarmé par le bruit de pas résonnant dans le couloir et d'éclats de voix.

Depuis l'embrasure de la porte, une lumière clignote et une silhouette apparaît sur le seuil.

L'intrus est un jeune homme moustachu. Il s'avance vers elle, en appelant.

— Lori !

Elle le regarde avec stupeur.

— Qui êtes-vous ?

— Tu ne me reconnais pas ? (Il fronce les sourcils.) Lori...

Lentement, elle secoue la tête.

— Je m'appelle Priscilla.

Alors cela se produit, tout en même temps. Le bruit d'une course précipitée, des voix appelant dans le vestibule. Son amant s'approchant d'elle, saisissant son bras, lui mettant de force quelque chose de froid et de luisant dans la main. Tandis qu'elle le serre entre ses doigts, il prend son poignet et braque le canon du revolver vers l'inconnu.

— Tue-le ! s'écrie-t-il.

Elle entend la détonation. Et ensuite, l'écho du coup de feu résonnant encore dans ses oreilles, elle plonge vers les ténèbres... les ténèbres béantes d'où, cette fois, il n'y a pas de retour.

44

Metz fut à deux doigts de se faire révoquer avant que l'affaire soit classée.

Toutes ces années avec des états de service irréprochables, sorti du rang et montant en grade, pas un seul coup de feu tiré sous l'effet de la colère, excepté quand il ratait sa cible à l'entraînement... et puis, *blam* ! Aussi sec, vous descendez un type parce que quelqu'un dont vous avez la garde est en danger de mort, et brusquement tout peut tomber à l'eau : votre dossier, votre poste, votre pension de retraite, tout le tremblement.

L'histoire de la garde à vue était déjà plutôt moche ; emmener Russ Carter à la maison, puis se montrer assez négligent pour le laisser sortir de la voiture, filer devant et entrer, lorsque la jeune fille avait hurlé. Mais la grosse boulette, c'était l'échange de coups de feu. Il ne pouvait pas démontrer preuve en main qu'il ne l'avait pas visée... qu'il avait vu Leverett lever le poignet de la jeune fille pour braquer le revolver sur Russ Carter.

Pourtant Metz l'avait bien vu ce geste, et lorsqu'il tira le premier, ce fut avec l'intention délibérée de loger la balle dans la tête de Leverett.

Quiconque examinant ses notes aux exercices de tir comprendrait immédiatement qu'il avait mis la vie de la jeune fille en danger... aucun doute là-dessus. Mais il n'y avait aucun doute sur le danger qu'il courait, lui, et sur la nécessité de prendre une décision en une fraction de seconde. Le problème était le suivant : dans quelle mesure cet argument serait-il pris en compte lorsque le tribunal serait saisi de l'affaire, ou même s'il passait devant une commission d'enquête ?

Au moins il aurait la déposition de témoins oculaires prêts à affirmer qu'il avait tiré en état de légitime défense. Mills, Gilroy et Russ Carter, tous étaient d'accord sur ce point. La jeune fille ne se souvenait de rien à partir du moment où elle était entrée dans la pièce avec Leverett, avait vu la table d'opération, et s'était évanouie.

Mais Lori semblait s'être ressaisie depuis lors, et le Dr Justin, son médecin traitant, ne paraissait pas préoccupé outre mesure par cette perte de mémoire. C'était probablement tout aussi bien qu'elle ne se souvienne de rien, eu égard à ce que Metz était parvenu à trouver avant qu'ils ne lui tombent dessus.

Tout d'abord, il y avait l'affaire Ben Rupert. Slesovitch avait commis une bourde. Une photocopie du registre de l'hôtel montrait que le Dr Leverett se trouvait effectivement à l'hôtel de Santa Barbara la nuit du meurtre de Rupert... mais l'heure de son arrivée était précisée sur sa fiche : deux heures du matin. Ce qui démolissait son alibi. Une perquisition effectuée au domicile de Leverett, sur Roxbury, permit de retrouver les affaires disparues de l'avocat — son passeport, son billet d'avion, et son sac de voyage, le tout soigneusement rangé dans un sac en plastique derrière une pile de vieilles portes grillagées dans son garage. Apparemment, le Dr Leverett avait l'intention d'emporter le sac et de s'en débarrasser dans un endroit sûr, mais il n'en avait pas eu le temps. Il avait également dû mettre la main sur l'argent en liquide de Rupert, mais où l'avait-il planqué, cela demeurait un mystère. Il y avait bien d'autres mystères, mais tout désignait Leverett comme le meurtrier de Rupert.

Une chose était sûre : ce n'était pas l'ancien associé de l'avocat ; la nouvelle était arrivée qu'un certain Ross Barry avait été appréhendé par la police de Portland la veille du jour où Rupert avait été assassiné. Il avait été admis à l'hôpital de la prison, souffrant d'une congestion pulmonaire, et était mort cinq jours plus tard. Une sacrée façon de se forger un alibi en béton.

Mais, en tout cas, il était meilleur que celui de Leverett. Metz savait quel genre de « couverture » le docteur avait en tête pour l'affaire Clara Hopkins. Après que les médias eurent révélé l'histoire, une employée se présenta spontanément et donna des renseignements concernant un fait insolite. Au cours de l'après-midi du jour de la mort de celle-ci, il y avait eu deux demandes distinctes à propos de Clara Hopkins : figurait-elle sur la liste des infirmières dans de précédentes éditions des annuaires médicaux ? Les deux demandes avaient été effectuées par des hommes, et les deux hommes avaient des cheveux et une moustache châtains. Pas des sosies, notez bien, mais elle avait trouvé cette coïncidence plutôt bizarre.

Metz avait une opinion différente, surtout après avoir appris par des voisins que les problèmes de locomotion de Clara Hopkins se doublaient d'une surdité partielle et d'une vue plus que médiocre. C'était sans doute aller un peu trop loin que de supposer que le Dr Leverett le savait ; se déguiser ainsi était probablement destiné uniquement à induire en erreur l'employée travaillant aux archives et toute personne pouvant l'avoir vu entrer dans la maison de Clara Hopkins ou en sortir. Et se présenter sous une fausse identité pouvait également expliquer en partie pourquoi la victime n'avait pas essayé de crier avant son attaque-surprise.

Tout cela était clair et net, hormis quelques détails toujours inexpliqués. Cela aurait été beaucoup plus simple si le Dr Leverett avait eu l'obligeance de laisser une perruque brune et une fausse moustache de même couleur dans quelque endroit commode d'accès, la boîte à gants de sa voiture par exemple. Malheureusement, il n'avait pas été aussi prévenant, et c'est pourquoi l'affaire Clara Hopkins demeurait, officiellement, non résolue.

De même que la nouvelle affaire.

Lorsque Metz disposa du temps nécessaire pour en discuter ouvertement, plusieurs mois s'étaient écoulés, et même à ce moment la seule personne avec qui il accepta d'en parler fut Russ Carter. En fait, ce fut Carter qui vint le trouver, chez lui, dans son appartement.

— Vous devinez certainement pourquoi je suis ici, dit Carter. Mon rédacteur en chef me tanne pour que j'écrive une série d'articles.

— Pas question.

— C'est ce que je lui ai dit.

Le jeune homme sourit.

— Si vous en étiez aussi sûr, pourquoi avoir pris la peine de venir jusqu'ici?

— J'ai pensé que cela vous intéresserait peut-être d'apprendre certaines choses que j'ai découvertes, en parlant avec Lori.

Metz hocha la tête.

— Des choses qu'elle vous a dites et qu'elle ne m'a pas dites.

— Je voulais en parler, en particulier, de ces rêves étranges qu'elle avait faits à propos du Dr Fairmount et des autres.

— Et je vous ai envoyé promener. (Metz haussa les épaules.) C'était une erreur. Mais au moins vous m'avez amené à réfléchir. A tout hasard, je vous ai fait surveiller, vous et Lori. Maintenant je regrette amèrement de ne pas avoir eu assez de jugeote pour faire suivre Leverett également.

— A cette époque il n'y avait rien pour indiquer qu'il était un suspect possible. (Russ Carter grimaça un sourire.) Croyez-moi, c'est l'une des premières choses que j'ai vérifiées. L'Association Médicale du comté, les dossiers, tout le tremblement, et vous devez savoir à présent ce que j'ai trouvé.

Metz haussa les épaules.

— Rien que nous puissions confirmer avant qu'il arrive de Kingston, Jamaïque, il y a trois ans. Nous savons qu'il mentait en affirmant que Ed Holmes était l'un de ses anciens patients. C'était seulement un prétexte dont il s'est servi pour entrer en contact avec le Dr Justin à propos de Lori.

— Vous ne pensez pas qu'il a quelque chose à voir avec la mort des Holmes au cours de cet incendie?

— Les preuves impliquant Ben Rupert dans cette affaire sont tout à fait concluantes. Bien sûr, nous pouvons supposer que Leverett surveillait Lori et qu'il avait probablement agencé d'autres plans pour la rencontrer. Cela a dû être un choc pour lui lorsqu'il a appris ce qui était arrivé et je suis sûr qu'il se préoccupait sincèrement du bien-être de Lori. Je suis également convaincu qu'il était tout autant préoccupé d'éliminer Ben Rupert. A part Clara, Rupert était probablement la seule autre personne encore en vie capable de l'identifier comme étant Nigel Chase.

— Exact, dit Carter. Et lorsqu'il a appris où elle habitait...

— Parfaitement. (Metz hocha la tête.) Allons dans la cuisine. Il me semble qu'il reste une bière dans le réfrigérateur.

En fait, il avait un pack de six bières. Ils prirent place à la table de cuisine et les expédièrent, en même temps que leurs conclusions sur ce qui s'était passé.

Ce que Russ Carter avait appris grâce à Lori concernant ses rêves les aida à assembler une partie des faits ; pour le reste, ils en étaient réduits à des conjectures.

Priscilla Fairmount avait survécu à un accident presque mortel au cours de sa grossesse, et elle resta en vie le temps de mettre au monde un enfant, dont la naissance ne fut pas déclarée. Avec la connivence de Ben Rupert, la petite fille avait été adoptée par Ed et Frances Holmes. A présent il était impossible de déterminer s'ils savaient ou non que c'était illégal. Mais Rupert l'avait su, et cela, ainsi que la menace inattendue d'un audit qui révélerait ses détournements de fonds, le conduisit au meurtre et, au bout du compte, à sa propre perte.

Metz dut réprimer un soupir tandis qu'ils discutaient du rôle tenu par l'avocat. La plupart des vieux films policiers ou de mystère qu'il conservait si soigneusement dans les chambres fortes de sa mémoire mettaient en vedette une sorte de génie du crime. De Atwill jusqu'à Zucco, on devait mettre à leur actif au moins une chose : ils prenaient rarement des décisions précipitées, sous le coup de la panique. Et aucun d'eux n'était un alcoolique.

Mais ceci n'était pas un film policier. Rupert avait été

un pochard, et lorsque les choses commençèrent à s'effilocher il avait commis des erreurs.

Leverett était plus malin. Se servir de cet article dans le journal de Santa Barbara était une idée astucieuse, ainsi que de rédiger une page de notes médicales pour les montrer à Lori, en lui disant que cela venait de la clinique. Ce n'était pas le cas, bien sûr ; les tests du labo montrèrent que le papier avait été fabriqué au cours des deux dernières années. Mais cela servit d'appât. Et la façon dont Lori fit tomber la porte de la salle d'opération ; Leverett avait déjà dégagé les clous en partie, cette après-midi-là, afin de faire le boulot lui-même en temps opportun. C'était lui qui avait planté ces clous et condamné la porte, des années auparavant, lorsqu'il avait fermé la clinique et s'était enfui. Il s'était probablement caché aux Antilles même à l'époque ; on essayait toujours de vérifier cela. Peut-être découvrirait-on quand et comment il avait réussi à changer de nom — Chase devenant Leverett — et à présenter des diplômes lui permettant d'exercer. Car il avait exercé à Kingston, cela avait été établi, et c'était suffisant pour qu'il obtienne une équivalence à son retour aux Etats-Unis.

Coups réussis et erreurs. Faits et chiffres. Metz pouvait coordonner tous ces éléments, et maintenant, avec Russ Carter, il était en mesure de régler la question des rêves de Lori.

C'était la voix de sa mère qu'elle avait pensé entendre, les impressions de sa mère durant sa période de grossesse à la clinique. C'était là d'où provenaient les rêves. Nadia Hope en avait capté une partie également, et lorsque Lori vint trouver Leverett pour lui raconter son histoire, il comprit.

Russ Carter avait une théorie à ce sujet.

— Il avait peut-être une liaison avec Priscilla, et il était le père de l'enfant qu'elle attendait, lui et non un gamin qu'elle avait connu au collège. Ou alors il est tombé amoureux d'elle pendant qu'il la soignait, essayant de la garder en vie jusqu'au moment de l'accouchement.

« Elle mourut, mais il ne l'oublia jamais et c'est

pourquoi il est revenu. Lorsqu'il vit Lori ce fut comme s'il voyait Priscilla ressuscitée, et il la désira. Peut-être pensait-il qu'en l'amenant à la clinique il pourrait la traumatiser et l'amener à croire qu'elle était vraiment la réincarnation de sa mère. C'était insensé, bien sûr, mais il a tout fait pour que ça réussisse, éliminant Rupert et Clara afin qu'il ne reste plus personne sachant quelque chose qui pouvait l'incriminer.

Metz finit sa troisième bière.

— Que se rappelle Lori exactement ?

— Oh, très peu de choses à présent. Ce qui s'est passé à la clinique semble avoir occulté les souvenirs précis de ces rêves. Mais le Dr Justin pense que cela n'a rien de préoccupant. L'important, c'est que Lori soit redevenue elle-même. (Russ Carter sourit.) J'y ai veillé personnellement.

Et ils en restèrent là lorsque Carter s'en alla. Ou, du moins, *il* en resta là.

Orion Metz n'en était pas aussi sûr. Pas maintenant, pas après avoir pris connaissance de la nouvelle affaire. Il n'en avait pas parlé à Carter parce que ses informations dataient de seulement quelques heures auparavant. Mills avait eu la bonté de lui passer un coup de fil.

— J'ai pensé que cela vous intéresserait d'apprendre ce qui se passe. Vous savez qu'ils ont finalement pris la décision de raser la clinique. Ce matin, l'équipe de démolition s'est attaquée à la salle d'opération, l'endroit où nous étions. Vous vous souvenez de cette table d'opération ? Elle était véritablement noyée dans le béton et ils ont été obligés d'utiliser des marteaux-piqueurs pour la desceller. En tout cas, il y avait un trou sous la dalle.

— Un trou ?

— Appelons ça une tombe. Ils ont exhumé des parties d'un squelette humain. Il y avait un crâne également, très bien conservé, vu les circonstances.

— Un homme ou une femme ?

— On ne le sait pas encore. Je vous tiendrai au courant.

— Merci.

Metz n'avait pas besoin de renseignements complémentaires. Il comprit qu'ils avaient trouvé Priscilla Fairmount.

Mais il ne l'avait pas dit à Russ Carter, et il ne le ferait pas. Et il ne lui avait pas parlé des autres choses trouvées dans la résidence de Nigel Chase, alias Anthony Leverett, docteur en médecine... de vieux livres reliés cuir, des ouvrages rarissimes, des pièces de collection ; ça ne pouvait être autre chose, bien sûr, que des pièces de collection : les pays s'intéressaient à des sujets sortant de l'ordinaire, comme la nécromancie et la magie noire.

Metz n'était pas un étymologiste comme Lori, mais il savait ce que nécromancie voulait dire. Communiquer avec les morts. La science occulte permettant d'évoquer les morts.

C'est pourquoi il s'agissait certainement d'un passe-temps. Parce que c'est seulement dans les films d'horreur qu'on réveille des cadavres, ou qu'on essaie de le faire. Mais, d'autre part, Haïti n'était pas le seul endroit des Antilles où le vaudou existe encore aujourd'hui, ainsi que la croyance aux zombies, et Metz aurait aimé avoir l'occasion d'interroger la réceptionniste jamaïcaine de Leverett si, comme par hasard, elle n'avait pas disparu le jour où tout était arrivé.

Mais que *s'était-il* passé? Lorsque vous excluez la magie, cela vous laisse la science. Ce qui n'est pas une grande consolation.

Si la psychiatrie était en mesure d'expliquer pourquoi Lori entendait ce qu'elle pensait être la voix de sa mère et rêvait ce qu'elle pensait être les rêves de sa mère, cela n'expliquait toujours pas pourquoi Nadia Hope les avait partagés elle aussi.

C'étaient les restes de Priscilla Fairmount qui offraient la meilleure explication... ou la pire. « *Un crâne également, très bien conservé.* »

Pas de cerveau dans le crâne, mais il y en avait eu un, autrefois. Même s'il avait été privé de conscience des mois durant, avant que Priscilla n'accouche de son enfant, il était vivant. Vivant et réceptif aux impressions, à la suggestion.

Suggestion hypnotique, peut-être ? Nigel Chase s'était-il tenu au chevet de Priscilla, comme le magnétiseur dans la nouvelle de Poe sur Valdemar, lui chuchotant, lui promettant qu'elle pourrait revenir à la vie et qu'elle le ferait ?

Et le pouvoir d'une telle suggestion avait-il persisté même après la mort de Priscilla, ainsi qu'une jalousie et une haine envers son propre enfant si violentes que cela avait pris forme dans l'esprit et les rêves de Lori ? Chase avait-il promis à Priscilla qu'elle pourrait entrer dans le corps de sa fille, le jour anniversaire de sa naissance ? Etait-ce pour cette raison qu'il avait emmené Lori à la clinique, dans la salle d'opération, l'endroit où il avait enterré Priscilla ?

Et cela s'était-il *produit* ?

« Je suis Priscilla », avait dit Lori. C'était juste avant que Leverett soit abattu, et peut-être cela avait-il été suffisant pour détruire le lien entre les vivants et les morts. Mais qui avait prononcé ces mots... la mère ou la fille ?

Metz soupira.

Ce serait tellement plus commode d'avoir une réponse simple, une solution unique permettant de rassembler toutes les questions dans un livre à la belle couverture ou sur quelques mètres de pellicule.

Mais la vie est complexe. Pour ce que nous en savons, la mort peut devenir tout aussi complexe. Et ce qui se trouve peut-être entre la vie et la mort pourrait bien être le plus grand mystère de tous.

Mieux valait ne plus y penser. Tout était terminé maintenant. Metz se souvint des dernières paroles de Russ Carter comme celui-ci prenait congé. Lori et lui allaient se marier prochainement ; d'après l'examen du Dr Justin, Lori était enceinte.

« Une bonne nouvelle », avait dit Metz. Mais à présent il ne savait plus très bien. On peut enterrer des ossements, mais il n'y a aucun moyen sûr d'enterrer des rêves.

Metz soupira et se dirigea vers le réfrigérateur. Il espérait qu'il restait encore une bière.

Achevé d'imprimer en octobre 1990
sur les presses de l'Imprimerie Bussière
à Saint-Amand (Cher)

PRESSES POCKET - 8, rue Garancière - 75285 Paris
Tél. : 46-34-12-80

— N° d'imp. 3060. —
Dépôt légal : octobre 1990.

Imprimé en France